MW00779111

La mujer que sabe guardar secretos

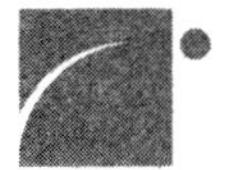

La mujer que sabe guardar secretos

Elena Vavilova

Traducción del ruso de Josep Lluís Alay

Rocaeditorial

Título original en ruso: *Женщина, которая умеет хранить тайны*

Traducido al español a partir de la versión rusa ampliada
proporcionada por la autora.

Primera edición: junio de 2021

Av. Marquès de l'Argentera 17, pral.
08003 Barcelona
actualidad@rocaeditorial.com
www.rocalibros.com

Impreso por LIBERDÚPLEX, S.L.U.

ISBN: 978-84-18557-41-5
Depósito legal: B. 7833-2021
Código IBIC: FH; FHD

RE57415

Servicio de Inteligencia Exterior de la Federación Rusa (SVR)

Служба внешней разведки Российской Федерации (СВР)

El Servicio de Inteligencia Exterior de la Federación Rusa (SVR) es una parte integral de las fuerzas de seguridad y está diseñado para proteger la seguridad de las personas, la sociedad y el Estado ante amenazas externas.

El SVR de Rusia lleva a cabo actividades de inteligencia con el fin de:

1. proporcionar al presidente de la Federación Rusa, a la Asamblea Federal y al Gobierno la información de inteligencia necesaria para tomar decisiones en los ámbitos político, económico, militar, estratégico, científico, tecnológico y medioambiental;
2. asegurar las condiciones óptimas para una implementación exitosa de la política de seguridad de la Federación Rusa;
3. promover el desarrollo económico, el progreso científico y tecnológico del país, así como la seguridad militar y tecnológica de la Federación Rusa.

En el transcurso de sus actividades de inteligencia, el SVR está autorizado a usar métodos y medios, sean públicos o encubiertos, que no pongan en peligro la vida y la salud de las personas y del medioambiente.

La dirección de todas las agencias de inteligencia exterior de la Federación Rusa, incluido el SVR, está a cargo del presidente de la Federación Rusa.

PRÓLOGO

Fidem habeo. (Tengo fe.)

Catherine estaba sentada en un banco de metal, agarrada a sus rodillas con las manos, mientras temblaba de frío. Los aparatos de aire acondicionado que funcionaban en la comisaría de policía eran muy potentes, así que resultaba difícil imaginarse que más allá de las paredes de su celda de aislamiento hiciese un calor insoportable. Aunque quizás el estrés también tenía algo que ver.

A través del cristal blindado, Catherine solo veía la espalda del oficial de guardia, que estaba observando los monitores del circuito cerrado de televisión mientras sostenía una taza térmica de café. A veces, hacía girar su butaca para comprobar lo que sucedía en cada una de las cuatro celdas. Solo las dos celdas en las que se encontraban encerrados Catherine y Georges requerían su atención, puesto que las otras estaban vacías.

Le dolía mucho la zona lumbar, por lo que intentó apoyar la espalda contra la pared con la esperanza de amortiguar un poco el dolor; sin embargo, era tal el frío insoportable que irradiaban las baldosas que no pudo resistirlo. Se apartó de la pared y volvió a abrazarse las rodillas con las manos. La vieja manta que el guardia de seguridad le había arrojado dentro de la celda apenas le daba calor, y constantemente le resbalaba de los hombros.

A lo largo de toda la noche, Catherine trató de entender dónde habían cometido ella y su marido ese error fatal que había conducido al imprevisto fracaso, pero fue incapaz de encontrar una respuesta. Por otro lado, una pregunta no le daba descanso: ¿qué sucedería con sus hijos?

Era consciente de que los dos, probablemente, serían acusados de espionaje. Este crimen estaba penado en el estado de Virginia con una larga sentencia de cárcel o, en el peor de los casos, con una inyección letal. Sin embargo, estos terribles pensamientos no permanecían por mucho tiempo, en contraste con una aparentemente interminable y desesperadamente fría incógnita: ¿qué sucedería con sus hijos?

1

> Esperanza eterna y entusiasmo
> son las mayores riquezas de la juventud.
>
> RABINDRANATH TAGORE, poeta indio

Tomsk, URSS, 1983

A pesar de que era muy temprano, el callejón que conducía al edificio principal de la Universidad de Tomsk estaba a rebosar de gente joven. Algunos estaban sentados en los bancos hojeando nerviosamente libretas de notas, muchos se apresuraban hacia el auditorio, mientras otros, despreocupados, se reían y bromeaban apiñados en grupos. También había los que paseaban sin prisa por los senderos, bajo la sombra del bosque de la universidad, entre antiguas esculturas femeninas de la región de Altái, procedentes de una expedición arqueológica estudiantil. Solo el monumento de granito al revolucionario Kúibyshev se elevaba con orgullo sobre todo ese bullicio estudiantil, indiferente ante las inquietudes y preocupaciones de los jóvenes, que se preparaban para rendir el último examen antes de las vacaciones de verano. Gran parte de los estudiantes se preparaban para hacer las prácticas en sus futuros lugares de trabajo como miembros de las brigadas de construcción en áreas rurales, donde gozarían de la acostumbrada parafernalia romántica de estas ocasiones: fiestas nocturnas alrededor del fuego acompañadas con canciones y guitarras, tiendas de campaña, enamoramientos y romances.

Vera Svíblova tenía prisa, pero no porque llegara tarde. Al contrario, nunca era impuntual porque siempre se apresuraba. No es que la prisa fuera un rasgo de su carácter, pero de día, por regla general, siempre estaba muy ocupada. Activa, alegre y comunicativa, estaba constantemente rodeada de numerosos admiradores y amigos. Su cabello oscuro, una figura esbelta y el brillo de sus ojos marrones habían encandilado a muchos chicos, que siempre estaban a su lado para ayudarla, y había muchas cosas que hacer. La muchacha organizaba muchas actividades. Escribía en el periódico estudiantil, participaba en mítines, debates, encuentros con veteranos de la Gran Guerra Patriótica y otros acontecimientos como era habitual para los estudiantes de esa época, sin mencionar las reuniones del Komsomol, del que ella era miembro. Su trabajo no retribuido de verano formaba parte de las prácticas lectivas de la Facultad de Historia e incluían participar como monitora en un campo de pioneros del Komsomol. Le hacía una gran ilusión colaborar en esta actividad de un mes de duración.

Vera había nacido y se había criado en la Unión Soviética, y su educación, también soviética, podía resumirse en una sencilla fórmula: ante todo, amor desinteresado y devoción por la patria. Por aquel entonces —las décadas de 1960, 1970 y 1980—, el sentido de la vida para varias generaciones de jóvenes giraba en torno al comunismo, que no era considerado en absoluto como una ilusión. Más tarde aparecerían los falsos objetivos que acabaron por destruir la Unión de Repúblicas Socialistas Soviéticas. Las ideas, como es bien sabido, unen, mientras que el apego a los bienes materiales separa. Era poco probable, por supuesto, que los jóvenes de esa época creyesen que alcanzarían el comunismo, pero realmente les unía la aspiración de vivir ese futuro desconocido, sin duda maravilloso y justo. Y aunque en la vida cotidiana no pensaran tanto en el comunismo, sino más bien en los problemas concretos a los que se enfrentaban y debían resolver todos los días, la ideología, sin embargo, había hecho su trabajo, y la mayor parte de los jóvenes estaban dispuestos a sacrificarse para defender su país. Especialmente los hombres, pero también las chicas, redactaron informes para alistarse y luchar en la guerra de Afganistán. Todo lo hacían de forma voluntaria; el concepto «mercenario» aparecería más tarde.

Era una mañana más calurosa que de costumbre del mes de junio y solo unas pocas nubes se veían en el cielo. Vera llevaba varios libros de texto bajo el brazo, envueltos con sumo cuidado en un periódico del día anterior, para devolverlos a la biblioteca. No le llevó mucho tiempo, así que veinte minutos más tarde ya estaba cruzando el paso de peatones de la avenida Lenin, la principal arteria de la ciudad. Ahora iba al encuentro de su novio, Antón Viazin.

Había conocido a Antón hacía tres años, en el primer curso. El joven era dos años mayor que ella y ya había completado dos cursos en la Facultad de Física. Tras darse cuenta de que las matemáticas no eran su vocación, Antón decidió convertirse en historiador. El muchacho era inteligente y galante. Así como la primera cualidad era relativamente frecuente entre los estudiantes, la segunda más bien escaseaba. Esta insólita combinación en el carácter de Antón atrajo a la chica, y los jóvenes rápidamente entablaron amistad. Ella pronto descubrió otro raro atributo en el joven: su inusual forma de pensar. Poseía una mente creativa. Lentamente, la amistad creció hasta convertirse en algo más.

Antón vivía en un dormitorio de la Facultad de Historia frente al edificio en el que estudiaban. Allí justamente se dirigía Vera ahora. Después de detenerse un minuto en la esquina del edificio para decidir la forma más conveniente de entrar, se encaminó hacia la puerta principal.

El albergue también tenía una entrada «negra», a la que se accedía desde el patio del edificio. Era especialmente popular de noche, cuando todos los estudiantes regresaban a su alojamiento, porque no cerraba hasta la medianoche, una hora después de la puerta principal. Junto a la entrada «negra» también había una escalera de incendios, por la que algunos caballeros especialmente ardientes subían para saciar sus pasiones nocturnas después de medianoche. Por este motivo, la ventana más cercana a la escalera en el primer piso siempre estaba abierta, así que la habitación servía como una especie de pasaje secreto. Los muchachos que vivían allí se habían resignado desde hacía tiempo a su destino, especialmente porque los «ilegales» les dejaban de vez en cuando un poco de dinero en la mesa como muestra de agradecimiento, en compensación por las molestias ocasionadas.

La muchacha eligió la puerta principal, porque de camino cruzaría por la cafetería de estudiantes, por si acaso Antón estaba allí. Cuando llegó al vestíbulo, giró a la izquierda por un largo pasillo y miró hacia su derecha en dirección a una escalera, siempre cerrada desde la planta baja, pero abierta a los demás pisos hasta el cuarto. Servía de refugio para las parejas que buscaban intimidad de noche.

Antón no estaba en la cafetería, ya vacía puesto que la hora del desayuno había concluido. Subió las escaleras de un tirón y se detuvo ante el vigilante, que revisaba los documentos e inscribía a todos los visitantes en un registro muy voluminoso. La chica mostró su carné de estudiante y dijo:

—Cuatro-cuatro-uno.

En realidad, era el número de la habitación en la que vivían las chicas, puesto que la habitación de los chicos era la contigua: la 442. En aquella época, las normas eran muy estrictas en las residencias, por lo que Vera siempre proporcionaba un número de habitación de chicas, que el vigilante anotaba diligentemente en el destartalado cuaderno de registro.

El largo pasillo del cuarto piso olía a patatas fritas y la música sonaba muy alta en el magnetófono de una de las habitaciones: «... tu voz en mi corazón resuena. No, nunca podré dejar de amarte, y tú me amas, tú siempre me amas...». Vera abrió la puerta de la 441, pero no entró. En el centro de la habitación había tres chicas sentadas a la mesa, disfrutando de una sopa de espadín enlatado con salsa de tomate.

—Vera, siéntate con nosotras —dijo una morena de pómulos prominentes que estaba sentada directamente frente a la puerta, mientras le indicaba con la mirada una esquina libre de la mesa.

—Lo siento, voy a la 442 —dijo Vera rápidamente, y salió de la sala.

Indecisa, se quedó paralizada al lado de la puerta siguiente. La conversación con Antón prometía ser difícil. El caso era que esa noche se habían dado cita para dar un paseo por Broadway, seguir hasta la *ménagerie* y quizás incluso quedarse en la jaula. En la jerga juvenil, «Broadway» era el nombre de la sección peatonal de la avenida Lenin desde la oficina principal de correos hasta el cine Gorki, donde por la noche paseaban chicos y chicas. La *ménagerie* era el parque cultural de la ciudad, donde la «jaula» era la pista de baile exterior rodeada por una valla situada ante el escenario de madera. Los fines de semana, Bubentsí, un famoso conjunto vocal e instrumental de Tomsk, tocaba allí. Pero la víspera, Vera recibió una llamada de Iván Semiónovich para invitarla de nuevo a reunirse con él a las siete de la tarde. La muchacha le había conocido hacía poco más de un año y se reunían de forma periódica, siempre por iniciativa de Iván. La primera vez él se le acercó para comentar un artículo interesante que había aparecido en el periódico de la universidad y le pidió que le describiese a algunos de sus compañeros de clase. Nadie sabía nada de estos encuentros, ni siquiera los amigos más cercanos, y menos aún Antón. Ahora Vera tenía que comentarle que tenían que cancelar el plan de aquella tarde.

Por fin se decidió y llamó a la puerta discretamente. Esta se abrió deprisa y apareció un joven alto y con el ceño fruncido.

Tenía la cabeza rapada, y su aspecto era amenazador; solo las gafas suavizaban un tanto su severa apariencia. Al ver a Vera, la saludó con una gran sonrisa, pero antes de poder pronunciar palabra, apareció por debajo de su brazo un muchacho más bien bajo que, tras dar un paso adelante, cerró la puerta. Era Antón. Su encantadora sonrisa y la asombrosa luz de sus ojos oscuros habían cautivado a Vera desde el primer día que lo vio en clase de Etnografía.

—Hola —dijo él alegremente.

—Hola —respondió Vera algo tímida.

Su relación se había basado siempre en la confianza mutua y ahora ella se sentía avergonzada por tener que anular la maravillosa velada por su culpa.

—¿Por qué estás tan triste? —preguntó Antón como si intuyese el estado de ánimo de la chica.

—Hoy no podré... esta noche... —Vera estaba aún más avergonzada.

—Está bien, deja... ¿nos vemos mañana, entonces? —respondió el joven entre preguntando y afirmando, pero sin mostrarse contrariado.

Por lo general, cuando sus planes cambiaban de manera tan inesperada, Antón se entristecía, pero hoy era diferente y eso no le pasó desapercibido a Vera.

—Entonces, ¿me voy? —dijo ella con la voz algo perdida.

—De acuerdo.

Vera se volvió y, sin mirar a su alrededor, caminó por el pasillo, primero en línea recta, luego dobló una esquina. Sus pasos se hicieron cada vez más veloces. Solo unos días más tarde, la chica descubrió el motivo de la inusual frialdad de Antón.

2

El carácter de un hombre es su destino.

HERÁCLITO, filósofo griego

El carácter nacional está formado por una serie de rasgos y modelos bien definidos que representan el arquetipo de identidad para los miembros de una sociedad en particular. Es la suma de costumbres y actitudes, deseos e inclinaciones, puntos de vista y opiniones, así como creencias e ideas. Las gentes de un país normalmente comparten una mentalidad parecida, que suele reflejarse en su régimen político.

A sus veintiún años, Vera se había planteado un considerable número de profundas cuestiones filosóficas. Se había preguntado por el sentido de la vida, del deber, de la felicidad y del amor. Sentía que compartía muchos rasgos de su personalidad con la gente de su alrededor. Su historia familiar y sus experiencias de infancia se asemejaban a las de otras personas y eso le proporcionaba una sensación confortable de pertenencia a la gran nación. Vera era fiel a sus orígenes soviéticos, y renegar de ellos habría significado abandonar su alma en un árido desierto. El amor que sentía por su país de nacimiento y por el pueblo ruso era incondicional.

Salió de casa con suficiente antelación y se preguntó cuál sería el trayecto más directo para llegar a la plaza Dzerzhinski. No había muchas opciones. Como ocurría siempre con la llegada del verano, habían empezado los trabajos de reparación de los conductos de calefacción de la ciudad, y las calles estaban en obras en los lugares más inesperados; ahora una de las zanjas discurría por en medio de las vías del tranvía. Por esta razón, durante esa semana era imposible llegar por ese medio a la plaza Yúzhnaia, donde la joven vivía con sus padres. Debía escoger entre un par de paradas de trolebús o bien andar. Vera eligió ir a pie.

Caminaba sin premura por la calle, puesto que era una de las pocas veces en que no tenía prisa. Cuando iba a reunirse con Iván Semiónovich siempre salía con mucha anticipación, por si surgía algún imprevisto.

La joven miró el reloj que le habían regalado sus padres por su cumpleaños. Faltaban seis minutos para la hora de la cita. La puntualidad en sus reuniones con Iván Semiónovich era una regla de obligado cumplimiento. Más adelante se convirtió en un hábito tanto en los estudios como en la vida cotidiana, y luego le fue útil en el trabajo, en el que la puntualidad siempre era importante. Cruzó la calzada y llegó a la calle Dzerzhinski. A tan solo unos de metros de la plaza homónima, entró en el interior del patio del edificio de cinco pisos que hacía esquina y en cuya planta baja había un colmado. Como habitualmente tenían salchichas, siempre había cola en la puerta.

El patio estaba vacío a excepción de dos hombres malhumorados y sin afeitar, vestidos con uniformes de trabajo sucios, que a desgana descargaban de un vehículo productos para la tienda. Vera se apresuró hacia la entrada, tratando de pasar desapercibida. Una vez más, lo consiguió.

Exactamente a la hora acordada, se detuvo ante la puerta del apartamento donde debía tener lugar el encuentro. Vera llamó suavemente e Iván Semiónovich apareció en el umbral. Pelirrojo y con indicios de calvicie prematura, llevaba una chaqueta desgastada, con lo que no parecía un oficial del KGB (Comité para la Seguridad del Estado), sino más bien un intelectual de provincias.

Para la joven, estos encuentros, generalmente semanales, formaban parte de una especie de juego misterioso. En esas ocasiones, se sentía parte de una importante actividad secreta, aunque, en realidad, su trascendencia real fuera escasa. Por lo general, Iván Semiónovich y ella compartían un café y hablaban sobre varios temas: sus estudios en la universidad, su círculo de amistades, las noticias locales, la vida cotidiana y, con menos frecuencia, la política. Vera llevó a cabo varios encargos que desde su punto de vista no tenían mayor importancia, como describir a alguno de sus compañeros de universidad.

Todavía era bastante joven e inexperta, y no entendía cómo funcionaban los «órganos», es decir, el KGB. Mientras tanto, y a lo largo de las diversas conversaciones que mantenían, Iván Semiónovich, sutil psicólogo, se dedicaba con disimulo y detenimiento a analizar el carácter de la muchacha: sus opiniones, creencias, habilidades para relacionarse, capacidades mentales y, obviamente, sus debilidades. Era su trabajo como curador* de la chica.

En la década de 1990, la vida de este oficial del KGB acabó en tragedia. Incapaz de soportar la destrucción de su país y su cambio de valores, se dio a la bebida y murió de forma prematura mientras se encontraba en su oficina, con tan solo cuarenta y tres años.

—Pasa. —Iván Semiónovich la saludó familiarmente con la cabeza y se hizo a un lado para dejarla pasar.

—Buenas tardes —saludó Vera con cortesía y se dirigió al pasillo.

—¡Hola, hola! Ponte las zapatillas y entra en la sala. Traeré la tetera ahora mismo —dijo él, y se fue a la cocina.

La muchacha se quitó los zapatos, se calzó las zapatillas, dio dos pasos y, sorprendida, se detuvo en la puerta de la sala.

* Del ruso куратор «kurátor». En el KGB y el SVR, el curador es el superior jerárquico de un agente encubierto ilegal. Cuida de proteger su identidad falsa y supervisa su formación. *(N. del T.)*

Sobre la mesa redonda cubierta por un mantel a cuadros, como de costumbre, había un bote de café instantáneo, un azucarero, un cuenco lleno de galletas, un platito con mermelada y servilletas. Sin embargo, sobre la mesa había tres tazas. La mayor sorpresa se la llevó al ver a un hombre vestido con una camisa blanca como la nieve y una elegante corbata sentado en una de las sillas de madera; su chaqueta colgaba del respaldo de una silla cercana, dejando las otras dos vacías.

—Entra, acércate —se oyó la alegre voz del curador tras la joven, y Vera dio tímidamente un paso en dirección a la mesa—. Toma asiento, *mademoiselle* —prosiguió Iván Semiónovich, y como si no pasase nada, empezó a llenar las tazas con agua hirviendo.

La joven no se dio cuenta enseguida de que había un tercer hombre. Vestía una camisa a cuadros con el cuello abierto y una chaqueta gris; estaba sentado cerca de la ventana y miraba distraído hacia la calle, alisándose de vez en cuando el cabello rubio, sin prestar atención a lo que sucedía en la habitación. Vera pensó que sería el conductor.

El desconocido de la camisa se acercó una taza, puso un par de cucharadas de café instantáneo, echó una cucharada de azúcar y comenzó a removerlo, observándola con miradas breves. Vera, a su vez, se acercó la taza para tener algo que hacer. Solo Iván Semiónovich se quedó sin probar el café. Se volvió hacia el hombre y dijo:

—Este es nuestro representante de Moscú, Aleksander Pavlóvich. —Luego se volvió hacia Vera y continuó—: Tiene algo que decirte… Que ofrecerte, Vera.

—Vera Viacheslávovna —dijo Aleksander Pavlóvich de inmediato—, queremos proponerle que comience a prepararse para trabajar en el extranjero.

La chica se quedó boquiabierta, incapaz de pronunciar una sola palabra, pero enseguida asintió con la cabeza. Iván Semiónovich pensó que no lo había entendido bien y se aseguró:

—Vera, tú... usted tendrá que irse al extranjero durante un largo período de tiempo, quizás para siempre, y dedicarse a una actividad encubierta, que además comportará un gran riesgo para su vida..., un riesgo muy elevado. No todo el mundo está preparado para hacerlo, pero este trabajo es de gran importancia para nuestro país. Creemos que usted es la persona más adecuada para llevarlo a cabo.

La mención del riesgo no amedrentó a la joven, más bien al contrario: se sintió aún más valiente y afirmó con firmeza:

—Sí. Estoy de acuerdo, lo haré.

—Así me gusta —dijo seriamente Aleksander Pavlóvich, y comenzó a explicar en términos generales cómo y dónde debería realizar la instrucción y lo que iba a pasar a continuación.

Vera apenas entendió nada de su largo monólogo, pero lo esencial quedó claro con las primeras palabras. Ahora lo que la atormentaba era qué iba a suceder con su relación con Antón. Adivinando las dudas de Vera, Iván Semiónovich quiso tranquilizarla.

—Antón también está de acuerdo en seguir la misma instrucción, pero deberán hacer algo práctico: casarse enseguida. Continuarán sus estudios por correspondencia, porque deben prepararse para mudarse a Moscú.

¡La decisión estaba tomada! No le costó mucho decir que sí, porque en su interior estaba preparada para ayudar a su país. Tenía la firme convicción de que el KGB protegía al pueblo soviético. Por supuesto, no podía ni imaginar las consecuencias que esta decisión, tomada en un pequeño apartamento de provincias, tendría para toda su vida. Lo único que tenía claro, en ese preciso instante, era que aún deberían esconder más secretos a la gente que les rodeaba, especialmente a sus padres. La idea de irse a vivir a Moscú e imaginarse un futuro así... le quitaba el aliento.

En los años ochenta, la población del país aún vivía bajo la influencia de la Gran Guerra Patriótica, que tuvo lugar entre 1941 y 1945. Aún había familias con parientes desaparecidos. Las madres todavía lloraban a sus hijos y las viudas vertían sus lágrimas por la noche; sin embargo, los nietos habían crecido y sabido de sus abuelos fallecidos solo por historias rememoradas y viejas fotografías amarillentas. Quedaban ya pocos veteranos de guerra, pero los recuerdos del conflicto permanecían vivos, de manera que toda la vida estaba impregnada de ellos, y en ese ambiente se educó a los jóvenes en el compromiso de defender su patria si fuera necesario; esto no solo resultaba completamente natural, sino que se percibía como un auténtico sueño, la aspiración más elevada y un deber compartido.

Vera era feliz porque creían en ella, y ahora se le abría ante sí toda una vida interesante en el horizonte. A juzgar por la famosa serie soviética *Diecisiete momentos de una primavera*, sobre un agente de inteligencia ruso que trabajaba en Alemania durante la Segunda Guerra Mundial, la excepcional labor del agente prometía grandes hazañas y logros. Las emociones competían. En algún momento dudó de ella misma. ¿Sería capaz de satisfacer las expectativas de una organización tan poderosa como el KGB? Pero su determinación interior, uno de los rasgos principales de su carácter, derrotó aquella debilidad pasajera.

Seguramente lo que imaginaba sobre su nueva profesión, al principio, era de una gran ingenuidad. En su cabeza, este tipo de vida estaba edulcorada con una gran dosis de romanticismo que la excitaba y le hacía latir el corazón rápidamente. Lo que la joven no sabía era que esta visión romántica no era más que un espejismo en el desierto: cuando uno se acerca a un oasis, este desaparece de inmediato. Pronto la visión romántica fue sustituida por el trabajo duro, innumerables problemas, una tensión mental constante, victorias y derrotas y un riesgo diario. Pasaron los años y aquel romanticismo se transformó en nostalgia.

De todo ello se enteraría más adelante, pero ahora lo único que la inquietaba en este giro inesperado de su destino era la imposibilidad de compartir estas novedades con nadie, sobre todo con sus padres. Debieron esperar casi tres décadas para descubrir la profesión real de su hija.

De las memorias de la coronel Vera Svíblova:

Antón y yo no habíamos pensado en casarnos mientras estuviésemos en la universidad. Entonces todo cambió. El agente local del KGB, que era nuestro curador en Tomsk, nos informó de que el enlace debía celebrarse previamente a nuestro traslado a Moscú. Estábamos deseosos por comenzar con la instrucción, así que preparamos la boda. Fue un maravilloso día de junio. Nuestro curador observó desde lejos cómo salíamos de la Oficina del Registro Civil de la avenida Kírov, justo enfrente de la sede del KGB local. Aquel verano había conseguido un trabajo en un campamento infantil y vine a la ciudad solo un día para casarme y luego regresar a mis obligaciones. Justificamos ante nuestros padres la celebración tan precipitada de la boda y el subsiguiente traslado a la capital porque íbamos a trabajar en el Instituto de Investigación de Sociología de Moscú. Todavía no me puedo creer que mis padres me dejaran marchar tan fácilmente, antes de graduarme. Me hicieron falta dos años más para completar los estudios a distancia. Años más tarde me explicaron que siempre me habían animado a ser independiente y apoyaron todas mis decisiones. Por lo que yo recuerdo, siempre disfruté de una gran libertad para tomar determinaciones relacionadas con mis actividades y mis amistades. Nunca fueron muy severos en mi educación.

3

La lealtad de los canallas es tan poco fiable como ellos mismos.

PLINIO EL JOVEN, político romano

Afganistán, septiembre de 1979

El mes de septiembre en Kabul difiere de los meses de verano solo en que las noches se vuelven algo más frescas, mientras que de día el calor es el mismo: cuarenta grados. Por la noche disminuía y era posible descansar con tranquilidad en las habitaciones del edificio de dos pisos donde se encontraba el destacamento soviético Zenit, de las fuerzas especiales del KGB.

El capitán Potuguin estaba tumbado vestido con el uniforme militar en su cama, cubierto con una manta de paño azul. Un dulce sueño le nublaba la mente. Hacía poco que había terminado de cenar y quedaban todavía varias horas para hacerse cargo de la vigilancia del perímetro de la «villa». Los camaradas con los que convivía estaban sentados en la calle y jugaban al dominó. Parecía que nada le impediría descansar relajadamente.

De repente se abrió la puerta y el subcomandante del destacamento, el mayor Dolotkin, irrumpió en la habitación.

—¡Serguéi, levántate! —le dijo mientras pateaba la cama y le apremiaba—: Levántate, levántate, te llama el comandante.

—¿Para qué? Pronto estaré en mi puesto de guardia. —Potuguin se incorporó instantáneamente, se sentó en la cama y se frotó con pereza el rostro con las palmas de las manos para borrar todo rastro de sueño.

—Estarás contento. Ya has sido reemplazado. Vamos —respondió Dolotkin y se dirigió hacia la salida.

La oficina del comandante estaba en el mismo edificio, en la planta baja. El recinto de la base ocupaba un pequeño terreno de unos treinta por treinta metros cercado por un *duval*, el muro alto que rodea las casas en Asia Central para separar la calle del patio. En el interior había dos viviendas de dos pisos cada una y una más pequeña en una esquina de la finca. Con anterioridad a la llegada del presidente Amin al poder, esta propiedad había pertenecido a un adinerado extranjero, pero fue nacionalizada por el Estado.

Cuando Dolotkin y Potuguin entraron, dos de sus compañeros ya estaban en la oficina, uno de ellos conducía habitualmente el camión militar GAZ-66. El comandante estaba sentado tras la mesa. En la pared había un mapa trazado a mano y sin terminar de Kabul. Los combatientes del grupo Zenit habían llegado bajo la apariencia de técnicos especialistas soviéticos, por lo que, para no arriesgarse en el control fronterizo, decidieron no llevar consigo mapas topográficos, así que ahora el plano de la capital de Afganistán lo tenían que dibujar ellos mismos, después de hacer recorridos sobre el terreno para introducir todos los detalles.

El comandante, pensativo, golpeó la mesa con un lápiz y miró hacia la ventana, cuyo cristal estaba cubierto con periódicos soviéticos. Afortunadamente, el oficial político llevaba a cabo su trabajo correctamente y no había escasez de publicaciones impresas. Era cierto, sin embargo, que se utilizaban para fines completamente diferentes a los de formar al personal del destacamento.

Señaló hacia la mesa con un gesto de cabeza, dirigido a los recién llegados. Tan pronto como todos los oficiales estuvieron sentados en sus taburetes, el comandante dejó el lápiz sobre la mesa y comenzó a hablar con voz firme:

—Camaradas oficiales, los he reunido aquí por ser los miembros de la unidad en la que más confianza tengo, puesto que el asunto del que les tengo que hablar requiere un alto grado de responsabilidad, aunque a primera vista parezca simple... Esos tres «pimientos» que tenemos aquí deben ser trasladados urgentemente a un avión en Bagram. En secreto. Por nada del mundo pueden caer en manos de las autoridades, ni vivos ni muertos, y deben ser protegidos utilizando todos los medios a su alcance. ¿Han entendido lo que les he dicho?

—Sí, señor —respondieron los oficiales sin mucho entusiasmo y mirándose entre sí.

De hecho, las palabras del comandante dejaban claro que si las autoridades afganas intentaban apoderarse de sus protegidos, ellos estaban obligados a salvarlos y a salvarse a sí mismos a sangre y fuego, si fuera preciso, aunque el resultado de semejante enfrentamiento era más que predecible y distaba de inclinarse a favor de la unidad Zenit. Las posibilidades de llegar a Bagram eran mínimas.

—¿Alguna pregunta? Si no hay preguntas, márchense enseguida —concluyó el comandante abruptamente, pero luego añadió pensativo—: Parece que en uno o dos meses tendremos noches muy frías... Deberíamos conseguir algunas estufas de leña... Sí, casi me olvido. ¿Han comprobado la munición? ¿Están listos?

—¡Sí, señor! —respondió Dolotkin desde la puerta.

Los «pimientos» a los que se refería el comandante eran ciudadanos afganos que habían llegado a la base de Zenit hacía tan solo unos días, a altas horas de la madrugada. Habían sido trasladados en el interior del maletero de varios vehículos diplomáticos de la embajada soviética. Nadie más sabía de ellos. Vivían separados del resto del destacamento en la pequeña dependencia que había junto al garaje, y solo salían de allí para respirar aire fresco cuando oscurecía. Pero si se requería enviarlos a la Unión Soviética con tanta urgencia, significaba que eran muy valiosos para el Gobierno ruso, por cuyo motivo el servicio de contrainteligencia de Amin querría darles caza.

Delante del garaje ya estaba estacionado un GAZ-66 con la carga cubierta por una lona, llegado, muy probablemente, desde la base aérea de Bagram. Un soldado con uniforme de la fuerza aérea estaba sentado al volante. Los «pimientos» fueron introducidos en largas cajas de color verde acolchadas que habían sido agujereadas para que entrase el aire. Les entregaron, por si acaso, un fusil AKSU* y cerraron las tapas. A continuación, entre maldiciones y gemidos, metieron los «ataúdes» en la parte trasera del camión y les amontonaron encima cajas de cartón que parecían contener pertenencias personales de «personal técnico soviético». Todo estaba listo para el traslado.

—¡A formar! —ordenó Dolotkin al grupo, y los oficiales se alinearon junto al vehículo—. ¡Carguen! —dio una nueva orden al destacamento—. Y usted —señaló con el dedo al chófer de la unidad—, suba a la cabina, por si acaso, para ayudar al de la fuerza aérea. El resto suban al camión y a sus puestos.

Antes de que el último militar subiera a la parte de atrás, Dolotkin le gritó al guardia del puesto de control de la entrada:

—¿Hay alguien de guardia ahí?

Tras recibir una respuesta positiva, desapareció bajo la lona.

La verja se abrió y el vehículo avanzó. Dolotkin vio a través de una ranura de la lona que los seguía un viejo Toyota que parecía pertenecer al servicio de contrainteligencia afgano.

El GAZ-66 recorrió la ciudad durante un largo espacio de tiempo, hasta llegar al puesto de control norte. El Toyota lo siguió sin disimulo. Varias veces Dolotkin golpeó las cajas con el talón y preguntó:

* Versión corta del fusil de asalto soviético AK-74 diseñado por Mijaíl Kaláshnikov. *(N. de la A.)*

—*Are you still alive?* (¿Aún estáis vivos?)

Como respuesta, se oyó un gruñido indescifrable y los miembros de la unidad Zenit se rieron.

Ahora fue Potuguin quien miró una vez más a través de la ranura del toldo y se dirigió de inmediato hacia Dolotkin:

—Comandante, nos están adelantando. —Se refería a sus perseguidores de la contrainteligencia.

—Entendido. Estamos llegando al puesto de control norte, así que nos detendrán para registrar el camión —supuso Dolotkin.

Finalmente, el vehículo redujo la velocidad. El líder del grupo miró por la hendidura y ordenó en voz baja:

—Listos. Puesto de control.

Se oyó el chasquido de los seguros y los cañones apuntaron hacia atrás. Los miembros del comando se quedaron inmóviles en una tensa espera. Potuguin oyó cómo se abría la puerta de la cabina y casi de inmediato cómo se ponían a hablar en pastún. El conductor respondió de la forma más amistosa posible:

—Transportamos algunas pertenencias del personal técnico soviético. *Understand?* ¿No me has entendido? Pues vete al infierno...

Afuera, junto a la carrocería, resonaban las pisadas de botas militares sobre la cuneta pedregosa. La tensión en el interior del camión aumentó. Alguien apartó la lona y por el costado apareció la cabeza de un teniente afgano. Con el contraste de la luz del día, el oficial obviamente no pudo distinguir enseguida a los soldados agachados al fondo. Se agarró a una abrazadera del portón trasero, se dio impulso para subir y se quedó atónito con lo que vio. El cañón de la metralleta de Dolotkin le apuntó directamente al rostro, y para hacer aún más convincente la amenaza, puso su fuerte puño bajo la nariz del teniente. Sin embargo, más que miedo, del rostro del oficial afgano solo se desprendía sorpresa. Todos se quedaron inmóviles. Por unos instantes se hizo el silencio. De repente, Potuguin sacó varios billetes de un dólar de su bolsillo delantero y con una expresión grave se los ofreció al teniente. Entre las dos opciones que tenía ante sí —o bien recibía un balazo en la frente o bien se ganaba un puñado de dólares—, el astuto afgano eligió la última y, casi perdiendo el equilibrio, saltó al suelo para no caerse. Al instante, los combatientes oyeron al oficial afgano gritar alguna orden y el crujido de la barrera del control se elevó. El vehículo se puso en marcha de golpe y los Zenit perdieron el equilibrio mientras lanzaban maldiciones aplastando las cajas de cartón vacías, para acabar cayéndose sobre las otras cajas, los «ataúdes».

El GAZ-66 siguió su camino por la carretera. La ruta hasta Bagram estaba despejada. Dejaron atrás el Toyota de la contrainteligencia, pero aún existía la posibilidad de una emboscada en mitad del camino a la base aérea, por lo que los combatientes solo soltaron un suspiro de alivio cuando el vehículo cruzó la entrada de la base. Allí les esperaba un automóvil conducido por el jefe de seguridad de la embajada soviética, y juntos se apresuraron por la pista para llegar hasta el lugar donde se encontraba el avión de transporte IL-76. El GAZ-66 se introdujo directamente, sin perder un minuto, en el interior del avión a través de su rampa de acceso. Los combatientes saltaron afuera y, a continuación, varios técnicos de vuelo con sus uniformes azules amarraron el camión dentro del compartimento de carga.

Casi una hora más tarde, los combatientes habían regresado a su base de Kabul en una ambulancia UAZ, conocida como la «pastilla», que había puesto a su disposición, muy amablemente, el coronel de las fuerzas combinadas que tenía a su cargo la operación. Dejaron sus armas cerca de la puerta y los oficiales se dirigieron al acuartelamiento para informar al comandante.

—¡Fuiste muy astuto comprando a ese teniente corrupto por unos dólares! —Dolotkin dio una palmada en el hombro a Potuguin, con entusiasmo, como muestra de admiración por el rápido ingenio del camarada.

—¡Claro! Astuto —murmuró Potuguin disgustado, mientras se alisaba el bolsillo del pecho con la palma de la mano—. ¿Quién me devolverá el dinero ahora?

—¿No habrás olvidado pedirle el cambio? —sonrió Dolotkin.

—Vamos, vamos. Oigamos más detalles de esta historia. —De repente se oyó la voz del comandante del destacamento.

Lo tenían detrás sin darse cuenta, y al parecer había escuchado la desenfadada conversación. Los oficiales no tuvieron más remedio que describir brevemente el incidente con el oficial afgano en el puesto de control norte de Kabul.

—Considera que, con ese puñado de billetes, compraste tu vida. —El comandante miró con aprobación a Potuguin, y luego agregó, observando con los ojos entreabiertos a su subordinado—: Todavía tengo una conversación pendiente contigo. Acompáñame; el resto podéis iros. Todo el mundo a descansar.

El comandante indicó a Potuguin que se sentara y él hizo lo propio detrás de su escritorio. Como de costumbre, cogió un lápiz, lo hizo girar en su mano, lo dejó sobre la mesa y dijo:

—No quería decírtelo demasiado pronto..., pero recibiste una llamada del Instituto de la Primera Dirección General. Has sido aceptado. Confío en que no hayas cambiado de opinión.

—¡De ninguna manera! —respondió rápidamente Potuguin, satisfecho.

—Pues eso está muy bien. Dispones de veinticuatro horas para prepararte; mañana recibirás la correspondiente orden y podrás irte. —El comandante se levantó, le tendió la mano por encima de la mesa y agregó—: Gracias por tus servicios. Te propondré para una condecoración.

El comandante no le engañó. En primavera del año siguiente, en Moscú, el capitán recibió la Orden de la Estrella Roja.

Mientras Potuguin estudiaba en el Instituto Bandera Roja del KGB, este centro de formación pasó a llamarse Instituto Yuri Vladímirovich Andrópov, en reconocimiento al que fue director del KGB durante muchos años y que por un período de quince meses, entre 1982 y 1984, se convirtió en máximo dirigente del país. Esta universidad formaba al personal de la Primera Dirección de la seguridad del Estado de la URSS o, lo que es lo mismo, el servicio de inteligencia exterior. Tras la creación del Servicio de Inteligencia Exterior (SVR) de la Federación Rusa en diciembre de 1991, el Instituto quedó bajo su competencia y pasó a llamarse Academia de Inteligencia Extranjera.

4

No tengas miedo a los cambios.
Casi siempre ocurren justo en el momento oportuno.

CONFUCIO, filósofo chino

Moscú, URSS, 1983

La luna de miel es uno de esos períodos de felicidad en la vida de los recién casados que quedan grabados en la memoria para siempre, y la mayoría de las parejas desean que sea tan emocionante y especial como sea posible. Pero para Vera Svíblova y Antón Viazin, este episodio fue inusual, puesto que no solo marcaba el inicio de su vida familiar, sino que también suponía un paso hacia lo desconocido. A partir de ahora, muchas cosas serían imprevisibles, por lo que resultaba imposible pensar en cualquier plan concreto de futuro.

Para los soviéticos de provincias, Moscú era siempre percibida como una ciudad inalcanzable, pero muy atractiva. Los residentes de la lejana Siberia se emocionaban cuando pasaban por Moscú solo para ir de vacaciones a otro destino o simplemente por un viaje de trabajo.

La capital recibió a los novios con cierta indiferencia. El vestíbulo del aeropuerto de Domodédovo hervía de actividad frenética desde primera hora de la mañana. Los rostros adormecidos de los pasajeros eran frecuentes en las áreas de espera, y había una larga cola para comprar refrescos y bocadillos de salchichas en la cafetería de la terminal. Una encargada vestida con un uniforme azul no parecía muy contenta, mientras escurría la bayeta tras fregar el suelo de los lavabos.

Llegaron de Tomsk sin saber qué les esperaba ni qué tipo de vida les aguardaba en Moscú. Sin embargo, tenían la certidumbre de que estaban preparados para aceptar todos los retos. Si alguien no les recibía en el aeropuerto, no sabrían qué hacer, pero cuando vieron que los esperaban para darles asistencia, respiraron aliviados. Se fiaron de aquel joven oficial del KGB, aunque tenían la sensación de que, a partir de ahora, su vida no se parecería en nada a la del resto de la gente. Vera y Antón estaban mentalizados para respetar las reglas, tradiciones y responsabilidades. Los aventureros a quienes simplemente solo les atrae el riesgo nunca sobrevivirán en el mundo de los agentes de inteligencia, aunque sus motivaciones fueran los más elevados valores patrióticos. También es cierto que, sin osadía, resulta complicado formar parte de un servicio de inteligencia. Una dosis de valentía siempre se agradece en la formación de los agentes.

El mundo de la inteligencia recuerda a veces a una organización secreta, en la que para ser aceptado hay que pasar antes por un rito de ingreso. Y para convertirse en agente no basta con firmar un contrato comprometiéndose a no revelar secretos de Estado. Sean cuales sean las cualidades y los talentos naturales de un candidato a convertirse en agente ilegal,* terminan por ser irrelevantes si se prescinde de un intenso período previo de formación.

* Los servicios de inteligencia disponen de agentes en otros países del mundo donde habitualmente se hallan bajo inmunidad diplomática, al ser empleados de sus embajadas. Los agentes encubiertos son aquellos que actúan bajo falsas identidades fuera de las embajadas, por lo cual no gozan de inmunidad diplomática. En la Unión Soviética dieron gran importancia a una tercera categoría: los agentes ilegales. Además de ser encubiertos, fingían ser ciudadanos de un tercer país o incluso del país que iban a espiar o de uno muy próximo. El programa soviético de los Ilegales estuvo en-

Vera Svíblova y Antón Viazin estaban listos para recibir esa instrucción. Los primeros días disfrutaron de su nuevo apartamento de dos habitaciones, completamente amueblado y equipado con todo lo necesario en el distrito moscovita de Svíblovo. Por pura coincidencia, el nombre de esta parte del gran Moscú era muy parecido al apellido de Vera y les hizo pensar que se trataba de un signo de buen augurio. A mediados de los años ochenta, muy pocas parejas jóvenes rusas podían ni siquiera soñar en vivir en un apartamento como aquel en Moscú. Se consideraron afortunados. El KGB siempre intentaba crear las mejores condiciones de vida para que la instrucción de los futuros agentes fuese lo más efectiva posible.

De las memorias de la coronel Vera Svíblova:

Los años de formación en Moscú fueron para nosotros los más duros en términos de resistencia física y tensión psicológica. Al final de ese período quedamos totalmente agotados, exprimidos como limones, pero listos para la siguiente etapa, la más importante de nuestro trabajo.

Aunque estábamos muy ocupados con los cursos, una vez al año teníamos derecho a disfrutar de unas breves vacaciones. Aprovechábamos ese período de tiempo para dormir y recuperarnos de los agotadores meses de entrenamiento. En una ocasión, fuimos a un complejo turístico del Báltico. Durante los primeros días solo nos levantábamos para el almuerzo, así que siempre nos quedábamos sin desayuno. Por la tarde solíamos jugar al tenis y caminar por la playa. No fue hasta el final de la tercera semana que pudimos recuperarnos de las tensiones de los meses anteriores.

vuelto del mayor secretismo y fue considerado como la joya de la corona del KGB y, posteriormente, del SVR. Los ilegales eran considerados Héroes de la Unión Soviética y de Rusia más tarde. *(N. del T.)*

Los novios no pudieron disfrutar de mucho tiempo para estar solos. La luna de miel en Moscú se terminó antes de empezar. Un día de principios de septiembre, mientras Vera preparaba el café en la cocina del apartamento, Antón recibió una llamada telefónica.

—Buenos días. ¿Os habéis levantado ya, muchachos? —preguntó una voz masculina.

—Sí... —contestó Antón.

—Me llamo Vitali Petróvich. Os mando saludos de parte de Iván Semiónovich —se presentó el hombre con una voz calmada y monótona.

—Ah, gracias —dijo Antón con tono serio—. Nos hemos levantado hace mucho rato.

—Muy bien. ¿Os importa si paso a veros dentro de una hora?

—Aquí estaremos —respondió y colgó el teléfono para decir en voz alta—: Vera, tenemos visita dentro de una hora. Se trata de Vitali Petróvich.

Una hora era tiempo más que suficiente para arreglar la sala de estar. Tenían todo lo que necesitaban y además la nevera estaba llena. Vera cortó un poco de queso y salchichas, que puso en un plato junto a algunas rebanadas de pan. Trajo tres tazas con cucharillas y un bote de café instantáneo. Esta era la comida habitual que se ofrecía a las visitas en los hogares soviéticos. En ese momento, Vera recordó sus conversaciones con Iván Semiónovich en Tomsk... ¡Quedaba tan lejos! Parecía otra vida literalmente. Pero, de hecho, solo había transcurrido un mes.

Exactamente una hora más tarde sonó el timbre de la puerta. La pareja fue a recibirle. Ante la puerta de entrada se encontraron con un hombre de baja estatura, cabello gris y piel clara. Sujetaba en sus manos un portafolios de piel con cierre de cremallera. Se desabrochó el abrigo y con una amable sonrisa dijo:

—¿Puedo pasar?

—Sí, claro —respondieron enseguida los dos jóvenes.

Lo llevaron a la sala de estar y los tres se sentaron en silencio alrededor de la mesita de café: Antón en el sofá al lado de Vera y Vitali Petróvich en el sillón de delante.

—Empecemos con las presentaciones. ¿Cómo os llamáis? —preguntó amablemente el recién llegado, mirando a la chica.

—Vera.

—Antón.

—Eso ya lo veremos... —dijo Vitali Petróvich en tono misterioso—. Dadme vuestros pasaportes. Quiero echarles un vistazo.

Vera se levantó del sofá y fue a la otra habitación. Un minuto después regresó con los documentos, que el hombre ni tocó. En lugar de eso, abrió la cremallera de su portafolios y sacó dos bolígrafos y dos hojas en blanco. A continuación, cogió un papel con un texto impreso y se lo mostró a la pareja.

—Leed el documento y firmadlo, por favor. Es un acuerdo de compromiso para no revelar secretos de Estado ni información confidencial con la que os encontraréis a lo largo de vuestro período formativo. Desde ahora, todo lo que hagáis es alto secreto. Además, quiero que sugiráis dos nombres en código para vosotros y los escribáis en un papel. Es mejor que penséis en nombres ingleses, que solo aparecerán en los archivos personales y en documentos operacionales. También servirán como referencia para la gente que trabajará con vosotros. Todo ello es absolutamente necesario para mantener vuestras auténticas identidades en absoluta confidencialidad. Para algunas misiones, recibiréis pasaportes con otras identidades que estén de acuerdo con la historia ficticia que se os creará, lo que nosotros llamamos la «leyenda».

Después de discutir algunas opciones, Vera y Antón escogieron sus nombres en código y firmaron el documento. Vitali Petróvich los observó y guardó el papel dentro del portafolios.

—Muy bien: Molly y Mike.

—¿Nos podría decir cuándo empezaremos el entrenamiento real? —preguntó Antón.

—Ya ha comenzado —replicó Vitali Petróvich. Rompió un trocito de papel, escribió algo en él y se lo dio a Antón—. Debéis llegar a esta dirección mañana por la mañana a las nueve. Memorizadla y ahora os cuento cómo podréis llegar hasta allí.

Vitali Petróvich se sacó un encendedor del bolsillo de la chaqueta, se lo dio a Antón y le acercó un cenicero.

—Esta nota debe quemarse. Debéis mantener la costumbre de no dejar rastro de prueba alguna. A lo largo de la instrucción, estaréis siempre atentos a lo que os he dicho y habéis de conservar el mínimo número de notas en el apartamento. Una parte considerable de vuestra formación será práctica. En cuanto a las instrucciones y documentos secretos, los guardaréis en una caja de seguridad que os instalaremos en casa.

Vitali Petróvich señaló la ceniza y les explicó que había que pulverizarla, no bastaba con quemar la nota.

—A partir de ahora, el Centro os identificará como Molly y Mike. Sabed que el Centro es el nombre que utilizamos para referirnos a la Dirección. Vuestros nombres y apellidos reales solo serán conocidos por un círculo muy reducido de personas.

Vitali Petróvich también les entregó nuevos documentos de identidad que Vera y Antón deberían utilizar a partir de aquel momento.

—Estos son los documentos para encubrir vuestra identidad. Desde ahora seréis empleados de un Instituto de Investigación «secreto». Debéis reducir drásticamente las comunicaciones con vuestros anteriores amigos y conocidos. Si alguien intenta contactar con vosotros o muestra demasiado interés por vuestro trabajo en el instituto, informadnos sin perder un segundo.

Arrancó otra tira de papel de una hoja en blanco, escribió allí su número de teléfono y se lo dio a Antón, que lo miró sin pronunciar una palabra durante un par de minutos y luego se lo enseñó a Vera. Cuando ella lo hubo memorizado, Antón abrió el encendedor y quemó el papel.

—¡Bien hecho! Considerad que habéis pasado con éxito la primera prueba.

Se interesaron por la fecha de inicio del período formativo, pero Vitali Petróvich se levantó indicando que se había acabado el tiempo del primer encuentro. A lo largo de los años que vendrían, les esperaban muchas más reuniones con él.

De las memorias de la coronel Vera Svíblova:

Durante el largo período de entrenamiento en Moscú, tuvimos la fortuna de trabajar al lado de muchas personas, todas sorprendentes, únicas y leales. Una de ellas, Vitali Petróvich, había estado trabajando junto a su mujer como «ilegal» durante más de diez años en el extranjero. Tenía una personalidad tranquila y reservada, era reflexivo hasta el extremo y gozaba de un gran conocimiento. A lo largo del tiempo que duró la relación, siempre supo darnos consejos valiosos para encontrar, iniciar y cultivar los contactos adecuados con la gente. También compartió sus conocimientos sobre las peculiares formas de comportamiento de la gente de otras nacionalidades. No habían tenido hijos, después de meditarlo mucho con su pareja. Siempre nos dio la sensación de que su trato era amigable y paternal, como si fuéramos hijos suyos. Cuando lo volvimos a ver en Moscú muchos años más tarde, y nuestra misión de inteligencia encubierta de veinte años había llegado a su fin, admitió que siempre había considerado a sus alumnos como si fueran sus propios hijos.

5

Aplica tu corazón a la enseñanza,
y tus oídos a las palabras de sabiduría.

Proverbios 23, 12. Antiguo Testamento

La formación podía compararse, sin riesgo a exagerar, a un estricto ejercicio de combate. Los jóvenes reclutas, Vera y Antón, maduraron rápidamente bajo condiciones muy duras que les habían sido impuestas. No se les permitía ningún descuido. La asimilación del concepto de responsabilidad personal había ido creciendo más y más en su cabeza, y las cosas que parecían ser importantes en la vida diaria, de repente ahora, en la nueva situación, eran negligibles. De manera gradual, se acostumbraron a esta nueva vida tan intensa. Vivían y también se entrenaban uno al lado del otro, como una pareja, lo que, por otra parte, era una suerte. Juntos era mucho más fácil superar las dificultades en esta etapa de preparación.

Con la llegada del invierno, fueron ascendidos a tenientes, aunque ella podría haber escogido mantenerse únicamente como empleada civil. Pero decidió unirse a la carrera militar y Antón le ofreció todo su apoyo. La muchacha era consciente de que pertenecer a una organización militar comportaba aún más exigencias, implicación y responsabilidad. Como ventaja, recibiría un sueldo más elevado.

Los últimos días de otoño habían abierto las puertas al

mal tiempo y la nieve en Moscú. Después vino el frío y el duro invierno, seguido por una primavera impredecible. La estación cambió, y la pareja fue descubriendo la naturaleza de su futura misión. Se dieron cuenta de que estar atentos al más mínimo detalle resultaba básico. Cualquier descuido en su trabajo podía llevar al fracaso, a la pérdida de la libertad y a pagarlo con su propia vida. Esta gran concienciación les ayudó a mejorar su profesionalidad, fortalecerse y confiar en ellos mismos.

De las memorias de la coronel Vera Svíblova:

Sin lugar a dudas, la tarea más larga y laboriosa fue aprender lenguas extranjeras; al menos dos. Una de estas lenguas sería la lengua materna ficticia que el agente se suponía habría hablado desde la infancia, mientras que la segunda sería una lengua de trabajo, necesaria para vivir y obtener información de inteligencia en un determinado país. De este modo, un ligero acento o un error en la lengua de trabajo se podía explicar fácilmente porque no era su lengua materna. Las clases de idiomas se hicieron primero de manera personalizada con un tutor. Más adelante continuaron con el mismo profesor, pero con nosotros dos al mismo tiempo. Era más provechoso en términos de interacción y competitividad y, si debo ser sincera, nos gustaba más estudiar juntos. Ambos coincidimos en que el francés era más fácil de dominar, especialmente por lo que respecta a la pronunciación. Las clases de lenguas ocupaban la mayor parte de nuestro tiempo: tres horas al día con el tutor y tres horas más en casa. Teníamos que aprender de memoria tanto diálogos de películas como pasajes de libros y poemas. Todavía hoy, después de treinta años, nos acordamos perfectamente de los diálogos de la película francesa *Le grand blond avec une chaussure noire*, que interpretaba el actor francés Pierre Richard, y algunos fragmentos de *El principito* de Antoine de Saint-Exupéry.

Aparte de estudiar idiomas, participaban en otras actividades que simulaban el trabajo real de un agente ilegal, de manera que la instrucción era más que un simple proceso de estudio teórico. Las largas conversaciones que tuvieron para detectar seguimientos o comportamientos sospechosos, montar operaciones con buzones camuflados, preparar mensajes encriptados, trabajar con candidatos a ser reclutados o perfeccionar la propia leyenda, no solo se quedaron en ejercicios teóricos. Era imprescindible practicar estas habilidades para las misiones de la vida real. Todas estas actividades exigían una enorme dedicación intelectual y física que dejaba a los pupilos exhaustos. Cuando la semana llegaba a su fin, Vera y Antón caían agotados. El único día de descanso era el domingo, aunque muchas veces, no del todo.

En cada uno de los temarios del programa de estudios se impartían «objetos» diferentes. En la jerga de inteligencia los «objetos» eran casas o pisos seguros, es decir, secretos. Muchas viviendas de la ciudad habían sido alquiladas por agentes del KGB con identidades falsas. Después de estudiar una materia, era necesario llevar a cabo el «trabajo de campo» con el fin de perfeccionar sus habilidades en el exterior, en las mismas calles de la ciudad. Este trabajo debía llevarse a cabo, aunque la meteorología fuera adversa. Un día frío y lluvioso en Moscú no era excusa para que Vera y Antón se quedasen en casa. Debían entrenar para descubrir vigilancias encubiertas y para escapar utilizando los métodos que habían aprendido previamente. Lo hacían por separado y en diferentes distritos de Moscú. El ejercicio duraba varias horas y consistía en seguir una ruta previamente seleccionada, prestando mucha atención a todo lo que les rodeaba y poniendo en práctica lo que Vitali Petróvich les había enseñado en los «objetos». Equipos muy experimentados de operativos del KGB se lo ponían francamente muy difícil a los dos jóvenes.

Tan solo dos semanas antes, Vera no había sido capaz de

detectar un seguimiento y eso la dejó muy preocupada. ¿Qué pasaría si hoy tampoco era lo suficientemente cuidadosa como para descubrir que la seguían? De repente, mientras andaba por la calle Bogdán Jmelnitski, vio a una mujer sospechosa de unos cuarenta y cinco años, de estatura media y de complexión fuerte. Llevaba un abrigo de lana gris y un sombrero de punto beige, y en la mano un bolso de color negro. Vera debía recordar todos los detalles. No tuvo ninguna duda de que tan solo un poco más tarde vio a la misma mujer subiendo al metro en la estación de Tagánskaia de la línea circular Koltsevaia. Tampoco se le escapó el detalle de que ya no llevaba bolso. Estaba de pie en un lugar del vagón donde Vera no le podía ver la cara, una norma que siempre seguían los equipos de seguimiento. La mujer bajó en la misma estación que ella, pero ya no la siguió más. Más tarde, mientras caminaba por la calle, observó un Volga gris con el número de matrícula 5265.

Volvió a ver ese mismo coche cuando cruzaba la calle Mélnikov y, después, en la calle Novoostápovskaia, cuando salía de una librería. Memorizó el aspecto de los dos hombres que estaban dentro del coche, para poder describirlos más tarde en su informe.

Vera y Antón volvieron a verse en casa por la noche, tras terminar los ejercicios de detección de vigilancia. Ambos debían presentar sus informes respectivos por escrito por la mañana. La preparación del informe no sería menos agotadora que sus largos «paseos» por Moscú. Tenían que describir con gran precisión a todas las personas que les habían parecido sospechosas e indicar, con todo lujo de detalles, el lugar donde aquellas personas habían sido observadas y si habían tenido algún comportamiento extraño.

Al día siguiente, a primera hora de la mañana, sonó el teléfono. Antón fue a cogerlo.

—Buenos días, chicos. ¿Levantados? —preguntó Vitali Petróvich con tono alegre.

—Levantados.

—Llamaba para deciros que hoy la clase de francés se hará en un «objeto» nuevo. Escuchad con atención y memorizad la dirección.

El mentor* les dio el nombre y el número de la calle, el número del apartamento y la hora de la reunión y colgó. Después de todas las dificultades del día anterior, incluso la clase de idioma de hoy parecía un descanso. Al menos se ahorrarían tener que pasear por la ciudad durante horas con mal tiempo y bajo vigilancia.

Al cabo de dos horas, la pareja llegó puntual a la dirección. El nuevo «objeto» estaba en el centro de Moscú, en un edificio de seis plantas con grandes ventanales, construido a principios del siglo XX y decorado con estilo neoclásico, muy popular en aquella época. En la fachada había una placa dedicada al gran escritor Maksim Gorki, puesto que había sido su residencia en alguna época de su vida.

Antón empujó la pesada puerta de la calle y le cedió el paso a Vera. El vestíbulo de entrada con sus techos altos y una amplia escalera con una imponente barandilla se correspondían con el estilo exterior del edificio. Sin embargo, los jóvenes no tendrían que subir por ella, puesto que el apartamento se encontraba en la planta baja. Antón pulsó el botón del viejo timbre desgastado y sonó apenas audible; la puerta se abrió enseguida. En el umbral apareció un hombre bajito y rechoncho con el cabello rizado que entre los dientes sostenía un cigarrillo encendido. Se apartó hacia un lado para dejarles paso, inclinó la cabeza ligeramente e invitó a los huéspedes al apartamento, mientras los saludaba en un perfecto francés.

Para llegar a la sala de estar, había que bajar dos escalones

* Del ruso наставник «nastávnik». En el KGB y el SVR, el *nastávnik* es un superior jerárquico con una extensa carrera profesional como agente de inteligencia que hace de guía y se ocupa del agente ilegal. A menudo, las funciones del *nastávnik* y el *kurátor* se llegan a confundir y se utilizan como sinónimos. *(N. del T.)*

desde un lugar que parecía un pequeño porche, para luego recorrer un pasillo muy ancho y girar a la derecha. Al final del pasillo había un porche similar que llevaba a un baño, como descubrieron más tarde.

La sala de estar, que era el lugar destinado a las clases de francés, estaba llena de humo. Allí estaba Vitali Petróvich sentado en un sillón delante de una mesa de café de artesanía. Los otros tres sillones del mismo estilo estaban vacíos. Había un cenicero sobre la mesa de madera de roble, lleno de colillas de cigarrillo que explicaban el aire enrarecido por el humo y, al lado, un par de cajetillas de cigarrillos Gitanes y algunas revistas francesas.

El anfitrión invitó amablemente a los visitantes a sentarse en los sillones. Por fin, se quitó el cigarrillo de la boca y asintió con la cabeza como si fuera un húsar, para presentarse en francés.

—Me llamo Víktor.

—Víktor es otro profesor de francés; nuestro mítico profesor, hijo de comunistas franceses, que os ayudará a dominar los fundamentos de vuestra «lengua materna» principal. Creo que ya estáis listos para trabajar con Víktor para perfeccionar el acento y vuestros conocimientos culturales —explicó Vitali Petróvich, que luego se fue a abrir la ventana, para permitir que la nube de humo de tabaco desapareciera, y volvió a su sitio.

Vera contemplaba admirada lo pulida que estaba la superficie de la mesa de café. Ese detalle no le pasó por alto a Víktor. Sonrió con el orgullo reflejado en su rostro y comenzó a hablar en ruso con un acento muy fuerte.

—La hice yo mismo.

Vera se dio cuenta de que este francés tan agradable sabía hablar ruso muy bien, pero no había sido capaz de eliminar por completo ese acento tan suyo. La lengua rusa no era nada fácil. La chica miró a Víktor encantada.

—Es cierto —confirmó Vitali Petróvich—. Víktor hizo todos los muebles a mano. Increíble, ¿verdad?

Era imposible no estar de acuerdo. Todas las piezas eran muestras evidentes de la habilidad de sus manos y de su exquisito gusto.

—¡Dispone de un auténtico taller de carpintería aquí detrás, en una de las habitaciones! —continuó Vitali Petróvich, elogiando al francés—. ¿Se lo quieres mostrar?

—No, no. Debemos empezar la clase ya —dijo Víktor, levantando las manos.

Durante casi un año, Vera y Antón habían estudiado francés con otro profesor, Anatoli, que era ruso de nacimiento. Tenía el pelo negro rizado y era moreno de piel, como Víktor, y parecía un ciudadano francés con rasgos de Oriente Medio. Trabajaba en inteligencia bajo cobertura diplomática y había regresado hacía poco tiempo de su último destino. Amaba Francia, y conocía muy bien su lengua y su cultura. Gracias a él, Vera y Antón conocieron el mundo de la *chanson* y se enamoraron de grandes artistas como Dalida, Joe Dassin, Enrico Macias y Charles Aznavour.

La primera clase que recibieron de Víktor fue breve. Como buen médico, antes que nada intentó estudiar el estado de salud de sus pacientes. Después de hablar francés unos minutos con sus nuevos estudiantes, se mostró satisfecho con su nivel lingüístico. Escribió algunas notas en su libreta, que apareció en sus manos de manera misteriosa. Como conclusión de su análisis inicial, se dirigió en ruso a Vitali Petróvich:

—Podemos empezar las clases regulares mañana si les parece bien. Ahora, si no les importa, tal como habíamos hablado antes, les tengo que abandonar durante una hora.

—Sí. ¿Podemos quedarnos aquí un rato?

—*Bien sûr,* por supuesto. Esta es su casa, si les apetece charlen, preparen té o miren revistas francesas. Y ahora, con su permiso, «les hago una reverencia».

—¿Quizás querías decir que «te despides»?* —le corrigió Vitali Petróvich.

—¡Ay, sí, sí! Ruego que disculpen mis errores en ruso —sonrió el francés.

—Su mujer es acróbata en un circo local. Ahora se va a ver cómo ensaya —explicó el mentor, guiñándoles el ojo.

Durante un rato, estuvieron charlando animadamente. Los dos jóvenes disfrutaban de estas discusiones porque los recuerdos, los consejos, las ideas y los conocimientos de Vitali Petróvich les ayudaban a encontrar el estado de ánimo sin el cual era imposible convertirse en un agente de inteligencia profesional. Las historias que contaba eran como aquellas joyas que continúan brillando con fuerza incluso después de guardarlas. Con cada reunión, la pareja era más consciente de la complejidad de la vida que habían elegido y les quedaba más claro todavía que este tipo de vida les exigiría una dedicación absoluta. Al mismo tiempo, sabían que este trabajo les había abierto la posibilidad de pertenecer a una exclusiva comunidad intelectual que había elegido mantenerse al servicio de la nación con fidelidad. Esta toma de conciencia les ayudó y les dio fuerzas para perseverar en sus estudios.

Vitali Petróvich conocía perfectamente la importancia de las conversaciones con la joven pareja, porque sabía mejor que nadie las dificultades que les aguardaban. Él y su esposa habían pasado más de diez años en Europa como agentes ilegales y el precio que pagaron por haber escogido esta profesión fue el de no tener hijos.

Cuando dieron por terminada la conversación, Vera dudó en hacer una pregunta muy concreta que le rondaba por la cabeza, mientras hojeaba la revista *Paris Match* que tenía sobre la mesa. Finalmente, se decidió:

* La autora juega con la similitud de los verbos кланяться, que significa 'hacer una reverencia', y раскланиваться, que significa 'despedirse'. *(N. del T.)*

—Vitali Petróvich, quería preguntarle... ¿Por qué se habla de «agentes especiales en la reserva»? ¿Quiere eso decir que podríamos quedarnos de brazos cruzados sin hacer nada? ¿Nos mantendrían en la «reserva», hasta que apareciesen las condiciones idóneas?

Por unos segundos, el mentor permaneció en silencio, mientras reflexionaba sobre la cuestión y buscaba la mejor respuesta.

—Sí, el concepto de agente «durmiente» o «latente» existe. Es un término que utilizan, sobre todo, los servicios secretos occidentales para describir a los espías inactivos, pero para mí no tiene sentido, porque no refleja el propósito real de estos agentes. Son especiales por los métodos únicos que usan, pero probablemente nunca pueden permanecer del todo inactivos. Es evidente que toda decisión acertada solo se puede tomar si se basa en toda la información posible. Esto es válido a cualquier nivel y área de actividad, ya sea en una empresa privada o en el gobierno de un país. Incluso, en casa, antes de comprar algo, siempre se intenta averiguar toda la información posible sobre el producto en cuestión, ¿verdad?

Vitali Petróvich miró atentamente a Vera y continuó hablando:

—Estos agentes son los ojos y los oídos del Estado. Así que, obviamente, no pueden permanecer inactivos. Cuando trabajan en el extranjero, deberán subir la escalera social, cuidar a sus contactos y procesar una gran cantidad de información. El trabajo de un agente no siempre se centra en secretos, como la gente imagina por influencia del cine. A veces, puede que los secretos mejor protegidos no tengan tanta importancia, mientras que las opiniones y las intenciones de las autoridades políticas de un país pueden tener una gran trascendencia. Es el conocimiento preventivo de esas intenciones lo que permitirá a nuestro gobierno tomar la decisión correcta o responder cuando sea más conveniente y en el momento más oportuno.

Vera y Antón se olvidaron de las revistas francesas y escucharon atentamente las palabras de su mentor. Por primera vez, la profundidad y responsabilidad de su profesión apareció ante ellos de forma muy nítida. Se les cortaba la respiración solo de pensar que deberían proporcionar información a los máximos dirigentes de la Unión Soviética y, quizás incluso, al mismo secretario general del Partido Comunista. Vitali Petróvich cogió de forma mecánica, sin pensar, una de las revistas, pero enseguida la volvió a dejar sobre la mesa y continuó diciendo:

—El objetivo de todo servicio de inteligencia es interceptar y conocer las intenciones del enemigo, incluso antes de que la posible decisión haya madurado y se haya aprobado. Una vez tomada una decisión, no hay margen de maniobra para casi nada y ya es demasiado tarde para adoptar una línea de acción concreta por parte de nuestro país. Es obvio que la mayor parte de los que trabajan para un gobierno extranjero no serán sinceros con un ciudadano ruso, se trate de un periodista o de un diplomático. Pero tendrán menos reticencias para compartir información sensible con alguien que sea de un país aliado o con un compatriota. A los que actúan de forma encubierta, los conocemos con el nombre de «guerreros del frente invisible». Hacen una aportación muy especial y diferente al enorme flujo de información que reciben nuestros gobernantes desde multitud de fuentes distintas, pero puedo aseguraros que es en ellos en quienes más confía el Estado.

—¿Y qué es lo que sucedió en el caso de Richard Sorge? ¿No le creyó Stalin? —le interrumpió Antón.

—No todo es tan sencillo en este mundo secreto, y el de Richard Sorge es un clásico ejemplo. Trabajaba con muchas fuentes de información a la vez, incluyendo la prensa japonesa. Su mayor mérito fue lograr comunicarse directamente con las altas esferas de la sociedad nipona y llegó a crear una extensa red de agentes que resultó muy valiosa. Con un minucioso análisis de toda la información que recogió, fue capaz de llegar a conclusiones acertadas y descubrir cuándo se produciría el ataque alemán contra la Unión Soviética, así como cuáles eran las intenciones reales del Gobierno japonés. ¡Prestad mucha atención a esta palabra, amigos míos, a la palabra «intenciones»! —Vitali Petróvich pronunció esta última frase con mucho énfasis, levantando el dedo índice—. El objetivo último de una agencia de inteligencia es saber qué pensará tu adversario mañana, y no lo que pensaba ayer. Cuando un agente trabaja en un país lejano, es fundamental que sus superiores le tengan total confianza. Por supuesto, siempre intentarán contrastar la información con fuentes alternativas. Hay que tener presente, no obstante, que los dirigentes políticos son de carne y hueso, por lo que también pueden cometer errores o tomar decisiones equivocadas. Richard Sorge hizo el trabajo que le correspondía recopilando información, pero no ejerció ninguna influencia sobre cómo esta información fue finalmente interpretada por los dirigentes de su país, y todavía menos sobre cómo debía ser usada. En ese sentido, Sorge vuelve a ser un ejemplo clásico, pero en negativo. Sabemos que Stalin no le creyó y eso tuvo graves consecuencias.

—Debe de ser muy complicado predecir las acciones del enemigo —dijo Vera dubitativa.

—Mira, Vera —continuó Vitali Petróvich con una expresión más grave todavía—. El hecho es que ningún dirigente político de relevancia se fía del todo de sus consejeros a la hora de tomar decisiones. Por regla general, solo los más inteligentes llegan a una misma conclusión final, basándose en informaciones independientes obtenidas por separado.

6

> No podemos elegir nuestras circunstancias externas,
> pero siempre podemos elegir cómo responder a ellas.
>
> Epícteto, filósofo griego en la Antigua Roma

Antón echó una mirada de despedida desde la ventana del avión hacia la tierra de Krasnoyarsk y, acomodado en su estrecho asiento, cerró los ojos. Se sumergió en su juventud, como si lo hiciera en agua bendita fría. Su alma se heló por un instante hasta que una cálida melancolía se extendió por su cuerpo para tomar posesión de pensamientos y recuerdos de ese pasado reciente. El día anterior, por la mañana temprano, cuando se preparaban para su clase de idiomas, Antón recibió una llamada de Mark, un hombre alto y grueso de rostro amable que era uno de sus instructores en técnicas de recogida de información encubierta.

—Buenos días, Antón. Necesito hablar contigo urgentemente. ¿Puedes bajar dentro de quince minutos? Tendrás un coche esperando cerca de la entrada; ya te contaré más tarde de qué se trata. No olvides el pasaporte.

Un cuarto de hora más tarde, Antón subió a un Zhigulí de color blanco, el coche soviético más popular de la época, que los llevó a uno de los «objetos», un piso situado en otro distrito de Moscú, donde ya habían estado más de una vez. Mark abrió la puerta y dentro había dos hombres jóvenes. Le explicó por qué le había llamado:

—Escúchame con atención, Antón. Unos compañeros nuestros de otro departamento del KGB están llevando a cabo una investigación relacionada con el tráfico de drogas entre Asia Central y Moscú. Uno de los puntos de tránsito es Krasnoyarsk. Los camaradas te contarán lo que quieren de ti —dijo el instructor, señalando con la cabeza a uno de los desconocidos.

—Antón, estamos vigilando a un grupo que organiza el transporte de drogas y necesitamos entender el funcionamiento de la red en su totalidad. Un infiltrado nuestro debía recibir la mercancía en Krasnoyarsk y encontrarse al día siguiente con otro correo en el aeropuerto Domodédovo de Moscú. Nuestro hombre en Krasnoyarsk, Serguéi, recibió la mercancía, pero mientras volvía a Moscú sufrió un grave accidente de coche y ahora está en el hospital con un brazo roto. Necesitamos a alguien enseguida que conozca Krasnoyarsk muy bien y que pueda hacer el papel de Serguéi —dijo el desconocido, mirando a Mark.

Y añadió:

—En resumen, Antón, esta noche volarás a Krasnoyarsk, recogerás la mercancía, regresarás a Moscú y te encontrarás con el correo de la droga. Esta es una misión muy importante. ¿Crees que puedes hacerlo?

—Naturalmente, estoy a punto —respondió el joven.

—De acuerdo, nos vamos, pues. Tu vuelo sale dentro de dos horas. Tenemos el tiempo justo para llegar. De tu billete de avión ya nos ocupamos nosotros. Te daré más detalles en el coche. Cuando llegues a Krasnoyarsk, te encontrarás con nuestros colegas de allí y ellos te darán el billete de regreso, así como algunas instrucciones más. ¡Pongámonos en marcha! —ordenó Mark.

Antón había nacido en Krasnoyarsk y este fue su lugar de residencia hasta que se trasladó a Tomsk para proseguir sus estudios. Aunque fuera por espacio de pocas horas, el regreso a su tierra de origen tenía un significado especial para él. Sin embargo, no podría satisfacer sus deseos de pasear por las calles de su ciudad natal, ya que debido a las cuatro horas de diferencia horaria entre Moscú y Krasnoyarsk llegaría de noche, por lo que solo le quedarían unas pocas horas para coger el vuelo de vuelta por la mañana.

Dos hombres de paisano recibieron a Antón a la salida del aeropuerto y se lo llevaron directamente a una oficina de la terminal reservada a los empleados. En la pequeña sala solo había un escritorio y un par de sillas. Uno de los hombres se sentó e invitó a Antón a hacer lo mismo. El otro se quedó de pie junto a la puerta, tras cerrarla con llave. El hombre sentado sacó del bolsillo el billete de vuelta de Antón, lo puso encima de la mesa, se lo acercó y le dijo:

—El billete está a tu nombre. Tíralo antes de dejar el área de llegadas. A la salida de Domodédovo debes encontrarte con este hombre. —Sacó del bolsillo una fotografía en blanco y negro, se la mostró a Antón y le dio las siguientes instrucciones—: Debes entregarle un maletín. Recuerda que para él no eres Antón, eres Serguéi. Trata de no discutir con él sobre nada. Es tan solo un correo y no debería hacerte ninguna pregunta.

Llamaron discretamente a la puerta y el otro hombre la abrió. Entró alguien en la sala con una bolsa en la mano. La dejó sobre la mesa y del interior sacó un maletín, del modelo «diplomat». Llevaba un adhesivo redondo de color verde brillante en uno de los lados. Sin mediar palabra, el hombre que la había traído desapareció con la bolsa.

—Este maletín tiene un doble fondo. Contiene un kilogramo de hachís. No lo abras por nada del mundo. Si algo se tuerce, y solo como último recurso, puedes decir que eres un conocido de Serguéi, que ahora está ingresado en el hospital recuperándose de las heridas de un accidente de tráfico. Será fácil para ellos comprobarlo. Los médicos tienen instrucciones de confirmarlo. ¿Lo has entendido? Como puedes ver, tu misión es muy sencilla. Pero intenta no llamar la atención del resto de pasajeros y haz la entrega del maletín en Moscú.

Cinco horas más tarde, el tren de aterrizaje tocaba la pista y el avión aterrizaba en Moscú. Las turbinas rugían mientras frenaban el avión y Antón estaba ya del todo despierto. Pronto la misión llegaría a su fin y podría volver a su apartamento y darse una ducha, que tanta falta le hacía. El avión TU-154 avanzó muy despacio hacia el lugar designado para su estacionamiento, donde un autobús esperaba a los pasajeros.

Antes de llegar a la entrada de la terminal, Antón aminoró la marcha y echó el billete y la tarjeta de embarque a la papelera. Fue uno de los últimos en entrar en la sala de llegadas. Sin prestar atención a los taxistas, que siempre resultaban un incordio, continuó andando despacio, muy atento a la gente que estaba de pie al otro lado de la salida.

Por fin, Antón identificó a la persona de la fotografía que le habían mostrado en Krasnoyarsk. Era evidente que observaba atentamente los equipajes de los pasajeros que llegaban. Fue en ese momento cuando se fijó en el «diplomat» que llevaba Antón y en el adhesivo brillante con la imagen del monumento conmemorativo a los soldados soviéticos de Treptower Park de Alemania Oriental. Aquella era la señal que esperaba.

Antón se acercó al hombre, lo saludó y le tendió la mano que sujetaba el maletín. El otro hombre sonrió y, en lugar de devolverle el saludo, solo le susurró algo al oído.

—No querrás que lo coja aquí en medio, ¿verdad? Podría fijarse alguien en nosotros. Llevémoslo al coche y finge que se trata de tu equipaje.

Antón se sintió algo incómodo, pero obedeció y siguió al desconocido. La cosa no iba como se esperaba. Empeoró aún más cuando Antón se dio cuenta de la aparición de otro hombre que se puso a caminar a su lado. Alto y grueso, tenía un aspecto realmente amenazador.

Cuando los tres se acercaron a un viejo Moskvich de color verde que estaba aparcado, empujaron a Antón dentro del coche, para terminar en el asiento trasero atrapado entre dos gigantes. El hombre que le esperaba en la sala de llegadas se sentó en el asiento delantero junto al conductor.

Antón no entendió lo que estaba sucediendo ni adónde se lo querían llevar. No tenía miedo y estaba preparado para cualquier percance, por lo que no se asustó demasiado cuando uno de ellos sacó una navaja del bolsillo con la que abrió el «diplomat» que aún estaba sobre su regazo, lanzó al suelo todo lo que había en su interior y abrió el doble fondo con la hoja afilada.

—¡Oye, Portugués! —le dijo al que iba delante y que parecía el jefe de la banda—. Aquí no hay nada. Está vacío.

—¿Cómo? ¿Qué quieres decir con que está vacío? —gritó el Portugués, y pidió al conductor que se dirigiera con el coche hasta un bosque cercano y se detuviera allí.

El Moskvich cogió la primera salida y continuó su marcha unos cientos de metros hasta que finalmente se detuvo. Sacaron a Antón del coche a trompicones, le sujetaron de un brazo por detrás y le pusieron la cara sobre el capó sucio del coche. El Portugués salió del coche con una pistola y puso el cañón en la nuca de Antón.

—¿Notas el frío metal? Dime dónde está el hachís o te mato aquí mismo.

—No lo sé, no he abierto nunca el maletín —murmuró Antón mientras escupía porquería de la boca.

Uno de los asaltantes le registró y encontró el pasaporte en el bolsillo de la chaqueta.

—¡Portugués! Sorpresa, no es Serguéi. Es un impostor —exclamó.

—¿Trabajas para la policía? —preguntó el jefe.

—¿Nos lo cargamos? —dijo el otro.

—¿Eres estúpido? ¿Cómo encontraremos el hachís si lo

matamos? Primero lo interrogamos, y luego ya veremos qué hacemos con él.

El que lo tenía cogido por los brazos aflojó un poco y Antón pudo enderezarse. Era consciente de que su vida corría peligro, y aunque estaba preparado para enfrentarse a todas las contingencias, no le hacía ninguna gracia ser asesinado por unos asaltantes en un asunto de tráfico de drogas.

Comenzó a idear un plan, pero a lo lejos apareció un Zhigulí de color blanco. En cuanto estuvo más cerca, Antón reconoció en su interior una cara familiar que se vislumbraba por la ventana medio bajada. Era Mark, su instructor. Los asaltantes que hacía un minuto le estaban amenazando se convirtieron de golpe en simpáticos amigos. El Portugués escondió la pistola y sacó un pañuelo del bolsillo para limpiarle la cara a Antón, que la tenía llena de barro.

—Lo siento, chico. Quizás deberíamos haber sido menos rudos. Pero considérate afortunado; en tiempos de Stalin, la prueba habría sido mucho más dura. Lo has hecho muy bien. Muy digno —confesó el Portugués.

—Ya lo veo —murmuró Mark, y se giró hacia Antón para decirle—: Ahora te acompañaré a casa en coche. Mañana ya harás el informe. Has pasado una prueba más.

Todo el camino lo recorrieron en silencio. Llegó a casa al atardecer. Cuando Vera lo vio, adivinó que había pasado por una dura prueba y se lo llevó a la cocina para cenar. Se fueron a la cama pronto y Antón se quedó dormido enseguida, mientras ella lo miraba enamorada, intentando imaginar qué había sucedido.

De las memorias de la coronel Vera Svíblova:

Antón y yo somos personas con caracteres completamente diferentes, pero, como nos gusta decir, «los polos opuestos se atraen». Yo soy por naturaleza más abierta y sociable. Él es más reservado y reflexivo. Sus puntos fuertes son la firmeza, la fuerza de voluntad y la fiabilidad. En mi caso, a veces, me permito el lujo de ser más despreocupada porque me siento muy segura con él detrás, sólido como un muro de piedra, fuera en la época de instrucción cuando éramos jóvenes, a lo largo de nuestro trabajo en el extranjero, o ahora que ya estamos de vuelta en nuestro país.

7

El mundo es un escenario y todos los hombres y mujeres son actores; tienen sus entradas y sus salidas, y un mismo hombre puede interpretar muchos papeles.

SHAKESPEARE, dramaturgo inglés

«Objeto» dacha, región de Moscú, URSS, 198...

El tiempo de instrucción llegó a su fin. El trabajo duro de todos estos años había esculpido las personalidades de Vera y Antón. Día tras día, mes tras mes, sus instructores y profesores les habían transmitido unos conocimientos y unas experiencias de gran valor para sus futuras actividades de espionaje. De forma gradual, les habían transformado en profesionales y les habían cambiado el carácter, pero se mantenían siempre fieles a sus ideales de juventud y su amor por la Unión Soviética, si bien en el proceso de aprendizaje de nuevos idiomas también habían tenido que adoptar la mentalidad occidental. Pero ello no condicionaba en absoluto el profundo vínculo que mantenían con sus raíces rusas. En Moscú se convencieron aún más del acierto de haberles elegido. Los dos jóvenes agentes entendieron el valor de la información de inteligencia y se dotaron de habilidades muy especiales para saberla recoger. También se fueron acostumbrando a sus nuevos nombres extranjeros, que los acompañarían por un largo período de tiempo, tal vez para el resto de su existencia.

A menudo, pensaban en los detalles de sus vidas ficticias, que deberían utilizar en un futuro: sus leyendas. Había que inventarse una niñez, una juventud, e incluso una casa familiar. Lo más difícil de inventar y visualizar fueron los padres imaginarios, a los que naturalmente nunca habían visto, pero que tenían que sustituir a sus queridos progenitores. Esto no les resultó nada fácil, pero para las misiones que desarrollarían en el futuro debían borrar de su mente muchos de los episodios de su vida real anterior. Tuvieron que aceptar este sacrificio, confiando en que sus almas siempre conservarían la calidez del amor paterno que recibieron en la infancia.

El Zhigulí blanco se dirigió a uno de los suburbios de Moscú considerado como uno de los mejores lugares de veraneo. Vitali Petróvich conducía, mientras que Vera y Antón estaban sentados detrás sin saber cuál era su destino. Antes de comenzar el trayecto, el curador, muy lacónico, solo les había dicho que aún les quedaba una etapa imprescindible, y de interés, para completar su formación. También les advirtió de que no se trataba de unas vacaciones, pero ellos demostraron tener mucha paciencia a pesar de la incertidumbre.

Por fin, el coche frenó bruscamente cuando casi pasaba de largo el desvío que llevaba al pueblo de destino; giró a la derecha y acabó por detenerse ante una puerta de color azul. Detrás del muro de ladrillos que rodeaba la gran finca, un perro empezó a ladrar. Vitali Petróvich invitó a la pareja a salir del Zhigulí. Ante ellos se levantaba una casa preciosa, como las que podrían haber visto en una revista extranjera. Las ventanas de la primera planta de esta acogedora casa de estilo alemán estaban protegidas del sol por las copas de los frondosos árboles. El perro, que había reconocido a Vitali Petróvich, movía la cola. Un poco más lejos, a la sombra del jardín, había un porche, de donde salió el que probablemente era el guarda de la casa, y el curador lo saludó. Rápidamente desapareció tras la puerta.

—Ahora, muchachos, entremos en la casa —les invitó Vitali Petróvich.

Ambos le siguieron. Antón llevaba una bolsa pequeña con sus pertenencias.

La decoración interior de la casa no les decepcionó. El suelo de la amplia veranda estaba cubierto de esteras de colores. Cerca de la pared había un sofá de mimbre decorado con pequeños cojines. Dos butacas idénticas estaban situadas en el centro, cerca de la mesa. Las cortinas transparentes añadían confort al espacio.

Vitali Petróvich decidió no entrar y se despidió de la pareja en el porche.

—Amigos míos, el objetivo de esta semana es hacer una inmersión completa en el estilo de vida occidental. Aquí podréis ver películas americanas y francesas, leer revistas y familiarizaros con los electrodomésticos de la cocina y de todo el hogar. Llamadme si surge algún problema. Por cierto, el aparato telefónico también es extranjero. Me imagino que sabréis cómo funciona. Y algo más, hoy es lunes, el jueves tendréis un invitado que acaba de regresar de Estados Unidos. Seguro que tendrá cosas que comentar con vosotros —concluyó con un guiño.

Los jóvenes supusieron que verían a Peter, su profesor de inglés, y que harían prácticas con él haciéndose pasar por americanos. Ese debería ser su examen definitivo para comprobar sus habilidades lingüísticas.

La sala de estar estaba decorada con muy buen gusto. Enseguida, la atención de la pareja se centró en un gran sofá de color blanco con una gruesa alfombra delante. La chimenea tenía una buena reserva de leña. En la primera planta había dos habitaciones con camas lujosas que parecían muy caras. Las baldosas de malaquita del baño contrastaban con el metal brillante de la grifería. Vera se fijó en la cocina. Los armarios de madera oscura contenían una gran variedad de electrodomésticos que habrían hecho temblar la imaginación de cualquier mujer soviética.

—¡Antón, mira qué he encontrado!

Él estaba distraído leyendo los títulos de las cintas de vídeo que había en la estantería. Todos parecían interesantes y se moría de ganas de ver las películas. De momento, no escondía su sorpresa por todo lo que encontraba en la casa. Cuando la semana llegara a su fin, deberían haberse familiarizado con todo este ambiente. Ese era el propósito principal de la casa.

Vera lo miró perpleja y le dio una de las latas.

—No sé cómo abrirla.

—Déjame verlo. Seguro que lo consigo. —Comenzó a examinar la lata de color azul mientras ella esperaba paciente a su lado.

—¿Quieres un cuchillo?

Justo en ese momento, Antón levantó la anilla de la tapa y tiró hacia arriba con la uña. Se oyó un silbido y un pequeño agujero se abrió en la tapa que reveló la bebida refrescante. Vera abrió la suya, probó la bebida y cogió una revista francesa. Antón seguía mirando sus cintas de vídeo. Cogió del estante la cinta que llevaba por título *Emmanuelle*, con la imagen erótica de un hombre y una mujer en la playa.

—¡Mira esta película!

—*Oui!* —respondió Vera—. Traeré un poco de vino y fruta. Hay una botella de vino francés en la cocina.

Unos minutos después regresó con dos copas, una botella de vino y un cuenco de fruta; lo dejó todo encima de la mesa de café y se sentó en el sofá. Antón se quedó en la alfombra, pero muy cerca de ella.

La distribución de la sala que aparecía en la película era muy parecida a la estancia donde se encontraban en este momento; incluso el sofá donde Vera estaba sentada recordaba al de la película. Además, la protagonista tenía un gran parecido con Vera.

Mientras avanzaba la trama de la película y la pareja contemplaba los juegos eróticos de sus protagonistas, las imágenes que aparecían en pantalla iban subiendo cada vez más de tono. Se miraron el uno al otro. Antón se acercó lentamente a su mujer, lo que fue suficiente para quedar hechizados por un momentáneo impulso de pasión. Cogió a Vera de la mano y la atrajo hacia él con delicadeza. Ella se dejó llevar sobre la alfombra blanda. Al cabo de unos instantes, ya no disimulaban su excitación y disfrutaron de la intimidad. Un vaso de vino a medio terminar cayó al suelo, pero la pareja ni se dio cuenta. Ya no les interesaban las imágenes que aparecían en la pantalla del televisor.

Una ducha fría les ayudó a recuperar la normalidad para regresar a la sala de estar. Vera llevaba una bata fina y transparente. Se tumbó con delicadeza en el sofá, mientras miraba con coquetería hacia la cámara, y Antón le hacía fotos. Con cada clic de la cámara Kodak, la chica se ponía en posturas diferentes y aparecía cada vez más seductora. Incapaz de resistirlo más, Antón dejó la cámara y la abrazó con calidez.

Pasaron el resto de la noche viendo la película. Les daba miedo revelar el rollo fotográfico para positivar las fotografías en papel, tras la improvisada sesión ante la cámara, pese a que hacía meses que dominaban la técnica del revelado fotográfico. Se trataba de una de las técnicas útiles que los agentes de inteligencia destinados a un país extranjero estaban obligados a conocer.

Fue exactamente aquí, en la «dacha», donde los futuros personajes de Annabelle Lamont y Dave Hardy tomaron forma. Practicaron las maneras de comportarse de otros países, sus gestos y también profundizaron en sus conocimientos sobre la cultura occidental. Por otro lado, analizaron la visión del sexo y las relaciones matrimoniales que existían en el extranjero, ya que en un país como la Unión Soviética estos temas normalmente se evitaban. Entre muchas otras cosas, se esforzaron en practicar el saludo tradicional francés. Hay que inclinarse hacia delante y frotarse las mejillas con suavidad empezando por el lado izquierdo, mientras se lanza un beso al aire y, a continuación, repetirlo hasta en tres ocasiones. También era necesario conocer el gesto obsceno norteamericano de levantar el dedo corazón, aunque no fuera necesario utilizarlo con demasiada frecuencia.

8

Solo alguien que conoce su papel a la perfección
es capaz de improvisar.

JODIE FOSTER, actriz estadounidense

El jueves alrededor del mediodía, el perro ladró con fuerza anunciando la llegada de un visitante. El supervisor de la dacha abrió la puerta de entrada y acompañó al hombre hasta el porche, donde Antón ya esperaba a Piotr Alekséievich y lo invitó a pasar. Cuando la silueta alta del hombre apareció en la sala de estar, Vera acababa de poner la mesa con algunos platos ligeros: salchichas, queso, una botella de vino, así como una gran variedad de canapés y pastelitos, preparados según recetas de las revistas extranjeras.

DE LAS MEMORIAS DE LA CORONEL VERA SVÍBLOVA:

Tras consolidar nuestro elevado nivel de francés, empezamos con el inglés, a partir de los principios básicos. Teníamos que estudiar las dos lenguas simultáneamente. Hicimos inmersión en la cultura y la lengua de los norteamericanos a través de películas, canciones y literatura. La pronunciación del inglés no fue fácil para nosotros, porque los sonidos se forman en el interior de la garganta, en contraste con el ruso y el francés, en que los labios juegan un papel protagonista en la articulación de los fonemas. Aunque conseguimos hablarlo fluidamente, tuvimos que continuar practicando nuestros conocimientos lingüísticos, incluidas las variantes locales, una vez llegamos a Norteamérica. Solo al cabo de dos o tres años nos sentimos del todo cómodos en ese ambiente.

—Hola, soy Peter —inició el diálogo Piotr Alekséievich en un inglés con marcado acento norteamericano.

Tras presentarse, le regaló una caja de bombones a Vera.

—Me llamo Mike —respondió Antón, usando su nombre en código.

—Y yo soy Molly —añadió Vera.

—Si no os importa, me sentaré un rato. Ha sido un largo viaje desde San Francisco para llegar hasta aquí —continuó Peter, invitando a la pareja a seguir con el juego de las identidades falsas.

La chica cogió un plato de la mesa, puso un tenedor y una servilleta encima y se lo ofreció a su invitado. Tanto Vera como Antón supieron que al mencionar San Francisco era porque sería el tema principal de la conversación de ese día. Vera exclamó contenta:

—¡Qué bien que haya visitado San Francisco!

—Así es, apenas acabo de regresar.

—No se lo creerá, pero nosotros también estuvimos allí hace solo un par de meses —dijo Antón—. Hemos estado estudiando durante una temporada en la Universidad de San Francisco.

—¿En cuál de ellas? —preguntó Peter.

Su pregunta era, en realidad, una pequeña trampa. Existen muchas instituciones de educación superior en aquella ciudad, pero dos de ellas tienen el nombre muy parecido: University of San Francisco y State University of San Francisco. Solo la gente de la ciudad y la que ha estudiado en alguna de esas universidades conoce la diferencia normalmente. Peter, con el rostro inquisitivo, estaba sentado en uno de los brazos del sillón, mientras comía canapés uno tras otro y bebía una copa de vino.

—Nosotros fuimos a una universidad privada —respondió Antón-Mike, mientras daba vueltas con destreza a un trozo de queso. Y continuó no sin cierto sarcasmo—: La gente a menudo se confunde con las dos universidades, sobre todo si nunca ha estado en San Francisco.

A lo largo de su instrucción, los dos jóvenes estudiaron detenidamente para memorizar todos los detalles de una docena de ciudades de Estados Unidos y Europa, incluidas sus infraestructuras básicas, como aeropuertos, estaciones de ferrocarril y puertos marítimos. Para ello, leyeron y analizaron cientos de informes, mapas y fotografías. Retener gran cantidad de información resultaba muy útil para ejercitar la memoria, especialmente la visual.

De las memorias de la coronel Vera Svíblova:

Ejercitamos nuestra memoria visual a lo largo de muchas sesiones. Había que memorizar rostros, textos e información de todo tipo. Estudiábamos horas y horas en una sala especialmente adaptada donde intentábamos memorizar fotografías de caras, para luego reconocerlas entre otras muchas que nos proyectaban en una pantalla. De esta forma aprendimos a identificar rasgos característicos en el aspecto de una persona. También teníamos que memorizar una información específica y después la debíamos reproducir cuidadosamente. Con estos entrenamientos, un espía se convertía en un detective, como el mismísimo Sherlock Holmes; alguien con habilidades especiales.

A veces, las sesiones se llevaban a cabo en condiciones muy duras, bajo una enorme tensión, y con cables y sensores conectados en nuestras cabezas y manos para registrar nuestras reacciones corporales. La voz del instructor repetía frases que nos inducían a estados de excitación y de angustia, y nos mortificaba llamándonos la atención cada vez que las respuestas eran incorrectas o se daban con demasiada lentitud. Eran pruebas que servían para verificar nuestra capacidad de trabajar bajo tensión y presión constantes. Aprendimos cómo enfrentarnos a la tensión durante las sesiones especiales en las que se nos enseñaron técnicas de relajación y autohipnosis, que luego nos permitieron controlar el estrés y las emociones, así como cuidar de nuestra salud.

—¿Os gustó San Francisco? ¿Dónde vivíais? —continuó preguntando Peter.

—Nos pasó una historia divertida cuando llegamos a la ciudad —tomó ahora la iniciativa Vera-Molly—. Habíamos reservado habitaciones en un motel, pero cuando llegamos, no encontraron nuestra reserva. Nos costó darnos cuenta de que estábamos en el Pawnbroker Plaza Motel en lugar del Pawnbroker Motel. Había solo una ligera diferencia en el nombre.

—Pero ¿los hoteles estaban cerca al menos? —preguntó Peter.

—El segundo estaba un poco más lejos, pero en la misma Van Nes Street. En la acera de la derecha, esquina con Franklin Street.

—Si os digo la verdad, no recuerdo ese hotel —dijo Peter.

—Es un edificio de tres plantas de color verde. Tiene un anuncio de vodka Absolut en la azotea —explicó Molly.

Todo era cierto y conocía hasta el más mínimo detalle, por lo que incluso era capaz de indicar el color del mostrador de la recepción del motel, aunque ese detalle no tuviera más trascendencia.

El encuentro se prolongó unas tres horas. Ya no quedaba nada más para comer. Se habían comido los entrantes y los pasteles, pero Peter insistía en comprobar las habilidades lingüísticas y culturales de Molly y Mike, que sin embargo daban ya muestras de cansancio. Debían permanecer muy atentos a las respuestas que daban a Peter y también debían recordar todo lo que decían, porque la misma pregunta podía reaparecer en otro momento de la conversación. Por otra parte, estaban hablando en una lengua que no era la suya, pero que tenía que sonar como si fuera su idioma materno, como si se tratase de los ciudadanos estadounidenses que pretendían ser.

Para alguien de fuera, la conversación habría parecido del todo natural: un Peter amable, una Molly alegre y un Mike sociable intercambiando impresiones sobre San Francisco.

—¿Y qué me decís de vuestros sitios favoritos en la ciudad? ¿Del Golden Gate Bridge, por ejemplo? —dijo Peter, tratando de llevar con disimulo a sus amigos hacia una nueva trampa.

—¿Desde el Observatorio? ¿En Vista Point? ¡El espectáculo es impresionante! —confirmó Mike entusiasmado.

—La vista que puede apreciarse desde ahí es la que a mí más me gusta también, sin duda alguna. Creo que es la más bonita de todas. Pero ¿sabéis qué es lo que más me impactó? El coraje de los pintores encaramados allá arriba del todo. ¿Los visteis alguna vez? Como las obras habían acabado de empezar, seguramente todavía no había pintores —sugirió Peter.

—¿Por qué no? Diría que siempre se los ve trabajando ahí arriba —reaccionó Mike enseguida.

La pregunta era capciosa. La realidad era que habían sido necesarios cuatro años para pintar todo el puente y cuatro años más para los trabajos de renovación, así que a lo largo de todo ese tiempo los pintores habían estado presentes. Era un detalle que solo lo podían conocer si habían vivido en San Francisco en aquella época. Los dos jóvenes conocían la información gracias a su instructor, Mark, que había visitado en varias ocasiones la ciudad.

Se oyó el sonido de una bocina afuera, en la calle, Peter miró el reloj y dijo:

—Eso es para mí. Es hora de despedirme.

Antón le acompañó a la entrada, mientras ella se fue a lavar los platos.

—Bueno, ¿cómo lo has visto? —preguntó ella en francés, cuando Antón regresó.

—No creo que hayamos cometido ningún error; en caso contrario el mismo Peter nos lo habría hecho saber directamente —respondió él también en francés.

Desde que llegaron a la casa segura, la dacha, Vera y Antón decidieron hablar entre ellos solo en inglés o en francés, y no se dirigían nunca la palabra en ruso, por lo que continuaron con su «juego».

Fue una dura prueba. Por primera vez, Vera y Antón habían tenido que usar todas las habilidades que habían aprendido durante su instrucción, incluido el arte de actuar. También es cierto que fue la primera ocasión en que demostraron tener confianza en sí mismos. Y lo que es más importante, tomaron conciencia de que en sus vidas pronto deberían estar actuando constantemente.

De las memorias de la coronel Vera Svíblova:

Ser una espía me ha dado de alguna manera la oportunidad de demostrar mi naturaleza creativa. De pequeña me encantaba todo lo que tenía relación con el arte. Mi padre fue quien me inculcó el interés por la música, la danza y la pintura; él mismo tocaba muchos instrumentos, le gustaba el jazz y tenía una colección enorme de libros sobre música, partituras y discos. De niña me gustaba, mientras escuchaba los discos, imaginarme como actriz y cantar las arias de las operetas de Kalman disfrazada para la ocasión. Desde muy jovencita practiqué el *ballet* y cuando tenía nueve años, me admitieron en una escuela profesional de danza, donde estudié varios meses. Se me hizo muy difícil separarme de mi familia y, al final, lo dejé y decidí regresar a casa. Una vez finalizados mis estudios superiores, intenté sin éxito entrar en la Facultad de Historia del Arte. Tras estudiar violín muchos años, formé parte de un conjunto musical de violinistas y me lo pasé en grande tocando con ellos en el escenario.

De adolescente, nunca imaginé que el destino me conduciría a la práctica de todas mis habilidades de actriz para crear una nueva imagen de mí misma durante un largo período de tiempo. Por supuesto, no había clases especiales dedicadas a convertirse en actriz y debíamos practicar por nuestra cuenta. A menudo, durante las clases de idiomas, debíamos hacernos pasar por franceses, ingleses o canadienses; y nos teníamos que inventar su pasado, su carácter, las circunstancias de sus vidas, sus maneras y gestos, que al mismo tiempo debían cuadrar con su nacionalidad correspondiente. Pronto aprendimos también a contar con los dedos. En la gran mayoría de los casos, los extranjeros, cuando cuentan, abren y estiran los dedos, mientras que los rusos normalmente los doblan. Es algo muy natural, pero para una agente, esos detalles podían resultar cruciales.

9

Para ser natural, hay que ser capaz de fingir.

Oscar Wilde, poeta y escritor irlandés

Moscú-Bakú, URSS, 1985

Las principales cualidades que todo agente ilegal debe tener

son: nivel intelectual elevado con una potente capacidad de análisis, iniciativa, fuerza de voluntad y mucho ingenio. Todos los futuros agentes de inteligencia estaban obligados a estudiar criptografía y el código Morse. Por lo que respecta a la topografía militar, a Antón no le parecía muy interesante, pero en una ocasión, durante su período de instrucción, también le resultó de mucha utilidad. Una tarde, Vitali Petróvich fue a visitar a los dos jóvenes a su apartamento después de la clase de inglés, que se hacía en otro lugar de la ciudad. Como siempre, el curador llegó con su portafolios de piel cerrado con cremallera bajo el brazo y les pidió sin más preludios que se sentasen alrededor de la mesa de la cocina. Más tarde entenderían por qué.

—¿Tiene hambre? —inquirió Vera, pensando que su curador había elegido la cocina porque quería comer.

—No, gracias —respondió él, y con aspecto grave continuó—. Sentaos, acercaos.

Obedecieron. El mentor sacó un mapa topográfico del portafolios y lo extendió sobre la mesa. La pareja examinó con atención el mapa. Se trataba de la ciudad de Bakú y sus afueras, en Azerbaiyán, una de las repúblicas soviéticas. A lo largo de sus estudios, la pareja ya se había acostumbrado a algunos repentinos cambios de guion, por lo que se intercambiaron miradas impacientes mientras intentaban adivinar cuál sería la próxima misión que se les asignaría. Esperaron a que Vitali Petróvich se lo revelase. Este sacó un lápiz para señalar un punto del mapa y dijo:

—Se trata de una refinería de petróleo, cerca de Bakú. Os desplazaréis hasta allí para estudiar este objetivo. Vuestra misión es viajar de incógnito hasta Bakú, examinar la refinería, acceder al complejo sin despertar sospechas y levantar un plano, indicando la posición de los edificios más vulnerables del recinto.

Vera y Antón le escuchaban muy atentamente. El mentor prosiguió con las instrucciones:

—Antes de tomar el tren a Bakú, deberéis fabricar vuestra «leyenda» sobre lo que vais a hacer allí. Esta será la historia que contaréis si os encontráis con algún conocido durante el viaje. La parte más complicada es que tenéis que encontrar un lugar para pasar algunas noches en la ciudad sin dejar rastro alguno, lo que significa que no debéis inscribiros en ningún registro oficial de hotel. Sed creativos. Una vez que haya terminado la misión, volveréis a Moscú en tren. ¿Habéis entendido la misión? ¿Alguna duda?

No hubo preguntas, pero Antón continuó pensando en voz alta y dijo:

—Creo que ante todo nos será necesario identificar el sistema de seguridad de la refinería y determinar las fases más importantes de su producción. Quizás podamos fotografiar algunos puntos de la refinería...

—Mejor que no lo hagáis. Podríais llamar la atención de forma innecesaria. No olvidéis que vuestro objetivo principal es dibujar el plano —replicó Vitali Petróvich.

Pasaron la tarde elaborando la leyenda del viaje, diseñando

el plan de acción y haciendo el equipaje. Sus billetes de tren ya habían sido adquiridos por adelantado. La salida estaba prevista para el día siguiente por la mañana, puesto que la rapidez en la toma de decisiones y una buena preparación en solo cuestión de horas también formaban parte de la instrucción de un espía.

El calor del verano, los asientos sucios del vagón de tercera clase y un revisor siempre malhumorado fueron las grandes molestias que debieron soportar a lo largo de los dos días del viaje en tren. La llegada a Bakú no ayudó a aflojar el calor. Al contrario, todavía se hizo más inaguantable. No podían dormir en un hotel por razones obvias: tendrían que mostrar sus pasaportes y registrarse. Por otro lado, muy probablemente ya no quedaban habitaciones libres. Por este motivo trazaron un plan para tratar de encontrar alojamiento en uno de los balnearios de la zona, así que subieron, junto a un grupo de turistas, a uno de los autobuses del balneario que tenía su parada justo delante de la estación. Tras una hora y media de camino llegaron al balneario completamente empapados de sudor. El médico que dirigía el centro invitó uno a uno a los recién llegados a su despacho para asignarles una habitación. Cuando llegó el turno de la joven pareja, Vera se vio obligada a desplegar todo su encanto para explicar al doctor que no tenían reserva, pero necesitaban quedarse unos días en Bakú mientras buscaban a un pariente que había desaparecido. Se lamentó de las dificultades que había para conseguir alojamiento en la ciudad y suplicó al médico que les permitiera quedarse en el balneario tres días. El médico se quitó las gafas y con cierto aire cansado se frotó los ojos con los dedos.

—Lo siento, amigos míos, pero no queda ninguna habitación cómoda que les pueda ofrecer. Sin embargo, ustedes son jóvenes y me atrevería a decir que no se asustarían si les ofreciera algo, aunque las condiciones fueran un poco duras, ¿verdad?

Los jóvenes asintieron con la cabeza. El director médico sonrió, se levantó de la silla y continuó:

—Adelante, pues. Les enseñaré dónde podrían dormir y ustedes deciden.

La pareja se alegró; no solo porque el problema de la pernoctación parecía resuelto, sino porque habían logrado persuadir a un desconocido y le habían inducido a hacer exactamente lo que ellos querían.

Un poco alejada del edificio principal del balneario azerí, se levantaba una pequeña cabaña. En su interior tan solo había dos camas con colchones desvencijados y una mesa desnivelada con dos sillas cubiertas por una gruesa capa de polvo. El suelo de madera estaba medio levantado. El cristal de la ventana se había agrietado, la puerta chirriaba y solo podía cerrarse desde dentro con un gancho, porque no había ninguna cerradura. Pero si se quedaban ahí, no tendrían que registrarse en el balneario ni enseñar sus pasaportes. Si tenían que inventarse una historia falsa sobre documentos olvidados o perdidos, supondría un nuevo dolor de cabeza. Les fue de maravilla que el doctor olvidara, incluso, pedirles sus apellidos. Y como si esto no fuera suficiente, el amable médico les dio permiso para comer en la cafetería del balneario. Después de poner orden, tanto como pudieron, a su nuevo «refugio», Antón y Vera decidieron ir a la playa, aunque bañarse en agua tibia no les ayudó a aminorar el calor que habían padecido a lo largo de la jornada. Al atardecer llegaron los mosquitos. Aunque los dos jóvenes eran siberianos y por tanto estaban acostumbrados a estos insectos, no esperaban esa «sorpresa» en Azerbaiyán, que les obligó a interrumpir el paseo por la playa. Lamentablemente, la cabaña también se llenó de los insufribles bichos.

Armados con viejos periódicos, comenzaron la batalla contra los mosquitos y aplastaron tantos como pudieron. Una vez limpia la habitación de esos insectos sedientos de sangre se fueron a la cama, aunque no pudieron pegar ojo porque el bochorno era insoportable. Vera salió varias veces fuera de la cabaña, pero los mosquitos no paraban de picarla. Solo la llegada del nuevo día los liberó de la tortura de la noche, ya que con la salida del sol se fueron a nadar al mar que, a esa hora, sí los refrescó de verdad.

Llegó el momento de desplazarse con el tren de cercanías hasta la refinería. Los jóvenes agentes pasaron casi todo el día en la zona cercana a la instalación petrolífera. Suerte que el mar estaba muy cerca, por lo que, aunque no hubiera ninguna playa bien equipada, algunos campistas habían instalado sus tiendas. Una pareja joven no llamaba la atención.

Con un día en el complejo petrolífero bastaría para entender los horarios de producción, los protocolos de seguridad en las entradas y salidas, así como las demás rutinas. Guiado por esas observaciones, Antón organizó «la actividad especial» para el día siguiente al mediodía, ya que todavía quedaba por organizar una parte importante de la misión. Necesitaba preparar la «vía de escape»; en otras palabras, debía comprar los billetes de vuelta a Moscú, lo que siempre resultaba imprevisible. Afortunadamente había billetes, pero a un precio muy elevado. Esa misma noche, Antón también compró una sandía enorme que quería utilizar como parte de la estrategia para acceder a la refinería. Antes de ir a dormir, discutió el plan con Vera.

La segunda noche fue tan mala como la anterior. Exhaustos por el bochorno y las picaduras de los mosquitos, los dos muchachos deseaban terminar la misión lo antes posible y volver a Moscú. Alrededor de las once y media de la mañana, bajaron del tren eléctrico en la plataforma «kilómetro ocho» y se dirigieron hacia el corredor que conducía a la refinería. Antón cargaba con la sandía y Vera llevaba una bolsa de viaje. Una vez terminada la misión, pensaban volver directamente a Moscú desde aquella misma estación de tren.

A las doce menos cuarto llegaron a la puerta de acceso a la refinería. El día anterior habían descubierto que en la entrada había dos guardias y un inspector al mismo tiempo. Pero a las doce en punto solo quedaba un guardia en la entrada. Los otros dos se marchaban a almorzar a la cantina y no volvían hasta al cabo de una hora. Ese era el momento idóneo para el que Antón había preparado su infiltración en el recinto.

Vera fue la primera en llegar al control de acceso. Su tarea consistía en distraer al joven guardia azerí. Confiaban en que se fijaría enseguida en aquella guapa y simpática chica. Ella se acercó e intentó atraer su atención contándole muy despacio que estaba buscando a un conocido suyo que trabajaba en la refinería. Mientras tanto, Antón cargó con la sandía en el hombro para que le tapase la cara y logró entrar en la instalación, pasando por detrás del guardia.

Una vez dentro del perímetro de la refinería, Antón miró a su alrededor y vio a una anciana de constitución fuerte que se dirigía hacia un edificio de dos plantas, probablemente la sede de la dirección. La detuvo y le preguntó:

—Disculpe, ¿podría indicarme el camino para llegar al área de transporte?

Antón suponía que los garajes de la instalación estarían situados al otro lado del corredor central. La mujer le empezó a explicar amablemente la manera de llegar a los garajes, mientras señalaba dónde se encontraba la planta de producción principal. Pero de repente se mostró un tanto desconfiada, se separó de él y lo miró con suspicacia. Vio la sandía que cargaba y le dijo:

—¿Qué hace usted aquí? ¿Cómo ha podido acceder a la instalación?

Por suerte, Antón respondió sin dudar.

—¡Ah! Es que celebramos un aniversario, ¿sabe? —dijo mientras levantaba con delicadeza un poco más la sandía.

—¿El cumpleaños de quién? —pidió la mujer—. Conozco a todo el mundo por aquí.

Ahora Antón temió que la mujer llamase a los guardias en cualquier momento, así que intentó salvar la situación como fuera.

—¡Se trata de mi cumpleaños!

La mujer sonrió, Antón respiró tranquilo y continuó hablando:

—Una vez terminada la jornada de trabajo nos iremos al campo a comer la sandía y todo lo que haga falta...

Las bromas de Antón lograron convencerla y la actitud de la mujer cambió radicalmente, así que le obsequió con todo tipo de detalles que se sumaron a la explicación de antes sobre cómo llegar a los garajes, cuya ubicación él ya había adivinado. Antón siempre escuchaba atentamente y era un gran observador a pie de calle. De camino a los garajes, grabó en su memoria la distribución sobre el terreno de todas las plantas de producción del complejo petrolífero.

Cuando no hubo nadie cerca, dejó con discreción la sandía bajo unas matas. Detrás de un banco vio en el suelo un casco de seguridad, lo cogió y se lo puso en la cabeza. Mientras volvía caminando hacia el control de acceso, dibujó mentalmente todo el plano de la refinería.

Mientras duró la aventura de Antón, Vera pasó todo el tiempo charlando con el amable guardia azerí. De vez en cuando desviaba la mirada hacia el interior de las instalaciones para vislumbrar lo que estaba sucediendo. Sabía que solo faltaba media hora para que regresasen los dos vigilantes del almuerzo. Pero, para su sorpresa, un segundo guardia apareció antes de tiempo. Vino hasta la entrada y encendió un cigarrillo justo en medio de la vía de salida de Antón. Por su parte, el admirador de Vera no parecía tener ninguna intención de marcharse ahora que llegaba su turno de descanso. Al contrario, se lo veía a gusto con la conversación, a pesar de que ella hacía esfuerzos para terminarla. La situación solo se salvó cuando el segundo guardia terminó de fumar e insistió al otro para que se fuera a comer. Justo, en ese momento, llegó el tercer guardia a la entrada.

La chica estaba tan nerviosa que no sabía qué hacer. ¿Por

qué tardaba tanto Antón? ¿Y si habían detenido a su marido? De repente, sintió que alguien la cogía por el hombro con suavidad. Se giró y vio el rostro sonriente de Antón, que llevaba puesto un casco de seguridad de color naranja.

—Vámonos de aquí enseguida —dijo él.

—¿De dónde has sacado este casco? —preguntó Vera sin poder resistirse.

—Ah, lo recogí del suelo, para camuflarme —respondió el chico con indiferencia. Calló un rato y entonces añadió—: Soy un idiota, Vera.

—¿Por qué dices eso? ¿Y yo qué?

—Tú eres la mejor. Pero yo… no sé —rio Antón—. Resulta que en la cerca del lado opuesto de la refinería hay un agujero y podría haber entrado por allí mucho antes, sin tener que llevar esa sandía que pesaba tanto.

—¿Cómo encontraste ese agujero?

—He visto a alguien entrando a través del agujero con una bolsa de comida. ¡Así de fácil!

Ya en el tren, Antón dibujó el plano general en un trozo de papel y se lo metió en el bolsillo. Ese día entendió la necesidad de que los futuros espías dedicasen mucho tiempo y esfuerzo a practicar su capacidad memorística.

10

Vestirse es una manera de vivir.

YVES SAINT LAURENT, diseñador de moda francés

Moscú, URSS - Praga, Checoslovaquia, 1986

El tren traqueteó mientras los enganches de los vagones crujían, y lentamente comenzaba a moverse. La estación de la ciudad de Brest con su pináculo afilado, como el de los siete rascacielos de Stalin en Moscú, desapareció en la distancia. Vera y Antón observaban con curiosidad, a través de las ventanas, las plantas bajas de las casas que iban pasando ante ellos, y enseguida vino a su memoria la historia de la defensa heroica de esta ciudad de Bielorrusia durante la Gran Guerra Patriótica. Un viajero de edad avanzada les explicó que los agujeros cubiertos por la hierba a lo largo de la línea férrea y situados junto al bosque eran el rastro de los cráteres provocados por la artillería.

Ellos habían vivido toda la vida en Siberia, donde no se libró ninguna batalla durante la guerra. Aquí, muy lejos de sus lugares de nacimiento, podían ver con sus propios ojos las heridas de cuarenta años antes. La lección de coraje que les narró el anciano, a pocos kilómetros de la frontera más occidental de la URSS, fue todo un recordatorio del sufrimiento de millones de compatriotas que habían luchado en la guerra.

La pareja se instaló en su compartimento de dos plazas del vagón internacional. Era la primera vez que viajaban con tanta comodidad. Solo los pasajeros que se desplazaban al extranjero tenían acceso a los blandos sofás. No se podía pedir más: ambiente agradable y aire acondicionado conectado. Tras el período de cursos intensivos en Moscú, un viaje de día y medio como aquel, prometía convertirse en unas verdaderas vacaciones. En el control de pasajeros mostraron sus pasaportes y pasaron la inspección de aduanas para cruzar finalmente la frontera. La próxima parada era el puesto fronterizo polaco: la estación de Terespol.

En la década de 1980, la URSS ya se había recuperado de las cenizas de la contienda. Se construyeron fábricas modernas, se rehicieron ciudades con edificios más dignos, se levantaron nuevos distritos y se terminó una de las líneas de ferrocarril más largas del mundo en Siberia, la línea Baikal-Amur. La gente, por fin, comenzó a dejar atrás barracones y viviendas compartidas para irse a vivir a pisos unifamiliares. El nivel de vida mejoró gradualmente y creció una nueva generación de rusos que no había vivido la guerra. La gente se sentía orgullosa del progreso científico y, muy especialmente, de los logros de los programas soviéticos de exploración del espacio. Sin embargo, persistían los problemas en los sectores de la agricultura y de los bienes de consumo.

La oferta de productos en los estantes de las tiendas de comestibles dejaba mucho que desear. Los productos manufacturados también escaseaban o eran de baja calidad. Se había introducido un sistema de tarjetas de racionamiento para adquirir productos especiales, como muebles o vehículos particulares, pero la gente a menudo tenía que esperar años para conseguir esos bienes considerados de lujo. Solo las neveras eran una excepción, pero porque hubo un exceso de producción. A pesar de la oferta limitada en bienes de consumo y de unas condiciones de vida modestas, el optimismo y el entusiasmo continuaban imprimiendo carácter a los ciudadanos soviéticos.

El verbo «comprar» no se utilizaba tanto en la vida cotidiana; había sido sustituido por el verbo «conseguir» o, mejor aún, «conseguir por contactos», es decir, por medio de amistades. Con todas las dificultades que pudieran existir, muchas familias podían llegar a adquirir productos de buena calidad. Para muchos era un sueño conseguir ropa, calzado y otros artículos manufacturados en países cercanos como Hungría, Checoslovaquia, Polonia y, sobre todo, Yugoslavia.

Vera y Antón no eran una excepción y también tenían esos anhelos. Amar a tu tierra no significa querer vivir sin comodidades. Como sus compatriotas, ellos también querían vestir bien y a la moda. Pero con la ropa que usaban ahora no aparentaban ser ciudadanos de países europeos. Reinventar su apariencia formaba parte de la preparación para su futuro trabajo.

Cuando Vitali Petróvich les fue a visitar a casa con una maleta verde de marca extranjera, entendieron que pronto se acercaba un viaje al exterior. Y tenían razón, pero el motivo del viaje fue una sorpresa. El curador colocó la maleta sobre la mesa de café y la abrió. Dentro solo había un paquete pequeño que Vitali Petróvich entregó a Vera.

—Aquí tienes un pequeño regalo para empezar. Sentémonos y os contaré qué quiero decir con empezar y qué es lo que pasará después.

La muchacha desenvolvió la caja con mucho cuidado. Intentaba proyectar una imagen de calma, pero por dentro temblaba como un flan. Era un elegante frasco de perfume Chanel Nº19. ¡Qué lujo! Nunca había tenido nada como esto. Se emocionó mucho, y aún más por el detalle que había tenido el mentor con ella.

—Allí donde vayáis, quiero que rellenéis esta maleta con muchas cosas: vestidos, zapatos y todo tipo de artículos para el hogar. Lo podréis comprar todo en Praga. Aseguraos siempre de que estén manufacturados en Europa Occidental, en países como Alemania, Francia, Italia... Es la única condición. Pronto tendréis que aparentar ser ciudadanos occidentales normales y corrientes.

Los dos jóvenes se miraron el uno al otro. Se dieron cuenta de que había llegado el momento de montar todo el equipo para la misión principal que estaba a punto de empezar. Vitali Petróvich dejó la maleta encima de la mesa y se sacó del bolsillo dos pasaportes azules, utilizados por los soviéticos para viajar al extranjero. Vera y Antón abrieron los documentos para familiarizarse con sus nuevas identidades que ya iban a utilizar en este primer viaje a Praga. El curador también les dio los billetes de Moscú a Praga, así como coronas checoslovacas para los gastos.

—Este dinero será para vuestras necesidades. Debería ser suficiente. Si necesitáis algo más, hablad con nuestro contacto en la embajada. Él mismo os recogerá en la estación de tren. ¿Tenéis preguntas?

Vera y Antón no sabían realmente qué preguntar. Vitali Petróvich les había descrito toda la misión con mucha claridad. Mientras la pareja revisaba sus nuevos documentos, el curador continuó:

—Esta es la primera parte de las novedades. Y ahora os cuento la parte importante. —Hizo una pausa para ganarse la atención de los dos jóvenes—. Dentro de seis meses, es decir, a finales de noviembre, saldréis con destino a vuestra primera misión. Primero se marchará Vera, y unas semanas más tarde Antón. Si como esperamos, todo va bien, os volveréis a ver por Año Nuevo. Os daré información más precisa acerca de vuestro itinerario cuando hayáis regresado de Praga.

Dos días más tarde, la pareja tomó el tren internacional y cruzaron el río Bug, la frontera entre la URSS y Polonia. El viaje duró poco más de veinticuatro horas. Como estaba previsto, un representante de la embajada rusa, especialmente designado para la ocasión, los estaba esperando en el andén de la estación central de Praga. En la oscuridad de la noche, la primera sensación de Vera fue que había vuelto a Moscú. Las plataformas de los andenes se parecían mucho. Sin embargo, el interior de la estación era espectacular. Sin darse cuenta, Vera aflojó el paso para admirar la rica decoración de las vidrieras, las esculturas y los arcos del vestíbulo coronado por una espectacular cúpula. Aunque ya sabía que la estación era uno de los lugares más visitados de la capital, no podía dejar de admirar su belleza. El enlace de la embajada los guio rápidamente hacia la plaza de delante de la estación. Los tres cruzaron un pequeño parque y llegaron hasta una calle muy tranquila. El hombre se detuvo ante una puerta, que les recordó la entrada al edificio de Moscú donde vivía su profesor de francés, Víktor. Subieron hasta la segunda planta y el hombre apretó un par de veces el gastado timbre de la puerta.

Una viejecita muy delgada y de ojos oscuros apareció en la entrada. Su rostro mostraba una mirada triste. Aunque sonriera, sus ojos mantenían la misma expresión. Con su mano delgada y pálida, se arregló los cabellos grises y se presentó.

—Hola, me llamo Katarzyna —dijo en francés y los invitó a entrar en el piso.

El representante de la embajada solo hizo la intención de entrar, pero muy educadamente se excusó y explicó que él no podía quedarse. Dio su número de teléfono a Antón y les dijo que los recogería al día siguiente a las diez de la mañana para ir de compras.

Resultó que la señora hablaba francés muy bien, lo que fue una agradable sorpresa para los chicos. Las habitaciones, llenas de muebles viejos que parecían seguir en el mismo sitio desde hacía cuarenta años, estaban limpias y eran muy acogedoras. Antiguas fotografías amarillentas de familia cubrían gran parte de las paredes. La más grande de todas era la de un niño pequeño vestido con camisa blanca y pantalones cortos con tirantes.

La anfitriona enseñó a sus invitados su dormitorio y les pidió que la acompañaran a la mesa. Cenaron deprisa, porque querían aprovechar la tarde para pasear por el vecindario.

—No se pierdan, por favor —dijo Katarzyna amablemente.

No fueron muy lejos. Cogieron el mismo camino por donde habían venido, pero ahora en dirección a la estación de tren y dieron media vuelta enseguida para volver al piso.

11

La guerra no es solo conmoción,
también es prueba espiritual y juicio espiritual.

Iván Ilín, filósofo ruso

Al día siguiente los jóvenes se levantaron tarde, de acuerdo con el horario de Moscú, pero justo a tiempo con el de Praga, teniendo en cuenta la diferencia horaria. Katarzyna no quiso despertar a sus huéspedes y prefirió esperarlos pacientemente en la cocina.

De las memorias de la coronel Vera Svíblova:

Llegamos a Praga procedentes de Moscú y nos alojamos en el piso de una anciana judía. Nos quedamos sorprendidos con la limpieza y el orden que imperaban en la casa, que debo decir que no era muy habitual en los hogares soviéticos. El desayuno que nos preparó nos dejó admirados. Cuando nos levantamos, la mesa ya estaba puesta. Había colocado los huevos duros en recipientes con una tapa caliente para que no se enfriaran. En los platos había pan del día, salchicha cortada en rodajas y quesos. Nos sirvió café recién hecho en una cafetera muy bonita. Después del desayuno, acompañados por un empleado de la embajada, fuimos a uno de los grandes almacenes del centro, donde nos pasamos horas dando vueltas. Teníamos que comprar toda la ropa y los accesorios que pudiéramos: desde ropa interior y calcetines hasta zapatos, camisas, pantalones y vestidos. Algunas de las cosas que compramos allí nos resultaron útiles para los próximos diez años. Al fin y al cabo, eran de una calidad excelente.

El centro comercial Kotva los dejó impresionados, tanto por la cantidad como por la variedad de productos que había expuestos. Daba la sensación de que se podía comprar de todo, desde gemelos para camisas y alfileres, hasta grandes electrodomésticos. Necesitaban ropa, pero aún era demasiado pronto para comprar aparatos para el hogar, puesto que no tenían una casa permanente para ellos. La mayor parte de los productos estaban fabricados principalmente en Checoslovaquia y en países del bloque socialista, pero también había algunos de importación de más allá del bloque, mucho más caros, que hicieron dudar a Antón y Vera. Escogieron algunas de estas prendas y se las probaron, pero no se atrevieron a comprarlas, por lo que continuamente miraban al representante de la embajada para ver qué decía. Los tuvo que obligar, literalmente, a comprar esos productos sin prestar atención a los precios.

A medida que corría el tiempo, llenaban más bolsas, pero eso no les hacía sentir más cómodos. No se esperaban que la compra requiriese tanto esfuerzo, aunque el proceso completo tenía ciertas ventajas tales como observar el comportamiento de los habitantes de Praga y el de los turistas extranjeros, para luego poder imitarlos mejor. Un par de horas más tarde, los dos jóvenes podrían haber empezado a hablar en francés entre ellos para hacerse pasar por occidentales, pero no lo hicieron porque todavía tenían la sensación de que la ropa que llevaban dejaba en evidencia que eran soviéticos. En cambio, al día siguiente, cuando pasearon por la ciudad con su ropa nueva, ya se sintieron plenamente como extranjeros. De vez en cuando soltaban una frase en francés como si fueran auténticos parisinos, ya que habían estudiado con mucho detalle todo lo que tenía relación con la capital francesa, como si realmente hubieran vivido en ella.

Sentados en un café o en el banco de un parque, la joven pareja continuó observando a los turistas occidentales y les llamó la atención su manera sociable y relajada de comportarse. Tan pronto se echaban en el césped para comerse un helado, como se ponían a hacer la siesta. Esto ya les pareció excesivo.

Dieron un largo paseo por callejuelas, puentes antiguos, parques y confiterías de Praga, hasta llegar a la plaza de la Ciudad Vieja, cerca de la torre medieval del reloj, rodeados de grupos de turistas que esperaban que el artefacto se pusiera en movimiento con la llegada de cada nueva hora. Finalmente, comenzó el espectáculo con la aparición de la muerte en forma de esqueleto tocando la campana, para recordar a la gente el inevitable final de la vida y la eternidad. A continuación, aparecieron a través de dos ventanas las figuras de los apóstoles, uno tras otro; un gallo dorado cantó y, para terminar, las campanadas anunciaron que una nueva hora daba comienzo.

Se fueron de la plaza para volver al piso, donde, tal como imaginaban, los esperaba una mesa de celebración que Katarzyna dejó lista para ellos. Había preparado una cena, quizás más modesta que el desayuno, pero servida con más exquisitez todavía: las servilletas blancas como la nieve, la sopa en un tazón de porcelana, los segundos platos cubiertos con tapas de cristal, cubertería reluciente, cristalería y una botella de vino tinto.

La cena llegaba a su fin cuando Vera, mientras contemplaba las fotografías que colgaban de la pared, preguntó a su anfitriona:

—Katarzyna, ¿son familiares suyos?

A la chica le daba vergüenza dirigirse a una anciana solo por su nombre de pila. Por el contrario, muchos años más tarde, cuando Vera regresó definitivamente a su país, se sintió entonces incómoda, porque allí la gente usaba nombre y patronímico.

—Sí —respondió la mujer, y tomó aire con fuerza para continuar diciendo—: Pero ninguno de ellos está vivo.

—¿Y el niño? —preguntó Vera sin decir nada más.

En lugar de contestar, Katarzyna se levantó y se fue a la habitación de al lado. Al cabo de un minuto volvió, apartó los platos y dejó sobre la mesa un álbum viejo de fotos.

—Acercaos. Os mostraré algo... —dijo la mujer con mucha calma mientras abría el álbum y pasaba la primera página—. Este es mi marido, Janusz. ¿Lo veis? El del uniforme militar. Cuando los alemanes llegaron, se unió a la Resistencia. Para no poner en riesgo nuestras vidas (nuestro hijo Lukasz apenas había cumplido cuatro años), alquiló un piso separado del nuestro y solo venía aquí de vez en cuando. Janusz era checo y yo judía. Entonces tuvo lugar el atentado contra Heydrich, y mi marido estuvo implicado. Al principio no sucedió nada, pero acabaron delatándolos. El traidor se llamaba Karel Churda. Aquí lo tenéis, sentado junto a mi marido. —La mujer señaló a un hombre muy delgado con uniforme militar—. ¿Qué le impulsó a hacerlo? No lo sé. Antes había luchado contra el fascismo, incluso en Francia, pero no participó en el atentado. Primero redactó una denuncia, pero gracias a algunos gendarmes patriotas la acusación desapareció. Fue entonces cuando decidió ir directamente a la Gestapo...

La mujer permaneció en silencio mientras los ojos se le llenaban de lágrimas. Se apoderó del comedor un silencio angustiado. Tras unos segundos, Katarzyna se rehízo y prosiguió con la historia:

—Mi marido fue asesinado en el asalto a la iglesia donde estaban todos escondidos. Y entonces... entonces los fascistas vinieron aquí, a mi casa. Me cogieron. Lukasz tenía mucho miedo y se escondió bajo la cama, pero gritaba muy fuerte, y el alemán... el alemán era muy perezoso. No quiso molestarse en hacerlo salir de allí y prefirió pegarle un tiro... El último recuerdo que tengo es su sangre extendiéndose por el suelo debajo de la cama…

Vera se quedó helada. Para no llorar, intentó agachar la cabeza sin percatarse de que las lágrimas ya le salían de los ojos. Katarzyna continuó la historia con su voz suave:

—Después vino el campo de concentración de Terezín y, más tarde, Auschwitz. No sé por qué no me mataron. Yo quería morir, pero mi fe no permite el suicidio y me quedé cada día esperando a que me llamaran para meterme en la cámara de gas.

El campo de concentración de Auschwitz, situado en Polonia, es conocido como «la fábrica de la muerte». Aproximadamente un millón cuatrocientas mil personas, de las cuales más de un millón eran judías, fueron asesinadas en este campo. Algunos crematorios no daban abasto para hacer desaparecer todos los cadáveres. Había tantos judíos y gente de paz que fueron trasladados desde otros países europeos hasta aquí, que los condenados tenían que guardar turno para ser eliminados en la cámara de gas, que habían instalado en el bosque del recinto del campo.

Los dos jóvenes se quedaron mudos; temblaban, pero Katarzyna aún no había terminado su historia.

—Llegaron los soldados soviéticos y nos liberaron, pero tuvimos que seguir viviendo en los mismos barracones durante meses. No había ningún lugar donde pudiéramos ir para empezar de nuevo. Muchos sufrían enfermedades sin cura, provocadas por el hambre y morían sin remedio… pero por lo menos ahora morían libres. Les tenía envidia. Las chicas rusas nos cuidaron, nos dieron de comer y nos lavaron en esas duchas que habían servido antes como cámaras de gas. Eran las mismas, pero ahora no salía gas por los conductos de ventilación. Yo no tenía miedo… Pero ustedes coman, coman, hagan el favor —dijo Katarzyna, aunque todos sabían que la cena había dejado de tener importancia alguna.

Vera se levantó de la silla para recoger los platos sucios y ayudar a la anciana, pero esta la detuvo:

—Siéntese y espere un momento —dijo antes de irse.

Volvió un minuto más tarde con una pequeña caja de color rojo en las manos. La abrió y sacó de su interior una sortija con un zafiro azul. Se la dio a Antón sin mediar palabra.

—Póngaselo a Vera ahora mismo. Mi marido me la regaló antes de desaparecer en la clandestinidad. Mi madre la pudo salvar de milagro. Yo tan solo soy una vieja judía, moriré pronto y sin familia. Que sea para la felicidad de ustedes dos.

La pareja comprendió que era imposible rechazar el presente y Antón puso la sortija en el dedo anular de Vera. Katarzyna sonrió y dijo:

—Pues ya tengo resuelto mi problema principal. No sabía a quién dárselo y aquí están ustedes... ¿Qué más les puedo contar, amigos míos?... Presten atención a las palabras de esta anciana judía. Si tienen hijos, cuídenles mucho, cuídenles. Si no lo hacen, solo les quedará un deseo permanente de morir por el resto de sus vidas. Cuiden de sus hijos, a toda costa, excepto al precio de la traición... Vuelvan de nuevo... que los estaré esperando.

Al día siguiente se fueron de madrugada y nunca más tuvieron noticias de Katarzyna, pero el encuentro con ella les dejó una huella que no olvidarían en toda la vida.

12

Mientras tú no tengas miedo, no temas defenderte a ti mismo.

ANÍBAL, general cartaginés

Tallin-Moscú, URSS, 198...

Los callejones estrechos de la ciudad estonia de Tallin ayudaron a mejorar el malhumor de Vera. Solo un par de horas antes, un tren la había traído hasta esta república soviética para llevar a cabo una misión de entrenamiento. Ahora paseaba sola por las calles, pero todavía no sabía dónde pasaría la noche. No había entrado en ninguno de los hoteles y tampoco estaba segura de si había habitaciones. El paseo por Tallin fue encantador, pero el problema del alojamiento continuaba preocupándola. Era difícil. A esto había que añadir que el estado de ánimo de Vera se había resentido por una tensa conversación mantenida con uno de sus curadores en Moscú.

Cuando se entrenaba a agentes de inteligencia soviéticos, se prestaba mucha atención no solo a su desarrollo intelectual y su capacidad de análisis, sino también a la solidez de su voluntad y a la determinación de no caer en la telaraña de la corrupción. Los agentes operativos también requerían una buena forma física y ciertas habilidades de autodefensa. Sus misiones podrían conducir a situaciones imprevisibles y cambios de guion inesperados. Autocontrol y autodefensa eran de vital importancia y, por ello, a lo largo de sus años de formación, los dos jóvenes lograron, por ejemplo, dominar el estilo de kárate conocido como *kyokushinkai*. Se trata de una de las variantes de kárate más exigentes y difíciles, el tipo de arte marcial que contribuye a cultivar la fuerza de voluntad y la resistencia, además de desarrollar la fuerza física.

De las memorias de la coronel Vera Svíblova:

Practicamos el kárate en Moscú con un instructor particular. Se trataba de una disciplina obligatoria para todos los reclutas nuevos. Gracias a la práctica del *ballet* durante mi niñez, disfrutaba de una buena coordinación de movimientos y de mucha flexibilidad. Me divertí mucho en las clases de kárate. Mi única pareja de lucha fue mi propio marido, así que sufrió, más de una vez, la potencia de mis patadas. Además del kárate, a lo largo de los años de entrenamiento, también hicimos sesiones de tiro. Evidentemente, no necesitamos emplear en la práctica armas de fuego tanto tiempo como los militares, pero acabamos dominando el uso de armas cortas, así como su montaje y desmontaje, que siempre nos permitió disfrutar de una sensación extra de seguridad. Con el tiempo, estas sesiones secretas de instrucción del KGB nos hicieron expertos en diferentes tipos de pistolas, la mayoría de fabricación extranjera.

La habilidad más importante que un agente de inteligencia debía dominar era la capacidad de trabajar al lado de otras personas: entender su psicología, ser capaz de establecer contactos y fomentar las relaciones. Esta era la prioridad número uno. Aunque los agentes ilegales raramente tenían asignada la tarea de reclutar colaboradores, ya que podían ser potencialmente fallidos y arriesgados, necesitaban conocer su mecánica de funcionamiento.

La relación de Vera y Antón con Artur Guénrijovich Karlov, instructor en métodos de reclutamiento, no fue nada fácil.

La joven pareja sabía que no deberían emplear estas técnicas a menudo en el futuro, pero aun así participaban en las sesiones de instrucción con la máxima atención.

Al esbelto pero torpe Artur Guénrijovich Karlov le gustaban los trajes caros de importación. No importaba cual llevara puesto, los pantalones nunca cubrían sus tobillos, con lo que el hombre siempre rozaba el ridículo, aunque él se considerase muy elegante y atractivo. Pasaba de los cuarenta, pero aparentaba menos.

Karlov parecía muy bueno en su especialidad, estricto y muy exigente. Sin embargo, Vera tenía la sensación de que nunca había sido destinado en el extranjero y que apenas había reclutado a un solo agente a lo largo de toda su carrera profesional. De vez en cuando se mostraba muy duro con la capacidad de los muchachos para trabajar con otras personas. Es decir, no se entendían.

En las sesiones de formación, Artur Guénrijovich nunca aceptó participar en juegos de rol en que los agentes pudieran interactuar con más gente, quizás por miedo a quedar en evidencia. Prefería ver a la pareja actuando sola e intercambiándose papeles. Algunas veces los interrumpía bruscamente y, enfadado, les señalaba los errores que, a su juicio, habían cometido. Sus malas maneras no eran del agrado de la chica.

Dos días antes de que ella se fuera a Estonia, Karlov se presentó a la sesión de instrucción aparentemente de buen humor. Estaba muy hablador, lo que era poco habitual en él. Se sentó en una silla y cruzó las piernas. Los pantalones del traje, siempre demasiado cortos, todavía se le subieron un poco más, por lo que se le veían las espinillas cubiertas de pelo negro. Ella se fijó en las piernas y desvió la mirada hacia Antón, que estaba a su lado, sentado en el sofá.

Karlov fingió no darse cuenta; se levantó y comenzó a dar vueltas por la sala con una mirada reflexiva en su rostro. Entonces se dirigió hacia la chica:

—¿Has ido alguna vez a los países bálticos?

—Nunca —contestó ella, sin saber qué esperar de esa pregunta.

—¡Pues tienes mucha suerte! —exclamó Artur Guénrijovich.

—¿Por qué? —preguntó sorprendido Antón, mientras ella no podía ocultar su perplejidad.

—Porque pasado mañana ella irá a Tallin en misión de reclutamiento. Vera, debes encontrarte con uno de los dirigentes locales y reclutarlo. Tu objetivo es que colabore estrechamente con las fuerzas regionales del KGB. Si tienes éxito, ya organizaremos sus tareas con la ayuda de los efectivos que tenemos allí. Dispones de dos semanas para llevar a buen puerto esta misión.

—¿Cuánto tiempo? —preguntó, y sin esperar respuesta, continuó—. ¡Eso es muy poco tiempo!

—Yo creo que lo puedes hacer. Esta es una fotografía del objetivo que hay que reclutar. Se trata de Edgar Nikoláievich Ruus. Ha sido nombrado recientemente jefe del Departamento de Protocolo del Comité ejecutivo de la ciudad de Tallin. Ya tenemos tus billetes y toda la documentación preparada —dijo Karlov en un tono que no toleraba objeción alguna.

El silencio se apoderó de la habitación. Vera estaba indignada y vio que su marido estaba nervioso. Artur Guénrijovich detectó enseguida el estado de ánimo del joven y continuó con más calma:

—Estoy seguro de que llevarás a cabo la misión con éxito. Ahora solo piensa lo que puedes necesitar antes de irte.

—Ya he pensado en eso —respondió Vera rápidamente.

—¿Tan rápido?

—Sí. Necesito algún documento que certifique que soy miembro del sindicato de periodistas o que soy corresponsal del diario *Komsomólskaya Pravda*. Por supuesto, preferiría un documento que me identificara como miembro de la plantilla del periódico.

—Eso será más arriesgado si se les ocurre comprobar tu identidad. ¿Por qué no te presentas como corresponsal independiente? Así no hará falta ningún documento del diario —sugirió Karlov. Y dio por terminada la conversación.

Quedó claro que no quería continuar con la discusión. Los dos jóvenes se marcharon e intercambiaron algunas ideas sobre esa misión tan inesperada y ambos llegaron a la misma conclusión: el objetivo no era realista. Pero Vera estaba decidida a intentarlo.

La ciudad vieja de Tallin resultó ser aún más bella y fascinante de como la había imaginado por las postales y fotografías de revistas. Después de pasear un buen rato por las calles, Vera se fue directamente a la sede del Comité Municipal del Komsomol. Se trataba de un edificio moderno que compartía sede con el gobierno municipal y con el Comité Regional del Partido Comunista de Estonia.

Sin disponer de identificación de ningún periódico de Moscú, tuvo que esforzarse mucho con el guardia de la entrada principal para poder llegar hasta la oficina de la directora del Komsomol. Vera llamó a la puerta y, sin esperar respuesta, entró directamente en el despacho, donde encontró a una mujer de unos treinta años sentada en su sillón.

—Hola. Me llamo Vera Dorónina —se presentó con el apellido falso—. Soy periodista independiente y trabajo para el *Komsomólskaya Pravda*.

El pasaporte que utilizaba en Estonia efectivamente conservaba su nombre de pila, pero el apellido era falso. La mujer se levantó delicadamente, le tendió la mano para saludarla y le dijo:

—Vilma Laas, directora del departamento general.

—Mi editor me ha hecho un encargo… —empezó a decir Vera, pero la mujer la interrumpió enseguida y la invitó a sentarse. Vera lo hizo al otro lado del escritorio y continuó—: Nuestro nuevo proyecto se llama «Diez días en la vida de un líder».

Vilma Laas levantó la mirada sin disimular.

—Queremos escribir un artículo sobre el director del Departamento de Protocolo del Comité ejecutivo de la ciudad...

La mujer se recostó en su sillón, aparentemente decepcionada, porque no era ella la elegida. Vera se dio cuenta y siguió hablando para relajar la situación.

—Por otra parte, también me gustaría entrevistar a algún empleado joven del comité local del Komsomol. ¿Aceptaría usted? ¿Podría entrevistarla, por ejemplo, mañana a la misma hora? Hoy no será posible porque acabo de aterrizar y todavía no tengo hotel para instalarme. Por cierto, ¿cree que habrá habitaciones libres en la ciudad?

—Aquí siempre es complicado. Pero la puedo ayudar si usted quiere. Llamaré ahora mismo al hotel Tallin. Deberían tener una habitación para usted. Es un buen alojamiento y está situado muy cerca de la estación central de tren. También tiene restaurante. Estoy segura de que se sentirá muy cómoda ahí. Hablamos mañana a la misma hora, ¿de acuerdo?

—¡Por supuesto! —confirmó Vera. Quiso asegurar su objetivo real, por si acaso—. ¿Y cómo dice que se llama el director del Departamento de Protocolo?

—Edgar Nikoláievich Ruus —dijo Vilma, pero a continuación murmuró—: No la envidio...

—¿Por qué? —pidió Vera.

—Por nada, por nada.

—Es un nombre extraño, ¿verdad? ¿Es estonio? —preguntó Vera—. Necesitamos que sea estonio.

—Creo que es un estonio rusificado de origen letón.

—Caramba —se sorprendió Vera.

—Pero hoy Edgar no está. Volverá pasado mañana.

—De acuerdo. Ningún problema. Mañana puedo hacerle la entrevista a usted.

Vera se levantó y sonrió educadamente.

—Mejor que vaya a instalarme al hotel.

Vera se sintió muy agradecida por la ayuda que Vilma le prestó para conseguir habitación. Por fin pudo descansar.

Al día siguiente por la mañana, sin casi tener nada que hacer, Vera dio un largo paseo para poner orden a sus ideas y reflexionar sobre cómo debía conducir las dos entrevistas. Debía dar una imagen profesional para que sus interlocutores no tuvieran ninguna duda sobre su condición de periodista. La entrevista con Vilma prometía ser un buen ensayo para practicar su destreza, antes del encuentro con el objetivo principal. La primera entrevista fue bien, pero no reveló ningún detalle útil sobre su objetivo.

Un día más tarde, llegó la ocasión para el héroe de su artículo. Edgar Nikoláievich, que ya la esperaba y conocía sus intenciones, resultó ser un hombre agradable, comunicativo, un poco obeso y con escaso cabello rubio. Era consciente de que hablaba con una joven periodista de Moscú y se sentía orgulloso de ser el centro de atención. No era muy joven y se mostró sorprendido de que le hubieran elegido a él, en lugar de alguien de menor edad de la *nomenklatura*, teniendo en cuenta que el periódico iba dirigido a un lector joven. Vera ya había preparado una buena explicación para responder a esta inquietud. Le convenció de que la gente joven necesitaba modelos de dirigentes experimentados que podían aportar sabios consejos a las futuras generaciones.

La conversación empezó tranquila e inocente. El estonio se sentía seguro en su oficina, pero, a medida que avanzaba la reunión, comenzó a dar muestras de aburrimiento y sus respuestas a las preguntas ya no eran tan serias como al principio. Se levantó para mostrar su intención de hacer un descanso y dijo con alegría:

—¡Soy un tipo con suerte! Espero que podamos continuar nuestra conversación también mañana. La verdad es que pasar unos días junto a una chica tan guapa como usted es un auténtico sueño. Creo que cambiaré la visita que tenía prevista para mañana a la piscifactoría estatal y me quedaré en la ciudad, a pesar de las playas que hay allí. Y esta noche, ¿podría invitarla a cenar? ¿Dónde está alojada?

—En el hotel Tallin —respondió Vera algo extrañada.

—¡Magnífico! Tienen un restaurante muy acogedor allí mismo, con una cocina exquisita. ¿A las ocho le va bien?

La hora de la cena le pareció un poco tarde, pero no tuvo más remedio que aceptar. El restaurante no era nada del otro mundo. Cuando Vera bajó, Edgar Nikoláievich ya estaba sentado a una mesa situada al fondo de la sala. Bebía el famoso licor estonio Vana Tallin. Un camarero acompañó a la chica y la ayudó a sentarse en la silla que había frente a Ruus, que vestía una chaqueta ligera a cuadros, camisa azul y pantalón oscuro. Vera eligió de la carta una ensalada y un plato principal.

Si debía juzgar por la forma en que Ruus se dirigía al camarero, seguro que se trataba de un cliente habitual. La conversación inicial giró en torno al tiempo y las noticias locales, mientras Vera esperaba desesperadamente encontrar la ocasión para hablar de asuntos más trascendentes. Al fin y al cabo, su principal interés era estudiar el carácter del personaje. Pronto tendría la oportunidad de conocer sus principios morales.

—¿Cómo van las cosas en Moscú con el *Komsomólskaya Pravda*? ¿Tienen problemas? —preguntó Edgar, mostrando un interés que parecía auténtico.

—De vez en cuando aparece alguna dificultad, pero nada extraordinario —respondió Vera, bromeando.

—Ah caramba, y yo que creía que los periodistas tenían menos problemas que nosotros.

—La manera de trabajar de nuestro periódico se parece mucho a la de los otros medios. Los editores exigen a sus periodistas que conozcan las noticias y los sucesos antes de que lleguen a oídos de la competencia.

—Quizás pueda ayudarla ofreciéndole alguna exclusiva de última hora de Estonia —dijo Edgar Nikoláievich, sonriendo maliciosamente.

—Quizás... —dijo ella con aire misterioso, pensando sin descanso en cómo podía provocar un giro en la conversación, para que resultase de interés a su misión.

Cuando se acabó el bistec, Edgar de repente llamó al camarero y le susurró algo al oído. El hombre asintió varias veces con la cabeza y Edgar Nikoláievich preguntó a Vera:

—¿Cuál es su habitación?

—La trescientos doce.

—Pues mejor que continuemos nuestra conversación con calma en la habitación, con los postres y una copa de champán en la mano.

Ella dudó, pero Edgar Nikoláievich ya la estaba ayudando a levantarse de la mesa. La chica le siguió para no estropear el buen ambiente. Su intención era aprovechar su buen humor para empezar a soltar ideas amablemente, sin forzarlo, sobre una potencial colaboración con el KGB. Sabía que todavía era prematuro hacerle una propuesta concreta.

Dentro ya de la habitación del hotel, Ruus se quitó la chaqueta y la arrojó sobre la cama, como si fuera la suya. A ella no le gustó ese comportamiento, pero no lo manifestó. Edgar Nikoláievich cogió dos copas de la mesa y las llenó con la botella de champán que había traído consigo del restaurante. La chica dio un sorbo y cuando estaba a punto de dejar la copa sobre la mesa, el hombre se lo impidió. Se le acercó insinuante, le levantó el codo y la obligó a terminar la copa.

Alguien llamó a la puerta con discreción y salvó aquella primera situación comprometida. Un segundo después entró un camarero empujando una mesa de ruedas y la dejó en el centro de la habitación. A continuación se marchó, tras recibir una generosa propina de Ruus.

—Siéntate, querida —le dijo, señalando la silla.

Él, por el contrario, se quedó de pie. Volvió a llenar las copas y le acercó una. Después de terminarse la segunda copa, Edgar Nikoláievich se puso en la boca dos granos de uva que había en un recipiente de cristal. De repente, se arrodilló ante ella, le cogió la copa de la mano y la dejó en la mesa. Inclinó todo su cuerpo ante la chica y le dijo:

—Estoy dispuesto a todo, a cambio de una noche en tus brazos...

Por un instante, Vera se quedó desconcertada, pero sin darle tiempo a reaccionar, Ruus la levantó de la silla y la lanzó sobre la cama. En ese momento, Vera se incorporó y lo apartó con tanta fuerza que casi lo hizo caer al suelo. No esperaba ser rechazado de esa forma, se puso rojo y gritó con rabia:

—¡Eres una puta!

Entonces aprovechó para lanzarse encima de ella de nuevo, pero una patada muy precisa de Vera dirigida a su tobillo lo dejó fuera de combate. El hombre aulló de dolor, cayó de rodillas al suelo y se golpeó contra la mesa de ruedas. Fue entonces cuando ella no se lo pensó ni un instante y le dio un bofetón en la cara con la palma de la mano tan abierta que lo dejó aturdido.

—¡Lárgate de aquí! —gritó Edgar.

—¡Eres tú quien debe irse, esta es mi habitación! —le replicó sin dudarlo.

Recogió la chaqueta a cuadros y la lanzó contra los brazos del violador fallido, para terminar echándolo a empujones de la habitación.

—Muy bien, puta, vas a tener problemas. ¡Mañana ya no trabajarás en el diario! —dijo gritando, y dio un portazo tras de sí.

Vera cerró la puerta con el pestillo y cuando ya se sintió segura, también puso la cadena. Se sentó en el sillón, agotada y superada por el disgusto. Se fijó en los platos rotos y los restos de comida esparcidos por el suelo. Ni ella misma esperaba una reacción tan expeditiva como la que había tenido, ni tampoco aquel vocabulario tan grosero del líder del partido. Pero así había sido. No había nada que pudiera hacer para cambiarlo y se dio cuenta de que su trabajo había terminado en el más absoluto de los fracasos. No tenía otra alternativa que marcharse de la ciudad a toda prisa y de la forma más discreta posible.

Fue la primera y última vez que Vera debería utilizar sus habilidades de karateka en toda su carrera profesional. «Seguro que ahora tendré que pagar un precio por mi comportamiento», pensó mientras recogía todas sus pertenencias para ir a pagar la factura del hotel.

Sabía que sería muy difícil comprar un billete de avión con tan poco tiempo, por lo que decidió irse directamente a la estación de ferrocarril. Consiguió subir a un tren gracias a un compasivo revisor que le ofreció quedarse en el compartimento de servicio en el trayecto hasta Moscú.

Antón se quedó boquiabierto cuando vio a su mujer de regreso diez días antes de la fecha prevista. Cuando oyó su relato, se puso furioso. Insistió una y otra vez en que todo era culpa de Karlov, que debería disponer de toda la información previa sobre la personalidad del tipo en cuestión. También fue la primera vez que Vera vio a su marido tan irritado; él, que siempre era tan tranquilo y reservado. No consiguió calmarle del todo y se culpabilizaba, al menos en parte, por el incidente de Tallin.

El paso siguiente fue informar inmediatamente a su curador, Vitali Petróvich, para explicarle el incidente. De momento, la chica decidió no informar a Artur Guénrijovich mientras preparaba un informe detallado sobre la misión fallida, que no tendría listo hasta después de la medianoche.

Al día siguiente, Vitali Petróvich llamó para pedir a la pareja que estuvieran preparados para recibir una visita.

—Estamos listos —respondió Antón, y después de colgar dijo a su mujer que el general Morózov en persona vendría a verlos al cabo de una hora.

El rostro de Vera palideció y dijo angustiada:

—¿Crees que nos expulsarán?

—No lo sé... lo sabremos muy pronto —respondió Antón.

Un coche negro se detuvo justo frente a una de las entradas del edificio y un hombre alto y delgado con un abrigo gris salió del vehículo. Por sus pómulos prominentes y su escaso cabello rubio, parecía un jubilado ruso como cualquier otro, pero su barbilla pronunciada y, muy especialmente, su mirada penetrante lo delataban como miembro de una unidad militar, aunque vistiera de civil. El general Yuri Ivánovich Morózov era el jefe del departamento que se ocupaba de los agentes ilegales.

Cogió el ascensor y entró en el apartamento acompañado de Vitali Petróvich. La pareja trató de mantener la calma, a pesar de tener ante sí a un superior de un rango militar muy elevado. Yuri Ivánovich dio la mano a Antón y luego a Vera. Mantuvo su mirada penetrante sobre ella un par de segundos, se dirigió al curador y dijo:

—Vitali Petróvich, sentémonos y hablemos.

—Naturalmente —respondió el curador y le ofreció una silla.

Yuri Ivánovich invitó a los jóvenes a sentarse y solo ocupó su lugar después de que Vera se hubiera instalado en la silla de delante, cerca de la mesa.

—¿Puedo ver el informe? —preguntó directamente el general Morózov a Vitali Petróvich.

Sin esperar la respuesta del curador, Vera le dio las hojas escritas a mano y el general las leyó atentamente. A medida que avanzaba la lectura, el rostro se le iba oscureciendo a cada minuto que pasaba. Ambos miraban nerviosos a Yuri Ivánovich en espera de su decisión. Finalmente, levantó la cabeza y preguntó a Vitali Petróvich:

—Si lo he entendido bien, estamos hablando de un intento de violación a una agente del KGB, ¿me equivoco? Y se trata de uno de los dirigentes del comité del Partido... ¡Qué vergüenza!

—Exactamente, un comportamiento inexcusable —añadió el curador.

—Pues, ahora explícame minuciosamente los hechos y dame tu opinión personal sobre el personaje —comentó Yuri Iványovich con un suspiro, mirando a Vera.

La chica aportó algún detalle más sobre su encuentro con el estonio y justificó su decisión de abandonar la misión después del incidente y dejar Tallin sin más demora.

—¿Quién te encargó esta misión?

—Artur Guénrijovich.

—De acuerdo. Gracias, Vera Viacheslávovna, por el trabajo que has realizado. Te pido disculpas por el incidente de Tallin —dijo Yuri Ivánovich y miró su reloj—. Debo volver a mi despacho. Mal que me pese, debo asistir a una reunión importante. Vosotros tres podéis continuar la conversación sin mí, naturalmente. Estoy seguro de que hay mucho que comentar sobre los planes futuros de trabajo.

Se hizo un largo silencio, mientras el general Morózov habló unos minutos en privado con Vitali Petróvich. Cuando se quedaron los tres solos, Antón preguntó dubitativo:

—¿Qué pasará ahora con nosotros?

—Ningún cambio. Continuaréis con vuestra instrucción —dijo Vitali Petróvich contento, y se dirigió a Vera directamente—: ¡Actuaste correctamente! Pasaste la prueba.

—¿Qué quieres decir? —dijo la chica sorpresa.

—Considéralo como una prueba de tu honestidad, decencia y determinación.

La pareja no volvió a ver nunca más al instructor Artur Guénrijovich Karlov. Un mes después, Vitali Petróvich comunicó a Vera que Edgar Nikoláievich Ruus había sido cesado y trasladado a una alejada piscifactoría como ingeniero jefe. Pero esa no sería la última reunión con el legendario general Morózov.

13

Nadie es tan valiente como para no temer los imprevistos.

JULIO CÉSAR, emperador y general romano

Región de Pskov, URSS, 1984

Un potente rayo de luz unido al grito ensordecedor de «¡Arriba soldados!» interrumpió de forma repentina la serenidad de la madrugada. Fue así como el sargento de guardia interrumpió el plácido descanso de los futuros miembros de las fuerzas especiales. Afuera, aún era noche. Antón, medio dormido, saltó de la cama, y de forma instintiva se puso los pantalones, la camisa y las botas; mientras salía, todavía fue capaz de abrocharse el cinturón. Se apresuró, junto con el soldado Alik Gasánov, a buscar su arma al depósito de armamento. Antón y Alik se habían conocido el primer día que llegaron a este campo de entrenamiento de las fuerzas de operaciones especiales rusas. Ambos participaban en unas prácticas de formación militar de tres meses. Alik era muy amable y de fiar. Tenían las camas una junto a otra —como se decía en la jerga de la base «vivían en la misma mesilla de noche»—, así que, en cuestión de días, se hicieron muy amigos.

Algunos soldados, que solo llevaban puesta la ropa interior azul y la camiseta, volvían corriendo con sus fusiles automáticos. Se había creado un sistema de organización que funcionaba muy bien, para evitar aglomeraciones en el pequeño almacén de armas. Mientras dos grupos de soldados se vestían, los otros dos corrían a recoger sus armas.

Aquella mañana, los soldados tenían que practicar el salto con paracaídas. Más adelante, podrían participar en competiciones oficiales de saltos. Tras formar por muy poco tiempo, armados y equipados, los soldados salieron de los barracones haciendo mucho ruido con sus botas. Cuando salían a saltar, era absolutamente necesario que todos los movimientos se hicieran con rapidez, y la columna de camiones ya los esperaba ante la entrada. Los soldados dejaron las mochilas y paracaídas en la parte trasera de los camiones y corrieron hacia la cantina.

Amaneció cuando terminaron de desayunar. Los oficiales de enlace, que se distinguían del resto por una banda blanca con la letra P atada al brazo, examinaban las armas y el equipo militar; esto llevaba un buen rato. El aire de la mañana era fresco y los soldados tenían frío. Para calentarse, Antón y Alik se frotaban la espalda el uno contra el otro, cogidos por debajo de los codos. Era un antiguo truco del ejército que siempre funcionaba para luchar contra el frío. Después de varios días en el campo, Antón empezó a familiarizarse con muchas de esas argucias del ejército.

Los mentores de Moscú eran conscientes de que Antón no tenía suficiente experiencia, ya que no había hecho el servicio militar regular. Por lo tanto, confiaban en que un par de meses sería suficiente para adquirir cierta experiencia en el ejército y comprobar su fortaleza física y resistencia.

Los soldados disponían de dos meses para alcanzar el grado de sargento menor, para luego unirse a las fuerzas de operaciones especiales y trasladarse a otro destino del servicio militar. En el caso de Antón se ideó una historia falsa, para que fuera destinado a la ciudad de Ussuriisk, en el extremo oriental ruso, cerca de la frontera con China y Corea del Norte, y continuar allí. Pero esto era solo otra invención. También había llegado al campo con nombre falso. Nadie sabía que, en realidad, al terminar estas semanas de entrenamiento, regresaría a Moscú para continuar su instrucción como agente ilegal.

Se mantenía ocupado cada día en el campo de entrenamiento con tareas que debían llevarse a cabo de forma inmediata, por lo que los proyectos de futuro quedaron muy alejados, de momento. Los pensamientos de Antón ahora estaban concentrados en la preparación de lo que debía ser su primer salto en el aire. Un Iliushin gigante, IL-76, un avión de transporte con cuatro motores, estaba en el campo de aviación como un ave con sus alas extendidas. La rutina diaria empezaba en el campo de aviación donde apenas había vuelos todavía. Un par de aviones de combate SU-24 calentaban los potentes motores, que rugían con estruendo. Los técnicos estaban comprobando que los aviones estuviesen en las condiciones idóneas para los ejercicios de vuelo. En comparación con los pequeños aviones de combate que lo rodeaban, aquel IL-76 le recordaba a Antón un enorme dinosaurio plantado en medio de sus hermanos pequeños.

Cuando se acercó el momento de subir al aparato, los nervios de los paracaidistas aumentaron. Uno de ellos se distraía comprobando su equipo sin parar; otro fingía que dormía, y el resto de los soldados no podían ocultar su ansiedad. Incluso los oficiales, que estaban muy acostumbrados a estos ejercicios, estaban nerviosos.

Gracias a su fuerte personalidad y los meses de formación que había recibido en Moscú, Antón había aprendido a ocultar sus sentimientos y emociones. Se había tumbado sobre el césped que había junto a la pista y observaba con mucha calma el cielo claro. Alik estaba sentado cerca de él y le contaba historias divertidas, pero Antón no le escuchaba. Se mantenía concentrado por completo.

Por fin llegó la orden definitiva de comprobar todo el material, antes de emprender el vuelo. Los instructores iniciaron la revisión exhaustiva del equipo de paracaidismo y el armamento. Ahora todo el mundo tenía prisa porque el salto estaba previsto a las siete de la mañana.

El oscuro interior del fuselaje del avión todavía estaba caliente gracias al sol del día anterior. Como era el más bajo de estatura, Antón fue el primero en subir. Las normas de seguridad establecían que los más altos se lanzaran primero. Fue esta circunstancia la que precisamente provocó los hechos dramáticos que ocurrieron a continuación. Las turbinas comenzaron a girar, el avión tembló y la rampa se cerró lentamente. Los técnicos de a bordo, vestidos con monos azules, se desplazaban entre los soldados. y los oficiales de enlace hacían las últimas comprobaciones a los paracaidistas, repasando los arneses y los ganchos de los sistemas de estabilización que iban fijados al cableado metálico que rodeaba el compartimento de carga.

El IL-76, blanco como la nieve, entró en la pista. Aceleró y despegó con un ruido de mil demonios. Antón, concentrado, miraba al soldado que tenía delante mientras le llegaba inexorablemente el turno para saltar. La sirena sonó, pero Antón no vio el indicador intermitente de color amarillo ni la señal del oficial. Se levantó automáticamente y siguió al saltador que tenía ante sí. Era difícil no perder el equilibrio dentro del avión. Siempre pasaba lo mismo cuando los pilotos abrían la rampa y las compuertas laterales para saltar. El lapso de tiempo que transcurrió entre la primera orden y el salto parecía no tener fin. De repente, los motores callaron y los soldados comenzaron a moverse hacia la rampa disciplinadamente. Desde donde se encontraba Antón pudo ver el indicador de velocidad en el panel de control del piloto que indicaba la velocidad máxima autorizada para hacer uso de un paracaídas, unos cuatrocientos kilómetros por hora. En ese momento, Antón no tenía ni la más remota idea de que el sistema alertaba de un notable sobrepeso.

Antón se lanzó al abismo azul con valentía. Durante los primeros instantes, la fuerza del aire le golpeó con violencia y sacudió su cuerpo de un lado a otro, hasta que tiró de la anilla y se encontró flotando en el aire bajo el dosel blanco, disfrutando de un paisaje que parecía de juguete bajo sus pies.

El miedo de los primeros segundos se transformó en satisfacción al deslizarse por el aire. Pero como ya les había advertido el instructor, la velocidad y dirección del viento a ras de suelo podían acarrear cierto peligro. Cuando se encontraba a unos cien metros del suelo, se preparó para tomar tierra, pero de repente el viento lo empujó hacia atrás. Necesitaba corregir la dirección y girar rápidamente, así que, para conseguirlo, tiró con fuerza de una de las correas, y fue en ese momento cuando se dio cuenta de que estaba en peligro de muerte. No le dio tiempo de impedir el choque contra una línea eléctrica de alta tensión. Las cuerdas del paracaídas se enredaron con los cables. Se preparó para dejarse caer sobre el suelo con los pies juntos. Pero tuvo mala suerte, ya que una brisa ligera llenó de aire la cúpula del paracaídas y lo dejó colgando a demasiados metros del suelo.

El oficial de navegación de la aeronave había sido el responsable del accidente al dar la orden de saltar unos segundos antes de lo que debía. Como, además, la velocidad del avión era muy elevada, los últimos paracaidistas salieron de la nave fuera de la zona de seguridad del salto y Antón fue uno de los últimos. Aunque a veces se producía este error de cálculo, era cierto que en esta ocasión condujo a un desenlace inesperado.

Al escenario del accidente llegaron un jeep UAZ y una ambulancia. Algunos soldados y el teniente Kozhmiákov acudieron al lugar inmediatamente. Mientras tanto, los problemas de Antón no habían llegado a su fin. Cuando el viento se puso a soplar más fuerte, la tela del paracaídas lo arrastró hacia los cables, y cuando el viento amainó de nuevo volvió a dejarlo deslizar hacia abajo. Si tocaba el suelo con el paracaídas enredado a la línea de alta tensión, podía morir electrocutado y, para acabar de complicarlo un poco más, el tiempo empeoró de golpe. A poco que lloviera, la situación se convertiría en crítica.

—¡Calma, calma! —gritó el teniente Kozhmiákov, para tranquilizar al infortunado paracaidista—. Ya hemos avisado a la compañía eléctrica. Me han asegurado que van a cortar inmediatamente el suministro.

—Creo que está a punto de llover —murmuró Antón inmovilizado por el arnés.

—Sí, eso parece —dijo el oficial, mirando hacia las nubes amenazadoras.

—Pues sería mejor que saltara, ¿verdad? —dijo Antón tras diez minutos de espera que se convirtieron en una eternidad.

El oficial alzó de nuevo la mirada hacia las nubes, miró el reloj y dijo sin dudar:

—Hazlo porque empezará a llover pronto. Hazlo despacio, como si te lanzaras de pie en el agua. ¿Lo entiendes? Cuando yo te diga.

Antón se liberó del paracaídas de reserva muy lentamente, luego desató el arnés de las piernas y del pecho y, a continuación, desató el cinturón de seguridad del hombro derecho. Con la mano izquierda cogió la punta del arnés que quedaba libre.

—¿Preparado?

—¡Sí, señor! —respondió satisfecho.

—¡Ahora!

Pero justo en ese momento surgió un nuevo imprevisto. Otro fuerte golpe de viento lanzó a Antón dos metros más hacia arriba. Ahora estaba demasiado alto para saltar.

—¡Espera!

Demasiado tarde. El arnés se rompió y Antón cayó al suelo. El dolor que sintió en la pierna derecha casi le hizo perder el conocimiento. Alik Gasánov fue el primero en llegar. Años más tarde esa amistad estaría a punto de provocarle un disgusto, pero ese día el apoyo de su amigo fue muy bienvenido.

A la mañana siguiente, Antón se despertó en el hospital militar de Pskov, sorprendido de ver a Vitali Petróvich que estaba sentado en una silla junto a la cama.

—Hola, Antón. ¿Cómo te encuentras? —preguntó el curador con tono triste.

—¿Es una herida grave? ¿Ha hablado con los médicos? —preguntó él con mirada de preocupación.

Muy tarde por la noche habían trasladado a Antón al hospital. Los médicos le habían colocado una férula en la pierna mientras esperaban para examinarlo con detenimiento al día siguiente.

—El médico debería llegar en cualquier momento. Te quitarán el vendaje y te harán una radiografía. Solo entonces sabremos lo que te espera.

—¿Qué significa eso?

—Quiero ser sincero contigo, Antón. Si fuera necesaria una intervención quirúrgica importante para colocarte clavos dentro del hueso y que dejara cicatrices visibles..., todo ello interferiría, como te puedes imaginar, en nuestros planes de futuro para ti, y me refiero a tu carrera.

—¿De verdad? ¿Por qué? —Casi se puso a llorar.

—Solo podemos confiar en personas que no tengan cicatrices causadas por heridas anteriores.

Justo en ese momento se abrió la puerta y entró una joven enfermera.

—¿Vamos a rayos X? —Sonrió y acercó la camilla a la cama para trasladarlo a la sala de radiografías.

—Te esperaré aquí —tuvo tiempo de decir Vitali Petróvich.

Media hora más tarde, cuando volvieron a traer a Antón a la habitación, el curador ya conocía el diagnóstico. Un médico entró con un par de radiografías en la mano, sonrió y anunció que todo iba bien. Antón tenía una luxación muy fuerte en la pierna derecha, pero no sería necesaria ninguna cirugía. Esta vez la suerte le vino de cara.

14

El débil de espíritu resiste los retos,
mientras que el fuerte se enfrenta a ellos.

CHINGUIZ AITMÁTOV, escritor soviético

Moscú, URSS; 198...

El día había sido muy ajetreado. Los documentos necesarios para viajar al extranjero ya estaban listos. La fecha de partida de Vera había sido finalmente aprobada. Ella saldría primero y, una semana más tarde, estaba previsto que Antón siguiera el mismo camino. Los nuevos agentes estuvieron todo el día preparándose para el viaje. Pusieron todas las pertenencias de Vera sobre el sofá para que ella pudiera comprobar que no se olvidaba nada, antes de cerrar la maleta. Se aseguraron de que en ningún bolsillo hubiera quedado olvidado un billete viejo de autobús arrugado, una moneda soviética de kopek, o algo que pudiera revelar que su propietario tenía alguna relación con la URSS. Tenían muy claro que cualquier pequeño detalle que se les pasara por alto podía conducir al fracaso de toda la misión.

DE LAS MEMORIAS DE LA CORONEL VERA SVÍBLOVA:

Antes de nuestra partida al extranjero, lo más importante era mantener la moral alta para enfrentarse al viaje y al futuro trabajo. La verdad es que íbamos a dar un paso a lo desconocido. Las preocupaciones se mezclaban con la excitación y la voluntad de demostrarme a mí misma que podía llevar a cabo la tarea con éxito. Estábamos a punto de dejar nuestra vida cotidiana para cumplir con el deber de servir a nuestro país. Deseábamos poner en práctica en la vida real todo lo que habíamos aprendido para convertirnos en agentes eficientes. A lo largo de los años que vivimos en Moscú, un círculo muy limitado de mentores y profesores nos había ayudado a entender perfectamente la organización de la que formábamos parte. Estas personas se convirtieron en nuestros compañeros inseparables. Confiábamos en ellos y sabíamos que a su lado estábamos protegidos. Conocían nuestras virtudes y nuestras debilidades mejor, incluso, que nuestros padres. La parte más difícil de aceptar era que no podría ver a mi familia por un largo espacio de tiempo. Mi madre, mi padre, mi hermana pequeña Marina y las dos abuelas vivían todos en Tomsk. Solo les explicamos que nos íbamos a Cuba para trabajar de traductores. Afortunadamente para nosotros esa clase de trabajo gozaba de mucho prestigio en nuestro país.

Una vez hecha la maleta de Vera, la joven pareja decidió empaquetar todo lo que tenía que se quedaba en Moscú. Antón montó una caja de cartón y la dejó en el suelo para irla llenando. Sacó todos los cajones del armario y del escritorio, y los colocó uno al lado de otro. Se sentaron los dos en el suelo y empezaron a sacar todas las cosas de su interior. Había fotografías de infancia y de la escuela y también algunas actuales de Moscú.

Les costó mucho decidir qué hacer con los negativos de la sesión de fotografía de la dacha. Nunca revelaron en papel las fotos de Vera desnuda, pero no querían destruir los negativos, así que Antón los guardó, aunque, por seguridad, cortó la parte perforada, donde aparecía la marca de la compañía de fotografía soviética Tasma.

Las cartas de amor de Antón a Vera también decidieron guardarlas en la caja, pero antes de meterlas, ella todavía las quiso leer de nuevo. Se entristeció de repente cuando reflexionó sobre la posibilidad de una separación inimaginablemente larga con su marido, en caso de que algo fuese mal cuando estuvieran lejos de casa.

Los cuadernos de notas, los carnés del Partido y del Komsomol, e incluso los anillos de casados, fueron a parar a la caja. Se iban despidiendo de sus propias identidades de forma paulatina... Unos días más y Vera Svíblova y Antón Viazin dejarían de existir.

Hacía ya mucho que ambos hablaban entre ellos en francés o en inglés y no usaban sus nombres reales. Cada día que pasaba, Annabelle Lamont y Dave Hardy tenían más confianza en ellos mismos y se sentían preparados para empezar la gran labor que les esperaba en el extranjero, mientras que Vera Svíblova y Antón Viazin pasarían a ser nada más que recuerdos en sus cabezas, de aquellos estudiantes del pasado.

Vera y Antón, con la ayuda de sus mentores, habían desarrollado una mentalidad muy especial a lo largo de todos estos años de formación. No era exactamente ni inglesa ni francesa, ni de cualquier otra nacionalidad. Era la mentalidad de los agentes ilegales: excelente capacidad intelectual, atención a los detalles y habilidad para adaptarse rápidamente a todas las circunstancias. La presencia de estas cualidades permitía a los agentes convertirse rápidamente en nativos de cualquier país, sociedad o grupo, aunque, al mismo tiempo, mantuviesen siempre inquebrantable su fidelidad a la patria, la causa, los ideales y los valores morales.

De las memorias del coronel Antón Viazin:

No me preocupaba de casi nada, ahora. Las preocupaciones fueron sustituidas por serenidad y concentración en la etapa inicial de mi trabajo. Durante mi período de instrucción, ya había conseguido integrarme de pleno en la profesión. Por lo tanto, me parecía como si fuera a hacer un trabajo «ordinariamente extraordinario». Del mismo modo que los atletas de competición cuando se encuentran en medio de una carrera no piensan en los aficionados que hay en la grada, porque deben concentrarse, nosotros estábamos impacientes por empezar a trabajar en una situación real. Sencillamente, no existía espacio para el miedo en el interior de nuestras cabezas. Nuestra mente estaba solo centrada en la dura tarea que teníamos por delante y en lograr resultados.

Por fin, todas nuestras pertenencias fueron a parar o bien al interior de la caja de cartón, que se depositó en el departamento especial de almacenamiento del KGB en Moscú, con una etiqueta que decía «Depositada en el Centro, no destruir», o bien en la maleta nueva de Annabelle Lamont. Solo quedaban algunas cosas que irían en la maleta de Dave Hardy y las mínimas indispensables para que Antón acabara de pasar los pocos días que le quedaban hasta su salida.

Antón cerró la caja, la ató con una cinta de tela y la dejó apartada en un rincón de la sala. Punto final. Vera y Antón dejaron de existir… por mucho tiempo.

15

La victoria sobre el otro te hace fuerte,
la victoria sobre ti mismo te hace intrépido.

LAO-TSE, filósofo chino

Vancouver, Canadá, 198...

Después de numerosos vuelos y todos de larga distancia, el viaje de Annabelle Lamont se acercaba a su fin. El invierno helado de Moscú dejó paso a la primavera de Europa, y un poco más tarde llegó el calor africano. Annabelle se encontraba ahora en el avión que debía cruzar el océano para llevarla hasta la ciudad canadiense de Vancouver. Había recorrido Europa y el norte de África. Fue en Túnez donde se quedó más tiempo. Allí practicó el francés, e incluso se inscribió en una autoescuela. Como turista no podía sacarse la licencia de conducción, pero le sirvió para aprender a conducir.

Cuando charlaba con la gente que viajaba con ella, trataba de captar sus reacciones, su manera de pronunciar el francés y el inglés, observaba su comportamiento e intentaba recordar sus normas. Tuvo que aprender ciertas banalidades absolutamente necesarias para sobrevivir, como la manera de abrir correctamente las bandejas de comida en los aviones o cómo mover el asiento de un Boeing.

En las conversaciones con sus compañeros de viaje, tanto

en el avión como en el tren, Annabelle siempre contaba detalles de su vida con improvisaciones y nuevos añadidos a su biografía de leyenda. Narraba hechos de la infancia y describía las ciudades donde se suponía que había vivido. Tuvo suerte, puesto que durante su entrenamiento en Moscú estudió en detalle los mapas y los monumentos históricos de muchas ciudades del mundo. De esta forma, practicaba maneras de tratar a personas con formas de pensar muy distintas y, al mismo tiempo, aprendía a cambiar su propia nacionalidad.

Fuese consciente o no, se comportaba como se esperaba de alguien de su profesión. Cuando una joven agente llega a su primer destino, debe ir adquiriendo despacio varias habilidades y, al mismo tiempo, tiene que estudiar con detalle las características que definen esa misión.

Había un aspecto, sin embargo, muy destacado que no cambiaba nunca cuando hablaba con la gente. Siempre se mostraba muy interesada por los juegos infantiles de los diferentes lugares que visitaba. Formaba parte de su «historia». Este interés, tan inocente a primera vista, fue especialmente planificado para ser usado durante el viaje, ya que no levantaba ninguna sospecha y resultaba muy cómodo para establecer contactos.

El vuelo a Vancouver no fue precisamente fácil. Las turbulencias sacudieron el avión de arriba abajo y de derecha a izquierda. El pasaje estaba asustado y cansado. El aterrizaje tampoco fue sencillo. El aparato tembló instantes antes de tocar el suelo y los compartimentos del equipaje de mano se abrieron uno tras otro. Un bebé se puso a llorar y el nerviosismo se apoderó del ambiente. Por fin, el tren de aterrizaje rozó la pista y el avión empezó a frenar con el empuje invertido de las turbinas.

Estaba agotada, después de pasar la noche entera sin poder pegar ojo. Bajó del avión lentamente por las escaleras y fue andando hasta la terminal de llegadas. Parecía que no le quedaran fuerzas para ningún tipo de emoción, pero, tan pronto como llegó a la terminal, se produjo una explosión de energía en su interior. Mientras andaba por allí, se fijó en la bandera canadiense blanca y roja con la hoja de arce, colgada del techo para indicar el mostrador del control de pasaportes. Se detuvo. Su resolución se desvaneció de golpe cuando vio a los policías de frontera altos y corpulentos. Sus expresiones severas parecían intimidar a todo el mundo.

Algunas veces avanzar resulta difícil, especialmente cuando no hay ninguna posibilidad ni de echarse atrás ni de detenerse para coger fuerzas. Annabelle, que era muy consciente de la situación, se recompuso al instante y, con mucho coraje, se enfrentó a su primer reto serio.

Sin dejar entrever su incomodidad y sin hacer movimientos innecesarios, se dirigió directamente hacia el control fronterizo sosteniendo el pasaporte en su mano. El policía cogió el documento y, sin mover la cabeza, miró la página principal. Unos segundos después levantó la mirada hacia la chica y volvió a bajar los ojos.

—¿Cuál es el propósito de su viaje, señorita? —preguntó.

—Estoy interesada en los juegos infantiles de diferentes países del mundo —respondió con confianza.

El funcionario puso cara de sorprendido y sonrió.

—¿Ha podido recoger mucho material de interés?

—Sí, es un tema apasionante.

—Muy bien, gracias, señorita Lamont.

Tras echar una ojeada a algunas páginas, el guardia fronterizo puso un sello en el pasaporte y se lo devolvió. La chica se fue sin perder la calma, tratando de no echar a correr de golpe. Ahora solo quedaba recoger el equipaje y salir lo antes posible del aeropuerto.

La maleta de color verde claro apareció en la cinta de equipajes. Parecía que el largo viaje terminaba por fin y solo quedaba llegar al hotel antes de comenzar su nueva vida. La cogió de la cinta y se dirigió hacia la puerta de salida. Mientras tanto, los agentes de aduanas se fijaron en ella. Le quedaban apenas algunos metros para llegar a la salida, y podría, por fin, mezclarse con la multitud de pasajeros, lo que le haría sentir mucho más segura. Aminoró la marcha para cambiar la maleta de mano cuando de improviso oyó una voz.

—¡Disculpe, señora!

No se dio la vuelta, con la confianza de que estuvieran llamando a otra persona, y logró dar un par de pasos más. Pero por el rabillo del ojo vio a un agente de aduanas que se dirigía hacia ella. Se acercó por detrás y esta vez le dijo en voz alta:

—¡La señora que lleva una maleta verde, deténgase, por favor!

Ella no pudo hacer nada más que quedarse quieta. Con cara de sorpresa, miró al funcionario.

—¿Sucede algo? —preguntó ella inocentemente, pero su corazón se había acelerado. En lugar de contestar, el agente de aduanas señaló educadamente una mesa que había cerca de una mujer vestida de uniforme.

—Venga hacia aquí, por favor. Necesitamos hacerle un par de preguntas.

La mujer uniformada se puso guantes de silicona y señaló la mesa.

—Ponga la maleta aquí, por favor. —Obediente, Annabelle siguió las instrucciones—. ¿Cuál es su profesión?

—Estoy haciendo un trabajo de investigación sobre juegos infantiles en el mundo —replicó ella sin saber por qué le estaban haciendo esas preguntas.

—¿Qué países ha visitado?

La conversación había empezado en inglés y el agente era claramente anglófono, razón por la que Annabelle decidió pasar al francés, por si tenía que destacar el origen francés de su nombre.

—¿Quiere saber los países donde he estado haciendo investigación o todos los países que he visitado?

La pregunta era, en realidad, una sutil trampa para alcanzar varios objetivos al mismo tiempo. En primer lugar, la chica dejaba claro al agente de aduanas que su inglés con acento se explicaba por el hecho de que su lengua materna era el francés. En segundo lugar, ganaba tiempo para evaluar la situación. Por último, su intención era confundir a su interlocutor, y sin duda lo consiguió. El hombre no entendió la pregunta y dudó. La chica se disculpó y volvió a hacer la pregunta, ahora en inglés.

Es difícil saber cómo habría podido continuar el diálogo, pero Annabelle se las había ingeniado para interrumpirlo. Aunque, para complicarlo todo un poco más, la agente se unió a la conversación. Con tono educado, pero al mismo tiempo sin tolerar objeción alguna, le pidió:

—Abra la maleta, por favor.

Había conseguido evitar preguntas innecesarias, pero ahora se veía obligada a pasar por la inspección del equipaje. La maleta contenía artículos de doble uso que aparentemente eran para el hogar, pero que, en realidad, estaban destinados a sus actividades de espionaje.

Annabelle, naturalmente, obedeció y abrió la maleta. El agente comenzó a sacar un montón de cosas muy bien envueltas y las examinó una a una. Hojeó un libro en francés sobre la educación de los niños y encontró un frasco de perfume Chanel, que quiso oler. A continuación, miró algunos cuadernos donde había anotaciones y dibujos de juegos infantiles; examinó los productos de higiene y otros objetos pequeños, y terminó cerrando la maleta. No había más preguntas y el agente de aduanas ya estaba buscando a otra víctima entre el pasaje de llegada, o sea que recogió su maleta y fue a buscar la puerta de salida.

Fuera de la zona de la aduana, pudo respirar tranquila. Tenía la cara sonrojada y su corazón latía acelerado. La conversación, aparentemente inocente con el agente de aduanas, le había provocado un cierto nerviosismo que, sumado al registro de su equipaje, la había dejado nerviosa, pero había sabido hacer frente a la adversidad. Podía sentirse satisfecha.

Se sentó en el banco de la parada del autobús para calmarse. Oscurecía ya y las luces de neón se mezclaban con las de la calle. Estaba deseosa por llegar a la ciudad e instalarse en un hotel para pasar la noche, pero se le escapó el primer autobús. También temía que la siguiera algún equipo de vigilancia canadiense.

Los últimos rayos de sol del día iluminaron las cumbres nevadas de las montañas de los alrededores. El nuevo paisaje transpiraba severidad y devolvía la esencia de Siberia a los recuerdos de la chica. Ahora se había creado una separación de miles de kilómetros con su hogar, y también un recorrido personal con un nombre nuevo, el de Annabelle Lamont, que había nacido al abandonar Moscú.

Bajó del autobús en el centro de la ciudad y caminó un par de minutos hasta llegar al hotel que había visto en una guía. Por suerte, había habitaciones libres.

Dentro de su habitación, Lamont se calmó y reflexionó sobre el incidente en el aeropuerto. Concluyó que no había pasado nada negativo o amenazador. Solo le había faltado el apoyo de Antón. Él también se había convertido en Dave Hardy pero, por desgracia, el reencuentro tan añorado aún tendría que esperar. Ya llegaría, pero tenía que hacerse aparentando naturalidad para la gente de su alrededor y que todo pareciera fruto del azar.

Annabelle era consciente de que su vida como espía había comenzado. Había llegado el momento en que se cumplía su deseo después de años de entrenamiento. Por la mañana su primer pensamiento fue para Antón. Le echaba mucho de menos. No podía esperar más para compartir sus experiencias y comentar las siguientes etapas que debía afrontar para incorporarse a un mundo completamente nuevo.

16

En Canadá, en Canadá,
El sol se pone bajo.
Debería haberme dormido hace rato,
¿Por qué no puedo dormir?

ALEKSANDER GORODNITSKI, poeta soviético y ruso

Durante su primera semana de estancia en Vancouver, Annabelle se las ingenió para instalarse y resolver algunas cosas que no podía postergar. La más importante era comunicar al Centro que había llegado sana y salva, y para ello dejó una marca especial en un lugar previamente acordado. También se trasladó del hotel a un apartamento de alquiler, donde esperaba quedarse un par de meses. Esos años que había vivido en Moscú a lo largo de su período de formación, lejos de casa de sus padres, le habían enseñado a ser independiente, aunque allí siempre tuvo a Antón a su lado y a sus mentores para ayudarla si era necesario. En Vancouver se asomó la melancolía, especialmente de noche, pero confiaba que con la llegada de Dave ese sentimiento iría desvaneciéndose. No podía sospechar que la sensación de soledad, mezclada con la nostalgia, la visitaría en repetidas ocasiones a lo largo de los siguientes años y adoptaría distintas formas.

Cuando alguien se va a vivir a una ciudad extranjera, enseguida intenta crear una red de amistades que hagan la vida más llevadera, pero en el caso de Annabelle eso no podía ser. Su leyenda establecía que había nacido en Vancouver, aunque no dispusiese ni de documentos, ni de recuerdos, ni de episodios de esa vida de ficción. Todo ello debía fabricarse. De día, la chica paseaba por la ciudad, y no lo hacía simplemente para distraerse; lo hacía para revisar la biografía de Annabelle Lamont. Por paradójico que parezca, no lo podía realizar en una sucesión natural de hechos desde la infancia hasta el momento actual, sino en una sucesión inversa, desde el presente inmediato hasta el pasado lejano.

Vancouver era una ciudad idónea para los agentes ilegales. Había dos lenguas oficiales: el inglés y el francés, pero, en realidad, se podían oír lenguas y dialectos de naciones de todo el mundo, por lo que nadie prestaba demasiada atención a acentos o pequeños errores gramaticales cuando se hablaba en inglés o francés. Al mismo tiempo, Annabelle tuvo la oportunidad de oír el inglés de Vancouver y el dialecto quebequés de los canadienses francófonos que vivían en la ciudad. Todo ello le resultó muy útil para mejorar su entonación y para familiarizarse con las expresiones lingüísticas más corrientes, y de ese modo no despertar ninguna sospecha.

Exploró el centro de la ciudad por completo. Le gustaba sobre todo Gastown, un distrito histórico de arquitectura victoriana con algunos lugares conocidos en todo el mundo. Le encantaba el reloj que funcionaba con un motor de vapor y que estaba considerado uno de los centros turísticos de la ciudad. Cada cuarto de hora emitía un pitido y cada hora en punto echaba humo. Cerca, también había una colección muy curiosa de catorce figuras de tres metros de altura, que representaban personajes risueños que provocaban la sonrisa de la chica y la cargaban de energía positiva.

También fue a visitar bastantes museos: el Museo de Antropología, el Museo de Ciencias y la Galería de Arte de Vancouver. No pasó por alto los centros comerciales. En Stanley

Park era donde se respiraba más serenidad y tranquilidad, y por ello acostumbraba a dar largos paseos por ese parque. Rodeada por los enormes cedros, muy parecidos a los pinos siberianos —que en Siberia se conocen, precisamente, como cedros—, se sentía como si estuviera en las afueras de su Tomsk natal. Esta conexión invisible con su tierra, aunque solo existiera en su mente, le transmitía fuerza y confianza en sí misma.

En Vancouver mantuvo su historia ficticia como investigadora de los juegos infantiles. Era un buen pretexto para visitar guarderías y centros de ocio. Continuamente entraba nuevas anotaciones en la libreta. Incluso encontró una guardería que podría utilizar para la leyenda de su infancia ficticia. Se puso en contacto con los educadores y estos estuvieron encantados de permitirle observar a los niños mientras jugaban. Por su parte, ella les contó en qué consistían algunos juegos infantiles extranjeros, poniendo de manifiesto sus grandes conocimientos sobre los asiáticos. Cuando miraba a los niños, soñaba con tener hijos y se dio cuenta de que tal vez había llegado el momento de ser madre. Le encantaban los críos, pero la profesión que había elegido, y a la que se entregaba en cuerpo y alma, tenía unas normas estrictas. Su destino era tan imprevisible como lo sería el destino de sus futuros hijos. Los espías dependen mucho del azar, aunque un día le sonrió la suerte. Mientras estaba visitando una de las guarderías, oyó una conversación entre dos padres en que uno de ellos se quejaba de que los responsables municipales habían cerrado, ya hacía unos años, la escuela que había cerca de su casa. Esto obligó a trasladar a sus hijos a una nueva escuela, más lejos. Annabelle averiguó la dirección de la escuela que había cerrado y la usó para cubrir un período importante de su vida de leyenda. Desde este momento, podría mencionar su colegio sin temor a que alguien pudiera preguntar a sus profesores por ella o comprobar los datos de su graduación.

Ninguna leyenda se podía dar por completa si no llevaba asociada una supuesta casa familiar. Escogió una casa de dos plantas que no estaba habitada y que se encontraba en venta. Había tenido muchos propietarios. Con la casa, otro aspecto de su vida quedó cubierto.

El primer mensaje del Centro había sido programado para que llegara en una determinada fecha y por la noche. Se sentó en el sofá, preparó su radio portátil y esperó a recibir el mensaje codificado. Esta era la primera ocasión de comunicarse con ellos desde su llegada y estaba impaciente por saber qué diría Moscú. Para ello disponía de un receptor de onda corta Grundig que había comprado en Europa. En Canadá, como en Estados Unidos, no existía la onda corta, así que la radio, en el peor de los casos, podría haberse usado como prueba incriminatoria contra ella. Por ese motivo la tenía escondida en un armario, lejos de las miradas curiosas de alguna visita indiscreta. Sin embargo, el receptor disponía de su propia leyenda: era un regalo de su madre, que lo había comprado en uno de sus viajes a Alemania. Pagaba un alquiler bajo por su apartamento, que era pequeño y estaba situado en uno de los barrios más modestos de la ciudad. Tenía suficientes recursos para alquilar un lugar mucho más cómodo, pero consideraba injusto malgastar el dinero que le había dado el Centro. Prefería ahorrar para posibles gastos imprevistos. Siempre intentaba evitar a los vecinos del edificio y, si alguna vez hablaba con ellos, se mostraba comunicativa y amable para darles una buena impresión.

El momento de la conexión por radio llegó. Esperó sentada en el sofá con sus instrumentos extendidos sobre la mesa: el receptor de onda corta, los auriculares conectados, un trozo de papel en blanco, un lápiz y un vaso de agua. Sabía que todos los apartamentos en Canadá tenían un detector de humo y alarmas contra incendios, así que era peligroso quemar las hojas usadas del cuaderno de cifrado.

Puntual a la hora establecida, llegó la señal de radio, pero era muy débil y eso la obligó a moverse dentro del apartamento para encontrar el mejor lugar para disponer de una buena recepción. Por ese motivo siempre se emitían en primer lugar un par de minutos de señales en código Morse para facilitar la correcta sintonización de la emisora por parte del receptor, antes de que entrara el mensaje real. Cuando encontró el lugar adecuado, cogió una silla y comenzó a escribir los grupos de números que iban transmitiéndose. En ese momento, su nerviosismo desapareció y se impuso la confianza más absoluta en su trabajo. Al mismo tiempo estaba muy atenta a lo que ocurría puertas afuera del edificio y en la calle. Concentrada, escribía en el papel un flujo continuo de números, que se dividían en grupos. Comprobó los números de nuevo, cuando se repitió el mensaje. Una vez terminada la emisión y completado el desciframiento, metió el papel que había usado en un vaso, lo mojó con agua y lo deshizo con los dedos. Lanzó la pasta de papel en la taza del váter y tiró de la cadena. El mensaje descifrado era breve, pero importante, así que lo leyó un par de veces:

«El Centro tiene interés en obtener información sobre el sacerdote Edward Laurent, nacido hacia 1930 y párroco de la iglesia de Saint Augustine de Vancouver. Intente contactar con él para conocer su personalidad, costumbres, círculo de amistades e intereses políticos. El contacto debe ser discreto. Núm. 1».

El papel con el mensaje fue destruido como lo había sido el anterior.

De las memorias de la coronel Vera Svíblova:

Nunca habría imaginado que mi primera misión me llevaría a una iglesia. En todo caso, me lo tomé muy en serio y, tras acercarme al sacerdote, estudié su personalidad con mucho detenimiento. En poco tiempo, conseguí desarrollar una relación de amistad con el amable anciano. Llegué a la conclusión de que, a pesar de proceder de países diferentes, al fin y al cabo los seres humanos nos parecemos mucho en nuestros anhelos, aspiraciones y valores más profundos. Todos nosotros nos preocupamos por la familia, el trabajo, la felicidad, la diversión y, por supuesto, por el mundo, en general.

Trabajar con la gente es la base del trabajo de un agente de inteligencia. Para entender bien a una persona, hay que identificarse con sus preocupaciones. Únicamente así es posible discutir sobre diferentes aspectos de la vida cotidiana y comprender la forma de pensar del otro. La confianza entre dos personas solo se puede construir como resultado de una comunicación sincera. Nunca rechazo a nadie y siempre trato de entender al otro. Estaba convencida de que, para conocer la personalidad de alguien, era necesario tratarlo con respeto y desplegar una relación sincera de amistad.

Las sesiones de radio siempre tenían mucha importancia para Annabelle. Aparte de que servían para recibir las instrucciones de Moscú, también eran importantes porque de esta forma ella sentía que a decenas de miles de kilómetros había personas que pensaban en ella, la cuidaban y se preocupaban por ella, mientras esperaban sus valiosas informaciones. Y le ofrecían ayuda siempre que lo necesitaba. Todo ello era imprescindible para mantener la moral alta y la capacidad para hacer el trabajo que se le había encomendado. Toda la tristeza desaparecía cuando se centraba en conseguir resultados.

Esta primera misión resultó ser relativamente fácil. Más adelante, se les asignarían muchas otras, a ella y a Dave, pero cada misión era única, como el propio destino de cada agente. Aparte de los encargos específicos de Moscú, también tomaron sus propias iniciativas desde un principio para introducirse en los círculos de decisión de aquella sociedad, que les permitieran acceder a información económica y política potencialmente relevante.

17

No tiene importancia si os veis a menudo, lo importante es el sentido que dais a esos encuentros.

ERICH MARIA REMARQUE, escritor alemán

Una fría llovizna, las nubes bajas de color gris y el viento helado hacían que el mediodía pareciera el atardecer. Annabelle estaba de pie, bajo una marquesina amarilla a la entrada de una confitería, desde donde admiraba, a lo lejos, el famoso reloj de Gastown. Estaba a punto de expeler su nube de vapor y emitir el silbido que se asemejaba a las notas de un órgano. Para apreciarlo mejor, se acercó un poco más a este milagro de la tecnología del siglo XIX. Justo mientras observaba la esfera del reloj, emitió el sonido de la salida del vapor como si fuera un tren musical. Observó a los turistas que había a su alrededor y se fijó en un joven apuesto, que se encontraba delante de ella y que sujetaba una cámara fotográfica. Él le sonrió con timidez y dijo:

—Hola.

—Hola —respondió ella.

—¿Puedo hacerle una foto con el reloj de fondo? —dijo alegre mientras señalaba la cámara.

Annabelle aceptó y se echó un poco atrás, mientras inclinaba la cabeza con coquetería. Le hizo un par de fotos y se acercó, le ofreció la mano y dijo:

—Me llamo Dave. Dave Hardy.

Annabelle le cogió la mano y se la acercó a la cara. Musitó:

—Me llamo Annabelle… Hace tanto tiempo, Dave. Te he estado esperando…

Era él, su querido Antón, pero ahora con un nombre distinto. De hecho, Vera ahora era Annabelle Lamont, y este escenario se había preparado para que pudieran reencontrarse con sus nuevas identidades. Por fin se reunían en Canadá, lo que significaba que todo había ido de acuerdo con el plan previsto y que no se había producido ningún contratiempo por el camino.

—He venido tan pronto como he podido —dijo él en voz baja.

Se separaron un poco y pasearon por Cambie Street acompañados por los silbidos del reloj de vapor, que componían una solemne melodía.

Ella venía a menudo hasta este lugar de la ciudad para observar el reloj desde la distancia sin llamar demasiado la atención. Algunas veces tenía la sensación de que Dave estaba a punto de aparecer, aunque sabía que eso no sucedería hasta la fecha establecida, pero era una manera de soñar en su querido esposo y así calmar el fuerte sentimiento de añoranza. A partir de cierto día, se decidió que la chica tenía que ir cada día a ese lugar al mediodía hasta que Dave apareciera. No tuvo que esperar mucho tiempo.

Al día siguiente, después de pasar la noche en el apartamento que él había alquilado, la pareja salió a pasear. Tenían que hablar, sin falta, sobre las opciones que tenían para cumplir la misión que el Centro les había encargado en referencia al padre Edward.

De las memorias de la coronel Vera Svíblova:

Desde los primeros días que empezamos a vivir en el extranjero, ambos acordamos seguir dos reglas de manera muy estricta. La primera consistía en no hablar bajo ningún concepto sobre nuestro trabajo ilegal en el interior de un apartamento, una habitación de hotel, un restaurante, una cafetería o un coche. Solo conversábamos sobre cuestiones importantes mientras andábamos por la calle. En cuanto los móviles se convirtieron en parte integral de nuestra vida cotidiana, nunca los llevábamos con nosotros cuando dábamos esos paseos. Por supuesto, no nos pasábamos todo el día pensando en si nos sometían a escuchas telefónicas o había micrófonos escondidos, pero esta regla ayudaba a mantener la disciplina y era el reflejo de someter todas nuestras actividades a un control muy estricto. Problemas menores, pero urgentes, se resolvían en el apartamento con el intercambio de notas manuscritas que eran destruidas al instante. La segunda norma nos prohibía hablar ruso entre nosotros o con cualquier otra persona. Resultó ser más fácil cumplirla de lo que pensábamos; paulatinamente nos acostumbramos a nuestras nuevas identidades, así que empezamos a pensar en otros idiomas y nos adaptamos a la nueva realidad. Ni en los momentos más íntimos hablábamos ruso. De este modo, el inglés acabó por convertirse en nuestra lengua materna. Como hacen los actores, debíamos olvidar nuestras identidades reales para convertirnos en otras personas, pero no solo sobre el escenario por un par de horas, sino en la vida real y por un período muy largo de nuestras vidas...

Después de discutir y planear la manera de proceder, Annabelle y Dave decidieron hacer una visita a la iglesia de Saint Augustine para la primera toma de contacto. No podrían utilizar el pretexto de solicitar el bautizo puesto que ambos procedían de familias católicas de acuerdo con su leyenda y, por tanto, era demasiado tarde: ya habrían sido bautizados justo después de nacer. También era demasiado pronto para hablar de matrimonio, ya que su leyenda decía que apenas se habían conocido hacía unos días. Era más seguro y apropiado acercarse al objetivo paso a paso, haciéndose pasar por feligreses de la parroquia. Pero aún existía otra posibilidad más directa: que ella se uniera al coro de la iglesia. Esto es lo que finalmente intentaría con la colaboración de Dave.

No fue complicado encontrar la iglesia. Llamaron a un taxi y en veinte minutos estaban ante la puerta de Saint Augustine. La iglesia sorprendía por su belleza austera. De arquitectura georgiana, había sido construida con ladrillos de color marrón oscuro, pero los arcos blancos de las ventanas y la arquitectura sobria y armónica de todo el conjunto atraían la atención del visitante de inmediato. Las tejas de la cubierta se habían oscurecido con el paso del tiempo y aún acentuaban más el detalle de otros rasgos de la fachada.

Antes de entrar se detuvieron para contemplar el vitral sobre la entrada. En el interior, los rayos de sol iluminaban las hileras de bancos de madera barnizados. Parecía que la misa había terminado, pero todavía quedaban algunos fieles sentados. Annabelle miró a su alrededor y vio que había algunos miembros del coro con las partituras en las manos. Avisó de su presencia a Dave en voz baja, que había ido a encender una vela después de dejar una moneda en la caja de donativos. El chico se dirigió hacia ella y le hizo un gesto preguntando qué sucedía. Ella señaló hacia arriba y murmuró:

—Mira a la chica del coro.

—La veo. El resto son gente muy mayor.

—Espera un segundo. Creo que puedo hacerlo ahora —dijo ella, y Dave ya se imaginó lo que pasaría a continuación.

—¿La quieres conocer ahora mismo?

—¿Y por qué no? Lo tendré que hacer tarde o temprano. Ahora es un buen momento.

Annabelle se acercó decidida hacia las escaleras que llevaban al coro, pero no subió; se quedó en el banco más cercano.

Minutos más tarde bajó una chica alta de piel morena, que sin duda era de origen latino.

—Habéis cantado de maravilla —exclamó Annabelle.

La chica se giró y sonrió. Aunque ellos habían llegado al final de la misa, su admiración era tan sincera que era imposible no creérsela. Además, Annabelle sabía que los cantos religiosos siempre se caracterizaban por su belleza y solemnidad.

—¿De verdad? —La cantante mostró su satisfacción—. ¿Le gusta la música espiritual?

—Me encanta, a mí también me gusta cantar —presumió para atraer la atención de su interlocutora como potencial cantante del coro.

—¿Ah sí? —se interesó la chica.

Contaba con el interés de la chica por conseguir otra cantante joven en el coro y se presentó.

—Me llamo Annabelle. —Y movió la cabeza en dirección a Dave—. Ese es mi amigo, Dave.

—Hola, yo soy Inés. —Lo saludó con la mano.

—Encantado.

Dave se levantó y siguió a las dos chicas hasta la salida. La conversación continuó fuera, justo ante la entrada principal.

—¿Cómo hiciste para formar parte del coro? —preguntó Annabelle.

—Empecé a venir a esta iglesia ya hace tiempo. Conocí al sacerdote, el padre Edward, que es latinoamericano como yo. Yo soy de Venezuela. Es muy buena persona: amable y compasivo.

—¿Él de dónde es? —preguntó Annabelle.

—El padre Edward es chileno. Consiguió escapar a Venezuela durante el golpe de Estado de 1973 y luego continuó buscando refugio hasta Canadá. Era partidario del presidente Allende. Al cabo de un año, lo ordenaron sacerdote en Vancouver.

Estos hechos en la biografía del padre Edward eran muy significativos porque ya revelaban parte de sus creencias y opiniones políticas, pero aún era demasiado pronto para informar al Centro. El contacto directo con la persona de interés es siempre necesario para entender su forma de ser. En un caso como este, un agente de inteligencia tiene que hacer uso de toda su gama de habilidades y capacidades, incluido el talento artístico. Al mismo tiempo, también ha de ser un buen psicólogo, sean cuales sean sus experiencias en la vida.

Lo mejor que le puede pasar a un agente de inteligencia es que el propio objetivo de interés aporte la información requerida sin que ni se dé cuenta, así que Annabelle siguió con la conversación.

—Tenéis cantantes muy mayores en el coro; os debe de resultar difícil cantar, ¿verdad? La edad no perdona...

—Hacen lo que pueden. —Inés sonrió y, por fin, hizo la pregunta clave—: ¿Te gustaría formar parte del coro?

—No lo sé.

Dave decidió ayudarla cuando vio que dudaba.

—Deberías decir que sí, Annabelle. Además, también sabes tocar el violín.

—¿De verdad? ¿También tocas el violín? Puedo enseñarte cómo se canta en un coro de iglesia. No lo pienses más; necesitamos más cantantes para las ocasiones en que viene mucha gente a la iglesia.

Annabelle fingió no estar convencida. Se podría haber comportado de otra manera, pero había adivinado el carácter de la chica venezolana desde el principio y esperaba que le insistiera. Inés, por el contrario, no tenía mucha experiencia en relaciones humanas, y por temor a que la chica rehusara, la cogió de la mano.

—Vamos. Espera aquí. Le llamaré.

—¿A quién?

—Al padre Edward. Estará en la iglesia ahora —insistió la venezolana.

Annabelle esperó sentada en el banco a que volviera Inés con el sacerdote. Durante el largo tiempo que estuvo esperándoles, pudo contemplar con todo detalle el interior de la iglesia. En Moscú había visitado algunas iglesias ortodoxas, pero aquí todo estaba colocado de otra manera. Aquí no había ni murales ni pinturas colgadas en las paredes, pero, en cambio, había estatuas de santos y, por encima del altar, una figura del Cristo crucificado que medía dos metros de alto.

También observó los gestos de los feligreses, muy especialmente cómo se persignaban con el agua bendita de la pila de la entrada. Todo el mundo que entraba en la iglesia mojaba los dedos de la mano derecha y luego se hacía la señal de la cruz. Los dos jóvenes no lo habían hecho al entrar y un desafortunado olvido como este habría podido ser fatal bajo determinadas circunstancias, porque podría haberlos dejado en evidencia ante algún feligrés que se hubiera fijado en que la joven pareja no seguían estrictamente los rituales católicos. Pero, afortunadamente, nadie se dio cuenta.

No es posible enseñar a alguien a ser un agente ilegal, pero es posible ayudarle a que lo llegue a ser. Es imposible prever todas las sutilezas de la vida de un agente, especialmente las que se refieren a los matices de las prácticas religiosas. Hoy puedes tener que pasar por católico, mañana por musulmán y, quizás, pasado mañana, por ateo. Es imposible preverlo todo, pero es importante que siempre se cuide la observación, el ingenio y el autocontrol.

Al cabo de un buen rato, el sacerdote apareció seguido de Inés. Annabelle se levantó para saludarlos y el padre Edward le hizo una señal para que lo siguiera. Subieron al balcón del coro, mientras Inés esperaba abajo. El sacerdote le pidió que se sentara en una silla plegable y él lo hizo en un taburete. Ella miró hacia abajo antes de sentarse. La vista era muy bonita también desde aquí arriba. Vio a Dave en la primera fila. Justo un minuto antes estaba fuera, pero había vuelto a entrar para darle su apoyo, si hacía falta.

—¿De qué quería hablarme, señorita? —preguntó el cura.

Ella supuso que Inés ya le había comentado la propuesta de formar parte del coro.

—Creo, padre, que usted ya conoce parte de la respuesta a esa pregunta.

El sacerdote tosió un par de veces para disimular su desconcierto y continuó diciendo con una amble sonrisa:

—Es usted una chica lista.

En lugar de contestar, se encogió de hombros y pensó: «Aún no conoce a Dave, que es todavía más listo que yo».

El cura continuó medio en broma:

—Había que empezar la conversación de alguna manera. Sin embargo, mi pregunta se mantiene —terminó añadiendo ahora más serio.

—Quería decirle que me gusta mucho la música y el canto. Mi estricta educación no me permite cantar canciones de entretenimiento, y por eso me gustaría participar en el coro. Me haría mucha ilusión formar parte de un grupo de personas con valores universales.

—¿Y por qué ha supuesto que los valores universales son lo más importante aquí? —preguntó el sacerdote con cierta astucia.

—¿Cómo podría ser de otro modo? Al fin y al cabo, esos valores forman parte fundamental del cristianismo.

—Por supuesto que sí —pronunció el sacerdote con aire de misterio, y no dijo nada más.

Ella se mantuvo en silencio también, en espera de que acabase la frase, pero el padre Edward prefirió levantarse del taburete, cogió un montón de partituras del atril y, sin mirarlas, se las ofreció a la chica.

La letra era en latín, una lengua que había dejado muy atrás en el tiempo en las clases de la universidad, pero ahora, en el momento de la verdad, no podía fallar. Si ahora no aprobaba este examen, sería muy difícil relacionarse con el sacerdote más adelante y debería aplazar la tarea de manera indefinida, por lo que la misión que le habían encargado desde el Centro no se podría llevar a cabo. Miró los papeles y dijo:

—Con su permiso, primero intentaré familiarizarme un poco con la letras.

El padre Edward asintió en señal de aprobación, y la chica continuó en tono de disculpa:

—Lo siento, aunque tenga buen oído, necesito afinar.

—Maravilloso. No se preocupe —la animó el sacerdote.

La chica miró abajo tratando de localizar a Dave, que con la mano le hizo un gesto para darle ánimos. Él podía oír la conversación perfectamente desde donde estaba, gracias a la acústica de la iglesia. Entonces la joven reunió todo el coraje y comenzó a cantar:

—Creador del cielo y las estrellas, que otorga luz eterna a su pueblo, Cristo redentor de todos nosotros, escucha nuestra oración.

El cura la detuvo con un gesto de la mano. A pesar del nerviosismo de la cantante, la canción sonó muy profunda. El padre Edward cogió otra partitura y se la entregó. Ahora, segura de sí misma, volvió a cantar:

—Pelea, Señor, contra los que me atacan, guerrea contra los que me hacen la guerra; empuña el escudo y la adarga, levántate y ven en mi auxilio.

Fue complicado cantar el salmo de David, pero lo hizo bien. El sacerdote movió la cabeza en señal de aprobación.

—Todos nuestros cantantes cantan por la gloria de Dios, lo que significa que lo hacen sin que les demos nada a cambio.

—Ni se me había pasado por la cabeza pedir dinero —respondió ella.

—Entonces vuelva mañana. Inés la ayudará a familiarizarse con la iglesia.

Annabelle había conseguido su primer éxito. Para una persona normal y corriente, no establecer contacto con alguien podía resultar una pequeña decepción. Sin embargo, para una agente representaba un desastre que habría hecho fracasar la misión.

18

El hombre no es la respuesta. El hombre es la pregunta.

PAUL TILLICH, filósofo alemán

Habían transcurrido tres meses desde que Annabelle había conocido al sacerdote, pero no se había podido acercar a él todavía. Cantaba cada domingo en el coro, pero nunca encontraba el momento para hablar a solas con el padre Edward. Siempre estaba ocupado. Habían hablado algunas veces, pero solo en el momento de la confesión, por lo que tenía la sensación de que era el padre Edward quien la estaba estudiando a ella, y no al revés. Recogió toda la información que pudo sobre él gracias a Inés, pero su opinión era subjetiva y quizás no fuera siempre correcta. Debía hacer algo y rápido. Después de pensarlo muy seriamente, Annabelle y Dave decidieron casarse. De acuerdo con su plan, un domingo, la chica buscaría el momento adecuado para hacer el anuncio al sacerdote, justo después de misa.

—Padre Edward, quisiera comentarle un tema muy importante. Dave y yo nos queremos casar.

—¡Eso me hace muy feliz por los dos! Me gustaría mucho poder oficiar este sacramento para mis buenos amigos —replicó con una sonrisa—. Pero hay algunas condiciones que debéis cumplir.

—Estamos preparados —dijo ella rápidamente, hablando por ambos.

—Bueno, en primer lugar, debéis entender correctamente el significado del amor. Un amor que no es efímero y va más allá de una atracción emocional, ya que es un acto de la voluntad de una persona para hacer el bien a la persona amada por el resto de su vida, siempre juntos en el «hasta que la muerte os separe». En segundo lugar, deberéis estudiar más profundamente los fundamentos del cristianismo. Sé perfectamente que sois creyentes católicos, pero estoy obligado a daros una docena de conversaciones en los próximos tres meses y vosotros tendréis que aprender algunas oraciones como el credo, el avemaría y el padrenuestro.

—Sí, claro. Le puedo asegurar que conocemos estas oraciones desde la infancia.

—Pero, de todos modos, hay cosas que os tengo que explicar, las conozcáis o no.

—Disculpe, padre.

El padre Edward sonrió cariñosamente y a continuación cogió un pequeño lápiz y una libretita de su bolsillo, la hojeó y preguntó:

—Pues para la primera conversación, ¿tendríais tiempo el lunes después de la misa de la tarde? Tened en cuenta que necesitaremos una hora tirando corto.

—Por supuesto —dijo Annabelle, y añadió—: Dave también podrá. Termina las clases a las seis de la tarde y le dará tiempo de llegar a la iglesia.

El plan que diseñaron había funcionado. La «persona de interés» se había postulado ella misma, y además para encuentros regulares. Se podría decir que había sido un golpe de suerte, pero para los dos jóvenes espías este pequeño éxito les había transmitido confianza en sus habilidades para establecer relaciones con la gente.

En el primer encuentro, la pareja escuchó los sermones del

sacerdote que trataban sobre grandes verdades muy genéricas y conocidas usando un vocabulario religioso, pero la conversación terminó derivando en aspectos más personales.

La pareja consiguió que el cura les explicara muchas cosas de sí mismo, sin darse cuenta. Había tenido una vida difícil y le gustaba compartir sus historias con la pareja, exponiendo sus opiniones y relatando las vidas de sus amigos y de la familia. Por otra parte, estas conversaciones también resultaron ser una experiencia religiosa de gran valor para ellos dos. Sus conocimientos sobre el catolicismo, que eran muy superficiales, se ampliaron y esto les sirvió para fortalecer sus leyendas.

El día de la boda se acercaba. A Annabelle, los preparativos de la celebración le evocaron, de forma involuntaria, aquellos cálidos recuerdos de su modesta boda en Tomsk, unos años atrás, cuando se casaron en la oficina del Registro Civil. En la única tienda donde se podían adquirir productos con divisas compraron una blusa blanca para la novia, encargaron rápidamente la confección de una falda blanca, y decidieron que llevaría un lazo también blanco en el cabello, en lugar del velo. Ella llegó a la ceremonia en el coche soviético de sus padres, un Zhigulí, que en aquella época era un auténtico lujo.

En Vancouver, Annabelle lució un modesto vestido blanco y la ceremonia tampoco se celebró con mucha pompa. Entró en la iglesia junto a Dave y solo los acompañó Inés con un amigo. La iglesia, como era habitual al mediodía, estaba vacía.

El padre Edward los esperaba ante el altar. De acuerdo con la tradición, dio la bienvenida y recitó las oraciones prescritas en el ritual canónico para estas ocasiones.

—Queridos Dave y Annabelle, habéis escuchado la palabra de Dios en referencia a la importancia del amor y al sacramento del matrimonio. Ahora, en nombre de la Santa Iglesia, os pediré cuáles son vuestras intenciones. Dave y Annabelle, ¿aceptáis contraer matrimonio y lo hacéis libremente en este acto?

Ambos respondieron al unísono:

—Sí, lo hacemos.

El sacerdote continuó:

—¿Os mantendréis fieles el uno al otro, en la salud y en la enfermedad, en la felicidad y en la miseria por el resto de vuestras vidas?

De nuevo respondieron ambos afirmativamente.

—¿Aceptaréis con amor a los hijos que Dios os quiera enviar y los educaréis en la fe cristiana?

Y a esta tercera cuestión, ambos volvieron a asentir.

Todos los presentes entonaron el himno al Espíritu Santo; ellos dos se miraron y se cogieron de la mano derecha mientras el padre Edward les cubría las palmas con una tela. Llegaba el punto culminante. La joven pareja, por turnos, recitó los votos del matrimonio. Dave fue el primero:

—Yo, Dave Hardy, te tomo, Annabelle Lamont, como mi mujer, prometiendo serte fiel, en la prosperidad y en la adversidad, en la salud y en la enfermedad, así como amarte y respetarte toda la vida.

A continuación, ella repitió el voto. Resultaba difícil de creer que se casaban por segunda vez, pero ahora en una iglesia canadiense, situada a miles de kilómetros de su tierra natal, y como el cura les había explicado, ante Cristo y la comunidad de la Iglesia, en presencia de Inés y un amigo de esta.

—Lo que Dios ha unido, que no lo separe el hombre. Confirmo y bendigo este matrimonio con la autoridad de la Iglesia Universal en el nombre del Padre, del Hijo y del Espíritu Santo.

La pareja miró al sacerdote y este dio por finalizada la ceremonia.

—Vuestra unión no es solo para compartir bienes materiales. Ahora ha sido santificada por el amor de Dios. Todos los logros espirituales, así como las pérdidas y los fracasos, también os pertenecerán a ambos. Por todas vuestras buenas acciones individuales recibiréis la misma gracia los dos juntos, pero la respuesta de Dios para vuestros pecados individuales también será para ambos. En esta vida conjunta que ahora iniciáis no olvidéis esto y cuidaos el uno al otro. Que Dios os proteja.

Al poco rato, la pareja salió de la iglesia en compañía de Inés y su amigo. Annabelle pensaba en su boda de Tomsk y recordaba la visita que hicieron por la ciudad, después de la ceremonia. Primero se acercaron al memorial de los caídos en la Gran Guerra Patriótica, donde contemplaron las estatuas de la Madre Patria y del Hijo Guerrero, cuya tristeza enfatizaba la pérdida, pero, al mismo tiempo, su majestuosidad expresaba la victoria. Hicieron una ofrenda de flores a la llama eterna y admiraron la vista que se contemplaba desde la orilla del río Tom, en los jardines del parque de Laguerny Sad. Después subieron al monte Voskresénskaia, donde se había situado el primer asentamiento cosaco, y pasearon de nuevo por el bosque de la universidad, que siempre asociaban a recuerdos personales muy especiales. De repente, se dieron cuenta de que no se trataba de un paseo de recién casados, sino más bien de una despedida de su ciudad natal. En caso de que no pudieran volver nunca más querían recordar, tan intensamente como fuera posible, las emociones que habían llenado sus corazones en ese lugar. Mucho más tarde, en momentos de tristeza, cuando Annabelle necesitaba consuelo, se dejaba ir en el abismo de los cálidos recuerdos de Tomsk.

Para estudiar a una persona, no basta con conocer al detalle su biografía, opiniones y creencias. Por este motivo trataban de comunicarse con el sacerdote lo más a menudo posible, para saber más sobre su personalidad y para crear así un retrato más completo. Después de la boda, la relación se hizo más cercana y confidencial. El cura se implicó en la vida familiar de la pareja y, cuando le invitaban, siempre aceptaba gustoso visitarlos en casa. Más adelante, ofreció a la chica un trabajo a tiempo parcial en la parroquia, para ayudar en el coro de la iglesia. Ella aceptó, naturalmente.

El resultado de todos estos meses de trabajo se resumió en un mensaje dirigido al Centro con una minuciosa descripción de la personalidad del sacerdote, sus opiniones políticas y su forma de pensar. Los agentes asumieron que aceptaría cooperar con los rusos, pero sabían que sería mucho más seguro si eran otros, y no ellos mismos, los que le hicieran la propuesta.

El padre Edward era una buena persona y un sacerdote honesto, para el que la justicia social era inseparable de los valores cristianos. La relación entre él y la pareja se tradujo en un gran respeto mutuo y una amistad sincera, pero un año más o menos después, su amistad se interrumpió de golpe.

19

El fracaso es nuestro maestro y también
es una experiencia que nos instruye.

BUD HADFIELD, empresario norteamericano

En la vida de un agente ilegal aparecen problemas cotidianos que son muy similares a los que tienen el resto de los mortales: buscar trabajo, alquilar una casa, contratar un seguro u obtener certificados y documentos. Sin embargo, a diferencia de la gente normal y corriente, los agentes desarrollan ciertas actividades sin base legal alguna. Siempre existe el riesgo del fracaso, que puede llegar a alertar a las autoridades y provocar la detención, aunque solo sea por haber cruzado la frontera de manera ilegal. Cuando la gente normal y corriente necesita prosperar en su carrera profesional o conseguir beneficios personales, entabla amistad con aquellas personas que puedan ser más útiles o se esfuerza por complacer a su jefe en el puesto de trabajo. Un agente hace eso mismo también, pero con otro objetivo muy distinto: recabar información útil para las autoridades y la seguridad de su país. El agente obtiene información secreta arriesgando de manera consciente su libertad y, a veces, incluso su vida, pero también poniendo en peligro a su propia familia. Algunas veces conseguir todos aquellos documentos que necesita para construir su leyenda puede llevarle meses, e incluso años. La doble vida deja una huella sobre el carácter del agente y su estilo de vida, puesto que no solo está obligado a ocultar su identidad real, sino que también se ve forzado a veces a expresar opiniones políticas que se adapten a una situación en particular.

Annabelle y Dave necesitaron dos años para instalarse en Vancouver y fabricarse un nuevo pasado transparente y creíble. Eso hizo que su futuro pareciera más previsible. La pareja estaba viviendo ahora en un ático acogedor de un edificio de gran altura. Compraron un coche y ella terminó un curso de informática, mientras Dave se preparaba para sus estudios en la universidad.

El círculo de amistades de ella ya no se limitaba al coro de la iglesia. El sacerdote e Inés eran sus amigos, pero conoció a más gente. Se dio cuenta de que, entre la comunidad de fieles, algunos de ellos eran destacados cargos políticos de la ciudad. Cuando Annabelle se lo pedía, el padre Edward se los presentaba, y en una ocasión Dave se las ingenió para conseguir que un funcionario municipal le prometiera ayuda para encontrar un puesto de trabajo en la misma oficina del alcalde.

Durante un tiempo, el Centro no les encargó ninguna misión. La dirección en Moscú entendía que los jóvenes agentes todavía necesitaban tiempo para asentarse y establecer contactos en su lugar de residencia. A la pareja, sin embargo, les gustaba llevar la iniciativa y buscar resultados, gracias a la formación que tenían en asuntos de inteligencia. Por supuesto, también eran muy conscientes de que en cualquier momento podía llegar una orden de traslado a otro país y se verían obligados a comenzar su trabajo desde cero en cualquier otro lugar del planeta.

Dave leía cada día un montón de periódicos. Le interesaban todas las noticias relacionadas con la vida política y económica de Canadá, y ponía especial atención a los artículos de análisis. En la prensa local de Vancouver buscaba sobre todo las ofertas de trabajo.

Un sábado, al terminar la misa de la tarde, como era habitual, Dave esperaba a su mujer fuera de la iglesia de Saint Augustine, sentado en un banco y con un periódico desplegado en las manos. Hacía fresco para ser el mes de agosto y las montañas cubiertas de bosques frondosos aparecían rojizas gracias a los rayos de la puesta de sol, mientras que los picos se teñían de carmesí. La chica apareció por detrás de él y se agachó para ver los titulares de la prensa.

—¿Qué noticias trae la prensa hoy?

—Nada bueno; al contrario, tenemos malas noticias —replicó él y señaló una gran fotografía en la segunda página.

Un artículo breve llevaba por título: «Diplomático ruso expulsado». Parecía preocupante. Se acercó más y pudo leer: «Ayer un diplomático ruso del consulado de Vancouver fue declarado *persona non grata* por llevar a cabo actividades incompatibles con su condición de diplomático».

Miró a Dave con ojos interrogativos, pero él, en lugar de responder de inmediato, se levantó del banco.

—Vamos a pasear.

Cuando se hubieron alejado un poco de la iglesia, la chica, por fin, le preguntó:

—¿Crees que esto puede tener consecuencias para nosotros?

—Seguramente —replicó Dave y, de manera inesperada, la cogió del brazo para cruzar la calle.

—Vi al hombre de la fotografía del diario, cuando dejé una marca en el buzón muerto para confirmar la última recepción de dinero. Es muy posible que ya lo siguieran y eso significaría que podrían haberme detectado a mí también.

—Aun así, no hemos notado ningún movimiento sospechoso, ¿verdad? Y hace mucho de eso.

—Tienes razón en que no hemos advertido nada sospechoso. Ahora bien, que nosotros no hayamos notado nada fuera de lo normal no significa que no haya pasado nada, y que esto sucediera hace tiempo podría significar tan solo que han iniciado nuestro seguimiento ahora.

—Pero no tendrían nada para incriminarnos, excepto el dinero que hemos recibido un par de veces a través de los buzones muertos.

—¡Exacto! Y eso es grave. Cualquier día podría sorprendernos una visita inesperada del CSIS (Servicio Canadiense de Inteligencia de Seguridad). De todos modos, creo que todavía disponemos de un par de días, tal vez.

—Necesitamos recuperar nuestros pasaportes para casos de urgencia y marcharnos de aquí.

—En todo caso, tenemos que salir del apartamento. Mañana informarás al padre Edward de que me han ofrecido un buen trabajo en Montreal. Solo nos podremos despedir de los amigos más cercanos. Necesitamos ponernos en contacto con el Centro de inmediato, ya que no podemos tomar grandes decisiones sin su consentimiento. Esperaremos a nuestra sesión de radio de hoy y decidiremos.

Dave volvió a abrir el periódico y miró atentamente todas las fotografías donde aparecía el diplomático ruso, movió la cabeza y emitió su veredicto:

—No tengo ninguna duda; es él.

Tuvieron otra sensación extraña después de leer el artículo del periódico. La pareja no acababa de acostumbrarse a las palabras «ruso» y «Rusia». Les sonaba extraño, porque estaban acostumbrados al término «soviético», ya que el país donde habían nacido y donde se habían criado era la Unión Soviética. Los jóvenes se enteraron de todo el proceso de cambio de poder y de colapso de la URSS a través de los medios de comunicación, y solo pudieron seguir la cadena de acontecimientos que tuvo lugar en Moscú a través de la televisión. No entendían lo que sucedía en su país. También se preguntaban qué iba a ser de ellos a partir de entonces.

De las memorias de la coronel Vera Svíblova:

> Recibimos un mensaje de radio informándonos de que, con la desintegración de la URSS, nada iba a cambiar en nuestras misiones como ilegales, así que los agentes continuaríamos con las mismas funciones que teníamos asignadas. Creo que todos los agentes en activo recibieron el mismo mensaje. Tras recibir esas garantías, nuestra sensación inicial de confusión desapareció. A pesar de los cambios que tuvieron lugar en el país, nosotros mantuvimos nuestro compromiso para servir a nuestra tierra y a nuestro pueblo, fueran quienes fuesen los dirigentes de nuestro país o el nombre que este adoptara. Esta fue nuestra fuente de inspiración, también cuando Rusia pasó por serias dificultades políticas y económicas. Creo que fue mucho más complicado continuar trabajando para los agentes, incluidos los ilegales, de la Alemania del Este. Este fue el caso del agente alemán del KGB Dittrich-Barsky, que perdió la orientación. Su país natal acabó fusionado con Alemania Occidental, y por tanto había dejado de existir, por lo que rechazó continuar con su trabajo. Nosotros, en cambio, los rusos, teníamos una visión diferente. Mi marido y yo nos mantuvimos siempre firmes en la lucha por nuestra tierra y nuestro pueblo.

Por la noche, esperaron pacientemente la sesión de radio. Sintonizaron la emisora de referencia y dejaron listo un plato con agua caliente y una caja de cerillas al lado. Los sonidos característicos del Morse se oyeron por los auriculares de Annabelle. Sentada a la mesa del comedor, comenzó a escribir con rapidez grupos de números. Dave estaba atento a cualquier ruido procedente del exterior. Esta fue la sesión más tensa, desde un punto de vista psicológico, de todas las que habían tenido lugar hasta ese día, y había un puñado de razones para que fuera así, pero, afortunadamente, todo fue bien. La pareja leyó el mensaje del Centro varias veces:

«Con motivo de la existencia de una amenaza real sobre

su identidad y su seguridad personal, deberán retirar su documentación de reserva del buzón muerto "El Agujero" dentro de una semana. También deberán destruir su documentación canadiense antes de su salida y seguir estrictamente el protocolo acordado para estos casos de emergencia. Preparen con mucha atención los motivos que darán para marcharse y explíquenselos a sus vecinos, al propietario del apartamento y a su entorno más inmediato, sin despertar sospechas. Tomen todas las medidas de seguridad necesarias para la recogida de sus documentos del buzón muerto y para su marcha. Informen de la fecha de su llegada a Moscú vía el canal "Respuesta"».

Dave tenía razón: el peligro existía realmente. No mostró ninguna sorpresa ante las órdenes de evacuación de emergencia. Los agentes eliminaron cualquier rastro de la sesión de radio y se sentaron un buen rato mirándose el uno al otro. A ambos les asaltaron reflexiones parecidas, pero se lamentaban por motivos diferentes. A ella le hizo daño verse obligada a abandonar la leyenda que había fabricado con tanto esmero a lo largo de un período de tiempo tan largo. En cambio, a Dave no le hizo ninguna gracia tener que dar por terminadas las relaciones que había cultivado con políticos de la ciudad y con un asesor de un diputado del Parlamento. Ninguno de los dos tuvo miedo a una posible detención, pero les disgustó enormemente tener que interrumpir la misión de forma tan inesperada.

Dave escribió en un pedazo de papel: «Hablamos mañana». Lo destruyó y ella asintió. Necesitaban tener paciencia hasta el día siguiente.

20

El coraje hace insignificantes los golpes del destino.

DEMÓCRITO, filósofo griego

Un delicioso aroma de café impregnaba aquella pastelería tan acogedora. Un camarero afroamericano servía el café en las tazas. Una era para Annabelle. El joven camarero trajo la bebida y un plato con un pedazo de pastel de zanahoria y una cucharilla; lo dejó sobre la mesa y preguntó educadamente:

—¿Quiere algo más?

—Eso es todo por el momento, gracias —contestó Annabelle mientras se acercaba la taza.

Había escogido, como punto de observación, la pastelería que se encontraba en el cruce de Haro Street con Denman Street. Estaba sentada junto a una ventana que tenía algunos anuncios comerciales pegados al cristal y así no se la podía ver con nitidez desde fuera. Desde allí podía controlar la intersección de calles para llevar a cabo la contravigilancia. Hacía unos diez minutos que estaba en la pastelería esperando que llegara Dave, y mientras vigilaba iba dando sorbos al café. Sabía perfectamente qué itinerario seguiría Dave y a qué hora exactamente aparecería; solo faltaban dos o tres minutos. Él había salido tres horas antes que ella para acercarse a este mismo destino, pero por un camino mucho más largo. La operación para extraer el paquete del buzón muerto «El Agujero» no podía fallar, porque dentro estaban los dos pasaportes con las identidades alternativas que necesitaban para salir del país.

Dave se movía por la ciudad utilizando las técnicas de detección de vigilancia especial que los dos agentes conocían a la perfección y que habían practicado en Moscú. De vez en cuando, cruzaba la calle inesperadamente para comprobar si alguien le estaba siguiendo. La misión de Annabelle era observar lo que sucedía a espaldas de Dave, literalmente. Su primer punto de contravigilancia había sido una tienda de comestibles y no vio nada extraño desde allí. La pastelería sirvió como punto final de observación, ya que el buzón muerto se encontraba muy cerca, en el Devonian Harbour Park.

Finalmente apareció Dave. Bajaba despacio por la calle con un pequeño paquete bajo el brazo envuelto en papel de regalo satinado. De su hombro colgaba una cámara de fotos dentro de la funda. Annabelle levantó la taza sin que sus ojos dejaran de observar a todas las personas y los coches que había detrás de Dave, que ahora se había detenido para entrar en una cabina telefónica. En ese preciso instante, un hombre con una camiseta blanca y que llevaba un periódico bajo el brazo entró en un restaurante italiano. Le pareció sospechoso. Dave no lo notó, pero ella sí, y se preocupó. Después de una breve llamada telefónica, salió de la cabina y continuó andando. El hombre de la camiseta le siguió, lo que acabó de confirmar las sospechas.

La situación se complicó por momentos y podía llegar a resultar peligrosa. Después de pagar, Annabelle salió rápidamente de la pastelería para dirigirse hacia el parque. Llegados a este punto, no supo qué hacer. Si los vigilaban, sería del todo imposible recoger el paquete con los pasaportes, pero al mismo tiempo sabía que sería muy difícil volver a tener una oportunidad para hacerlo. Si la RCMP (Real Policía Montada de Canadá) los estaba vigilando, no sería posible regresar al mismo parque sin despertar sospechas y ello conllevaría consecuencias imprevisibles, seguramente. El corazón de Annabelle se aceleró, por lo que intentó calmarse un poco. En la esquina con Robson Street se dio cuenta de que el hombre de la camiseta se había desviado a la izquierda. Una mujer con un bolso de color marrón lo relevó. Estaba de pie junto a una parada de autobús, pero de repente se puso a seguir a Dave. Estaba segura de que formaba parte del equipo de seguimiento. No tenía sentido que ella siguiera a Dave demasiado cerca, así que decidió continuar por una ruta diferente hasta el parque, para no quedar dentro del campo de visión de los agentes de inteligencia canadienses.

Los dos jóvenes habían tenido tiempo para familiarizarse con el buzón muerto unas semanas antes, por lo que ahora disponían de diferentes estrategias para vaciarlo de la mejor manera posible. El lugar de recogida no estaba escondido, pero sí un poco apartado. En circunstancias normales, esto representaría una ventaja para poder controlar la situación, pero en estos momentos, teniendo en cuenta la vigilancia, habría sido mejor que el buzón estuviese en un lugar más escondido.

Un viejo arce se había partido por la mitad durante una tormenta y cayó años atrás. Habían cortado la mitad del árbol y la habían retirado. La lluvia y el viento habían pulido el resto del tronco y las ramas habían quedado tiradas sobre la tierra, hasta quedar muy relucientes. Los restos del arce tenían un aspecto fantasmagórico. El paquete estaba escondido precisamente en un agujero que se encontraba en medio de los tentáculos enredados de las raíces que se hundían en el suelo.

Cuando Annabelle se acercó al buzón muerto, Dave la saludó y le ofreció una caja de bombones, simulando que era un regalo. Mientras desenvolvía la caja, la chica vio a la mujer del bolso marrón que había seguido a Dave. Estaba sentada en un banco del parque, no muy lejos de donde estaban ellos, y tenía un periódico abierto fingiendo que estaba leyendo. Annabelle mostró su alegría por el regalo de forma muy expresiva, acercó su mejilla a la cara de Dave para darle un beso y le dijo en voz muy baja:

—Te están siguiendo.

—Me lo he imaginado —tuvo tiempo de decir Dave.

Tenían que comportarse como si no pasara nada. Ella puso el brazo por encima del hombro de su marido y le preguntó tranquilamente:

—¿Qué hacemos?

—Hay que hacerlo ahora. Es imprescindible. No tendremos una segunda oportunidad.

—Tienes razón —dijo ella. El corazón le latía fuerte, tenía la cara roja y cogió aire para recomponerse—. Pues vamos, hagámoslo como lo teníamos planeado.

—De acuerdo. Vamos.

Vistos de lejos, parecían dos enamorados conversando despreocupadamente. Decidieron escenificar una inocente sesión de fotos. Annabelle se acercó al tronco del árbol y Dave sacó la cámara. Estaba preciosa con aquel vestido verde con las ramas oscuras del árbol como fondo, y él le hacía fotografías en diferentes posturas. Terminó sentada en el césped, al lado del arce, pero sin dejar de mirar a la mujer del banco.

Resultó que el escondrijo de recogida no solo guardaba el paquete de documentos, sino que también estaba infestado de hormigas. Los insectos atacaron la mano de la visitante sin piedad. Aquella situación, tan inesperada como cómica, podría haber hecho fracasar toda la operación de recogida, si Annabelle no hubiera tenido mucha sangre fría. Por nada del mundo podía gritar o hacer un movimiento brusco que llamara la atención de la gente que había a su alrededor, incluida la mujer del banco. Soportó estoicamente las picaduras de los insectos, pero no se atrevió a retirar el pedazo más grueso de corteza que daba forma al contenedor secreto. ¿Qué podía hacer? Le daba mucha rabia ver el paquete bajo el tronco del árbol, pero no podía recogerlo por temor a que la vieran.

—Hagámoslo de otra manera. Iré a comprar un helado y después regresaré. Confiemos en que la mujer me siga y eso te dará la oportunidad para coger el paquete —dijo Dave.

Su mujer asintió y se movió hacia el banco más cercano fingiendo que estaba cansada, mientras que Dave se marchó en dirección a una tienda que había cerca del parque. Resiguió el camino que le había llevado hasta el parque, para así alejarse de la mujer que estaba sentada en el banco. Si la mujer tenía un cómplice, Dave se lo encontraría de frente por el camino y eso le obligaría a girarse y seguirle. Si no había nadie más vigilando, sería la mujer la que se levantaría del banco y echaría a andar tras de él.

Con el corazón encogido, Dave salió del parque y entró en una pequeña tienda para comprar un par de helados. No vio a nadie más por el camino. Era buena señal, así que salió de la tienda y vio a la mujer del banco al otro lado de la calle.

Cuando Dave volvió con los helados, la expresión de felicidad de Annabelle delataba que el trabajo estaba hecho. Muy probablemente ese pedazo de corteza tan deseado cubierta de porquería y hormigas ya se encontraba dentro de su bolso colgando del hombro. La joven pareja continuó con su paseo romántico.

Antes de volver a casa, aún tenían que hacer algo vital para el plan que habían elaborado. Compraron tres billetes de avión a México para el fin de semana. Solo faltaban cuatro días. Sabían que la RCMP detectaría la compra. El tercer billete era para Inés, que, sin saberlo, debía jugar un papel clave en la fuga.

Al atardecer encendieron la chimenea y quemaron los pasaportes canadienses. Annabelle sintió una tristeza repentina. Tomó conciencia de que en aquella chimenea se estaba quemando un pasado que no había existido nunca y un futuro que nunca se haría realidad. Le dieron mucha pena Annabelle Lamont y Dave Hardy, tanta que no pudo reprimir las lágrimas. En cambio, su marido tenía más sangre fría. Decepcionada, se echó en el sofá y se quedó dormida. Tuvo este sueño:

«Oscuridad, hedor y frío. Los vitrales ahumados casi no dejaban pasar la luz. La tenue luz de las lámparas apenas iluminaba los iconos que, en lugar de los rostros de los Santos Padres, representaban retratos de presidentes, políticos famosos, empresarios, banqueros y otros personajes públicos.

»Annabelle estaba echada boca abajo sobre el suelo de mármol con los brazos extendidos. Vestía un hábito de monja de un extraño color verde. La voz profunda de un hombre ordenó: "¡Levántate". La chica se incorporó, pero apoyó una rodilla en el suelo como suelen hacer los católicos.

»Excepto los de la parte de arriba, que no se distinguían por la oscuridad, los frescos del iconostasio representaban imágenes apocalípticas del mundo: guerras, montañas de cadáveres y una explosión nuclear. La chica miraba estas imágenes escalofriantes y era consciente de que Dios la llamaba para evitar estas desgracias y hacer cosas importantes para el mundo...».

Se despertó. El corazón le latía muy deprisa. Intentó recordar el sueño, pero los pensamientos que le venían a la cabeza eran confusos, excepto uno, que preveía que algo importante iba a pasar.

Al día siguiente, la pareja se presentó con una bolsa de viaje en casa de Inés, que vivía en un edificio muy alto. Habían llegado hasta allí en autobús. Este era el momento clave de su plan de fuga y aunque aparentaban tranquilidad, por dentro la tensión iba en aumento.

Inés estuvo muy contenta de verlos. Estuvieron hablando un buen rato hasta que Annabelle, sin darle demasiada importancia, pidió a Inés si los podía acompañar en coche al aeropuerto. El edificio tenía un aparcamiento subterráneo con la salida justo al otro lado de la calle con respecto a la puerta de entrada al edificio. Un grupo de vigilancia de la RCMP habría estado más atento a la salida de la pareja a pie, por la misma puerta por la que habían entrado. Pero no salieron nunca por allí. Inés, que desconocía el plan de sus amigos, los bajó al aparcamiento subterráneo y los sacó en coche por el otro lado de la calle.

El cálculo funcionó. Los jóvenes compraron en el aeropuerto otros billetes de avión con sus nuevos pasaportes. En los nuevos documentos de viaje figuraban como matrimonio norteamericano que había llegado al país en autobús hacía un mes. Un par de horas más tarde, embarcaron en un vuelo en dirección a México. Los servicios de inteligencia canadienses habían perdido el rastro de los dos canadienses, David Hardy y Annabelle Lamont, probablemente por mucho tiempo.

Tras varias escalas aterrizaron finalmente en el aeropuerto de Ginebra. Desde ahí querían volar a Moscú. Debían informar al Centro de su llegada llamando a un número de teléfono acordado. Compraron los billetes de avión y pasaron una noche de hotel en espera de embarcarse al día siguiente en el vuelo hacia el aeropuerto de Sheremétievo.

Annabelle fue a una cabina telefónica que había cerca del hotel y tecleó un número que había memorizado previamente. Preguntó: «¿Es el salón de belleza? Quisiera reservar hora para hacerme la manicura mañana, 24 de agosto, a las diez y media. ¿Es posible?». Esperó una breve respuesta afirmativa y colgó. Eso significaba que llegarían a Moscú procedentes de Ginebra el 24 de agosto a las diez y media de la mañana.

La pareja se sintió relativamente segura en esta ciudad europea. Era imposible que los canadienses pudieran seguirles hasta aquí. Ahora solo necesitaban descansar un poco y dormir hasta la mañana siguiente. Pero la vida volvió a poner a Annabelle a prueba. Por la noche notó un escozor insoportable en la espalda, como si le quemara la piel. Primero lo quiso pasar estoicamente sin despertar a Dave, pero él presintió que algo no iba bien. La quemazón era horrible. Fue finalmente en Moscú donde los médicos le diagnosticaron una dermatitis provocada por un grave ataque nervioso. El estrés psicológico de los últimos días le había pasado factura de esta manera tan inesperada.

21

Las cosas nuevas nunca son del todo nuevas.

ERNST BLOCH, filósofo alemán

Moscú, Rusia, 1994

Moscú les dio la bienvenida a Vera y Antón con un cielo encapotado y gris, pero no pudo sofocar la alegría de regresar sanos y salvos a su amada capital. La ciudad, que no había ido a mejor, no les estropeó el buen humor. Los letreros de las tiendas y los anuncios luminosos en inglés, las filas de puestos de venta en las calles y en las plazas, los quioscos de venta de alcohol en cada esquina, las rejas protectoras en las ventanas de las plantas bajas y los mercados ambulantes hacían que Moscú, una ciudad tradicionalmente limpia y acogedora, presentase ahora el aspecto de la peor de las ciudades latinoamericanas. Solo las torres del Kremlin, las estaciones de metro y las anchas avenidas podían endulzar esta desagradable sensación. El paisaje descuidado de la ciudad les afectó, por supuesto, pero en su interior se sentían aliviados por la sensación de libertad y seguridad que saborearon después de tantos años. Iban a tener tiempo de encontrarse con sus padres, amigos, y también con aquellos que, tan pacientemente y con tanto esmero, les habían preparado para sus misiones.

Se instalaron en el mismo apartamento donde habían vivido durante sus años de preparación. Ahora lo tenían equipado con muebles y electrodomésticos de importación, tal vez incluso mejores que los de la dacha donde estuvieron un tiempo para acostumbrarse a las comodidades occidentales.

La primera noche vino un médico a examinar a Vera y le diagnosticó dermatitis nerviosa. Gracias a la influencia de las emociones positivas, la enfermedad mejoró muy rápidamente y pronto desaparecieron las molestias seguramente para no volver nunca más, por muy duras que fueran las condiciones que el futuro le deparara.

No era sencillo adaptarse a su nueva vida en Moscú. Era difícil desembarazarse del hábito de comprobar constantemente si alguien los estaba siguiendo y de observar los detalles más insignificantes de su rutina diaria. Resultaba divertido ver cómo en un acto reflejo, durante los primeros días, no eran capaces de responder si les llamaban por sus verdaderos nombres rusos: Vera y Antón.

Pasaron dos meses hasta que llegó la primera reunión importante que, con el paso del tiempo, la pareja recordaría con especial simpatía por la conversación que mantuvieron. Ese día fueron a un refugio secreto de máxima seguridad, que conocía muy poca gente. Los dos agentes esperaron la llegada del general Morózov, el director del departamento de los ilegales. Fue él quien unos años antes había salido en defensa de Vera tras su difícil misión en Tallin, y también había sido él quien les encomendó su primera misión en Canadá.

El general, alto y delgado, entró en la sala. Vera lo abrazó con efusión. Incluso Antón, que normalmente era más frío, se emocionó y estrechó la mano de Yuri Ivánovich con fuerza.

—¿Cómo estáis, amigos míos? —les preguntó de forma familiar sentado ante la mesa, sobre la que había tres tazas de té y un plato con galletas.

—Mejor imposible —contestaron los dos jóvenes al mismo tiempo.

—He leído los informes. Habéis hecho un gran trabajo. No es nada fácil que una pareja logre establecerse en un país y cree tantos contactos en tan poco tiempo. Además, todos sabemos que Canadá es un país muy complicado para estas operaciones.

—Pero es una lástima que después de todo el trabajo que hemos hecho, de todos los contactos que hemos conseguido…, hayamos tenido que salir corriendo de ahí —añadió ella con tristeza.

—Antes de continuar, quiero que os queden claras un par de cosas. En primer lugar, que vosotros no habéis huido, sino que habéis tomado las medidas de seguridad adecuadas para salvaros de un peligro potencial. Son dos cosas muy distintas. En segundo lugar, por el espacio de tiempo que habéis estado trabajando en Canadá, habéis logrado cosas muy importantes para nuestro país. Sucede a menudo que un agente ilegal no es consciente de que las cosas que hace pueden ser de gran trascendencia. Debéis saber que formáis parte de una labor colectiva de valor incalculable, cuya imagen de conjunto está compuesta de pequeñas piezas de información, como si fuera un rompecabezas, sin las cuales la imagen completa no tiene nitidez alguna.

De repente, el general Morózov se mostró serio y reflexivo. Este hombre ya mayor, pero todavía lleno de fervor y entusiasmo, tenía una gran experiencia y conocimiento en la planificación de misiones de inteligencia. Sus servicios se iniciaron con la Gran Guerra Patriótica, en la que participó personalmente en algunas operaciones destacadas de los servicios secretos en otros países. Las palabras del general llegaron al corazón de los dos jóvenes espías que estaban sentados ante él. Se produjo una pausa corta hasta que el general decidió continuar:

—Ahora me gustaría que hablásemos del futuro. Os valoramos a ambos por vuestra profesionalidad y entrega a la causa. Sería imperdonable que no aprovecháramos vuestras habilidades y experiencia para trabajar en condiciones especiales en el extranjero. Por tanto, el Centro tiene una propuesta que haceros: una misión como agentes ilegales en Europa. ¿Qué os parece?

Lo cierto es que los dos, aunque no habían dicho nada, estaban esperando poder continuar con el trabajo para el que habían sido entrenados tanto tiempo. Confiaban en que se les encargara una nueva misión tarde o temprano, puesto que conocían casos de otros agentes que habían visto quemada su cobertura en un país y habían recibido una nueva misión en otra parte del mundo. No tuvieron ninguna duda, en parte porque ya se sentían profesionales experimentados que estaban preparados para un nuevo destino. El mundo y su propio país habían cambiado, pero algo permanecía inalterable. Su país, como antes, necesitaba seguridad y protección contra las actividades hostiles de cualquier inteligencia extranjera.

—Me alegro. No esperaba otra respuesta por vuestra parte —concluyó Yuri Ivánovich—. No hace falta que os diga que olvidaréis vuestros nombres y vuestras leyendas pasadas para crear nuevas ficciones para vuestras biografías. Tenéis mucha experiencia, así que no os resultará difícil. Alguien vendrá a veros mañana y os dará todos los detalles de la nueva misión.

Se terminó el té y se levantó. Cuando ya estaba en el recibidor con la gabardina negra puesta, añadió:

—Os deseo mucha suerte. Desde aquí os estaremos dando tanto apoyo como nos sea posible, a pesar de los tiempos difíciles que arrastramos. Pasado mañana podréis ir a pasar unos días de descanso con vuestros padres.

Yuri Ivánovich Morózov fue una de las figuras más brillantes y legendarias del SVR. Fue él quien salvó del colapso al servicio secreto exterior de Rusia cuando los «demócratas» ocuparon el poder en los años noventa. El general Morózov dimitió de su cargo poco después de enviar a Vera y Antón a su nueva misión europea.

22

Avanza para encontrarte con un futuro de sombras,
sin miedo y con corazón de hombre.

Henry W. Longfellow, poeta norteamericano

La pareja estaba sentada cómodamente en un banco del bulevar Gógolevski a la sombra de los tilos. El ambiente otoñal era frío, pero todavía se podía disfrutar del aire libre. Afortunadamente, esta parte de Moscú no se estropeó con las reformas liberales de Rusia. No había ni tenderetes callejeros ni grandes letreros centelleantes. Como sucedía en tiempos de la Unión Soviética, las parejas paseaban cogidas de la mano, las madres caminaban con los cochecitos y los niños corrían al lado. Vera observaba a los jóvenes padres con una mezcla de tristeza y de ligera envidia. No fue fácil el retorno a Moscú. Por extraño que parezca, Vera pensaba a veces que aquel pasado remoto en Tomsk quizás no había ocurrido nunca y que incluso su pasado más cercano como Annabelle tampoco era real. ¿Quién era ella y qué futuro le esperaba? Estos pensamientos no dejaron de merodear ininterrumpidamente por su mente. Ambos se sentían extranjeros en esta nueva Rusia. Se dieron cuenta de que los valores de la mayor parte de sus compatriotas habían cambiado y se habían vuelto más materialistas. En cambio, para ellos, el bienestar de su país aún era lo más importante de todo, por encima de cualquier otro anhelo. Ellos no habían cambiado de ideales. El lado material de la existencia no les había cegado, aunque lo habían experimentado en primera persona al convivir con la mentalidad occidental y sus comodidades. Por todos estos motivos, la propuesta de regresar a las misiones de inteligencia fue una noticia muy bienvenida y que llevarían a cabo de buen grado.

Antes de embarcarse en ese nuevo viaje hacia lo desconocido, visitaron a sus familias en Tomsk. La visita fue especialmente emocionante para ella, ya que siempre pensaba en sus padres y se preocupaba por ellos mientras estaba fuera. La parte más difícil fue tener que mantener la narración que habían preparado para la familia y limitarse a contar historias ficticias sobre su trabajo como «traductora» en un país extranjero. También estaba obligada a limitar la comunicación con la gente que conocía de la ciudad, con el fin de evitar preguntas innecesarias. Las normas de su profesión también imponían severas restricciones en muchos ámbitos de la vida personal.

De las memorias de la coronel Vera Svíblova:

Los encuentros con la familia que se producían entre dos destinos en el extranjero siempre eran un motivo de felicidad para mí. Con mucha anticipación, ya contaba mentalmente los meses, las semanas, los días que faltaban para llegar a tan esperada fecha. Siempre les traía regalos, aunque algunos fueran escogidos para confirmar nuestras leyendas. Por ejemplo, mis padres y los amigos más cercanos recibían frascos de aceite del árbol del té o productos hechos con lana de Nueva Zelanda que habíamos comprado en algunas tiendas especializadas de Canadá. La explicación para nuestra familia nos identificaba como traductores destinados a una organización internacional y se suponía que ahora vivíamos en Nueva Zelanda. Esta historia ficticia que transcurría en un país diferente al real e, incluso, en otro continente, era del todo necesaria para salvaguardar nuestra seguridad. Al mismo tiempo, una buena historia que fuera creíble también protegía a nuestros padres de preocupaciones innecesarias, y en cualquier caso era mucho mejor que no se enterasen de la clase de trabajo que llevábamos a cabo.

Antón miró su reloj y dijo que debían regresar, aunque Vera quería continuar el paseo por Moscú. Al cabo de una hora llegaría a su apartamento el nuevo curador, Nikolái Kozlov, para hablar detalladamente sobre los preparativos de su próxima marcha. Sin embargo, quien apareció de forma inesperada fue Vitali Petróvich.

—Kozlov no vendrá —dijo—. Le han destinado a una misión urgente. Mientras tanto, yo lo sustituiré.

Les hizo mucha ilusión verle de nuevo y quisieron compartir sus impresiones sobre la visita a Tomsk, pero el hombre parecía mucho más serio y concentrado de lo habitual.

—Tenéis una misión complicada ante vosotros. La idea es acercarse tanto como sea posible a los círculos de mando de la OTAN en Bruselas y, si aparece la oportunidad, infiltraros en ellos. Esta es una misión estratégica de gran importancia, como podéis suponer. Con un mes y medio será suficiente para que estéis listos. En primer lugar, será necesario crear leyendas sólidas, y no hace ni falta decirlo, vosotros mismos jugaréis un papel muy destacado en esta tarea, ya que conocéis mejor que nadie vuestras competencias y fortalezas. Os marcharéis por separado, como ya hicisteis la vez anterior, para reencontraros en Bélgica. Antón deberá seguir algunos cursos de francés intensivos para pulir el idioma, porque él deberá fingir que es oriundo de Bruselas. Tu tarea, Vera, será un poco más fácil, porque usarás pasaporte norteamericano. Se están ultimando los documentos en estos momentos. Ya os haré llegar vuestras nuevas identidades, pero por ahora esto es lo más importante.

Se lo quedaron mirando con los ojos llenos de ilusión pensando ya en sus nuevas identidades.

—También me gustaría que conocierais a Alekséi Ivánovich. No tardará en llegar. Durante más de quince años él y su mujer vivieron en Francia, donde trabajaron como agentes ilegales con resultados excelentes. Os ayudará con el francés y con vuestra residencia en Europa.

Esto todavía emocionó más a Vera y Antón. A lo largo de la conversación, comenzaron a elaborar mentalmente sus planes de acción, sin comentarlos en voz alta, aunque podían adivinar los pensamientos del otro. Lo inimaginable era que, a los pocos minutos, mantendrían una reunión que tendría un gran impacto para el futuro de su vida personal.

El timbre sonó y Antón fue a abrir la puerta. El curador exclamó en voz alta:

—Y aquí tenemos a nuestro amigo Alekséi Ivánovich, del cual os acabo de hablar.

Un hombre de complexión fuerte, estatura alta y cabello negro, pero gris en las sienes, tendió la mano a Vitali Petróvich y después a Antón y Vera. Se presentó educadamente:

—Alekséi Ivánovich. Encantado de conocerles.

Vitali Petróvich aguardó cinco minutos para que los tres estableciesen una mínima relación de confianza y se marchó. Hicieron pasar al invitado a la sala de estar y le ofrecieron una taza de té. Antón arrastró una silla que pesaba mucho para dejarla cerca de la mesa e invitó a Alekséi Ivánovich a sentarse. La pareja se acomodó en el sofá ante él.

—Pues bien, *madame et monsieur*, mañana empezaremos las clases de francés, pero hoy quería que nos conociésemos un poco. Creo que les puedo ser útil, y no solo para las lecciones de lengua francesa.

Alekséi Ivánovich se sentó en el borde de la silla, pero acabó por levantarse. Por su parte, la pareja esperaba con impaciencia lo que tenía que decirles y observaba cómo el hombre se había colocado justo detrás de su silla y se inclinaba ligeramente hacia delante con las manos tras la espalda. El asunto del que quería hablarles era delicado y se notaba que le incomodaba ligeramente.

—Hace un par de años volví con mi familia de un destino en el extranjero… —dio inicio a su relato, pero se detuvo de golpe y pidió—: ¿Podríamos trasladarnos a la cocina?

—¿Desea tomar un té o un café? —dijo Vera.

—No, no, señora, no lo decía por eso. Es que considero que un sitio demasiado cómodo no induce a una conversación seria. Quizás después me tomaré algo.

En la cocina, apartó la silla y cogió un viejo taburete que conservaban de su época de instrucción, se sentó y se acercó a la mesa.

—¿Recuerdan el caso de la detención de un alto cargo del Ministerio de Defensa en París? —inquirió Alekséi Ivánovich.

—Pues la verdad es que no. Nosotros estábamos destinados en otro continente, muy lejos —replicó Antón.

—Entendido. Sí, por supuesto, no hace falta que me digan nada más; cuanto menos sepa de su pasado, más seguros se sentirán —sonrió—. Yo tampoco puedo explicarles todos los detalles de mi misión. Pero, para ser breve, solo les diré que cuando uno de mis agentes fue detenido en Francia, no pude quedarme por más tiempo en París porque era demasiado peligroso. Pudimos salir de allí justo a tiempo. Tenemos dos hijos y nuestra primera preocupación fueron ellos y su seguridad. De todos modos, no podíamos imaginarnos que la parte más complicada para nosotros como padres no sería la fuga, sino lo que vendría a continuación.

—¿Tiene hijos? —preguntó Vera.

El rostro del Alekséi Ivánovich proyectaba una calma que tenía una sombra casi imperceptible, que ponía al descubierto algún sentimiento interior profundo. La chica supuso que la cuestión era compleja. Alekséi Ivánovich continuó:

—Sí. En ese momento, la mayor tenía quince años y el pequeño once. Mi mujer y yo habíamos tenido mucha suerte al no ser detenidos, así que todos juntos pudimos emprender el regreso a nuestro país y afrontar la consiguiente adaptación a la sociedad rusa. Mi hijo se acostumbró a su nuevo país, pero mi hija tuvo un impacto psicológico muy fuerte. Desafortunadamente, ella tenía un novio en Francia y la súbita interrupción de la relación le representó un drama. Por supuesto, mis hijos no hablaban ruso y se sentían aislados en un ambiente nuevo, que no resultaba nada familiar para ellos. Aquí no tenían amigos y tampoco estaban autorizados a comunicarse con los que habían dejado atrás, debido a las restricciones de seguridad impuestas por el Centro. Es muy difícil explicar cómo nos sentimos como padres. El enorme peso de la culpa no nos permite todavía hoy, ni a mi mujer ni a mí, vivir en paz con nosotros mismos.

Alekséi Ivánovich se emocionó y las arrugas alrededor de los ojos y de los labios se le acentuaron.

—Disculpe si he compartido con ustedes esta etapa triste de mi vida, pero creo que se pueden encontrar en una situación parecida dentro de unos años. Quiero que sepan que nuestra profesión implica muchos sacrificios personales, y seguramente el más grande de todos sean nuestros hijos. Piénsenlo muy bien antes de tenerlos.

Vera escuchó el monólogo con el corazón encogido. Como siempre, no fue fácil leer los sentimientos de Antón, pero el relato probablemente tampoco le dejó indiferente, aunque él no exteriorizara nunca sus emociones.

—Imagino que han tenido tiempo suficiente para darse cuenta de que la vida de un agente ilegal conlleva la renuncia a una existencia normal. La vida de los agentes es muy parecida a la vida monástica.

Hizo una pausa. Estaba escogiendo las palabras de la manera más escrupulosa posible, midiendo su alcance y mentalmente valorando si eran adecuadas para la joven pareja que tenía sentada frente a él. Y prosiguió con sus reflexiones:

—Estás obligado a vivir lejos de padres, hermanos y hermanas y no puedes cuidar de ellos; tienes que adaptarte a otras culturas y mentalidades, y tienes que pensar dos veces cada palabra que pronuncias y cada gesto que haces. Es más fácil para unos que para otros, y aquellos que no pueden superar estos condicionantes tan severos acaban eliminados en la etapa de formación. Para los agentes ilegales, criar a los hijos es una hazaña doble. A lo largo de las misiones pueden aparecer situaciones imprevistas como reubicaciones, evacuaciones, fracasos y, cómo no, la traición que puede conducir a la caída de la cobertura. ¿Se pueden imaginar a los niños pasando por todo esto cuando tengan un año de vida? Y si tienen tres o cinco, ¿será más fácil? Les doy mi palabra de que cuando son mayores, las cosas no son más sencillas. El instinto paternal es un sentimiento muy potente. Afectará a sus razonamientos y a su capacidad para llevar a cabo el trabajo. Y si todo va bien durante la misión, también los hijos inevitablemente harán muchas preguntas. Y ustedes tendrán muchos problemas para contestarlas.

Vera y Antón parecían preocupados y angustiados. Ella tenía en su interior el firme convencimiento de que sus habilidades les permitirían llevar a cabo su trabajo con éxito y, al mismo tiempo, construir una familia con hijos. Alekséi Ivánovich pareció leer sus mentes, se levantó y siguió hablando:

—El mundo occidental es distinto al nuestro, aquí en Rusia. Deberán educar a sus hijos de acuerdo con las costumbres del país donde sean destinados. Pero tengan esto siempre presente: los hijos más problemáticos cuando deban regresar a Rusia siempre son los mayores. No se adaptarán tan fácilmente a nuestra sociedad. Rusia será siempre la patria de los padres, aunque pasen muchos años fuera, pero nunca será la patria de los hijos, y cualquier retorno repentino será un trauma, así que estén preparados para situaciones muy complejas desde un punto de vista familiar.

Ambos asintieron.

—Confío en que no les haya asustado demasiado, amigos míos. Les puedo asegurar otra cosa, aunque les sorprenda. Si ahora nos preguntaran a mi esposa y a mí qué haríamos si pudiéramos volver a empezar de nuevo, si renunciaríamos a tener hijos, nuestra respuesta inequívoca sería: no lo haríamos nunca, volveríamos a tener a nuestros maravillosos hijos. Les aconsejo que eliminen las dudas de sus mentes. Quizás llegue el día que los hijos serán su único apoyo. Y piensen también que, pase lo que pase, siempre serán el padre y la madre de sus hijos.

Alekséi Ivánovich terminó sus sinceras reflexiones, y para animar la situación con un tono completamente diferente dijo:

—Ahora, *madame et monsieur*, tomemos aquella taza de té.

Las conversaciones con su mentor se alargaron algunos días, y al final de este período, la joven pareja tuvo la sensación de que la decisión sobre la posibilidad de tener hijos ya estaba tomada.

23

Debes conocer las reglas de juego,
pero es mejor que las pongas tú.

ANDREW STOCK, escritor polaco

Washington D. C., Estados Unidos, 1994

Washington es una ciudad mucho más tranquila que Nueva York, pero también se la puede llamar «la ciudad que nunca duerme». Si a la luz del día la capital norteamericana es una ciudad muy oficial y en parte pomposa, por la noche, decorada con luces de neón, se transforma en una dama desinhibida, en una *courtisane*. El tráfico se reduce significativamente, sin llegar a detenerse por completo. La gente que pasea de noche disfruta de una ciudad iluminada, que no es comparable en belleza a la que se encuentra a la luz del día. Sus bares y restaurantes se llenan de una vida diferente, y las casas de comida decentes pasan a ser locales de dudoso entretenimiento. Serguéi Ivánovich Potuguin conducía siempre su coche por Vincent Street. Le encantaba dar vueltas por la capital estadounidense de noche. Se había enamorado de la ciudad desde el primer momento. La imperial Casa Blanca, el patriótico Capitolio, el memorial al primer presidente de Estados Unidos rodeado de banderas estadounidenses y la monumental estatua a Abraham Lincoln atraían a cientos de miles de turistas de todo el mundo. Pero si vivías en Washington, era una cosa muy distinta. Serguéi Ivánovich tenía un carácter muy entusiasta, también cuando estaba muy ocupado. Sin embargo, las emociones no interferían en el trabajo del mayor Potuguin, el tercer secretario de la embajada rusa, que cumplía sin alteraciones las obligaciones inherentes a su cargo.

Serguéi Ivánovich, astuto y perspicaz, conectaba fácilmente tanto con sus superiores como con sus subordinados. Su excelente memoria le permitía recordar tanto las buenas cualidades de la gente como las malas de cada uno, que sabía utilizar en asuntos oficiales, lo que le ayudó a desarrollar una buena carrera profesional.

Tras su salida de Afganistán, donde participó en algunas operaciones militares como miembro de la unidad especial Zenit, ingresó en la escuela superior del KGB, donde se graduó con honores. En aquella época se convirtió en un buen oficial, y finalmente le propusieron entrar en la Primera Dirección General, en buena parte debido a la condecoración militar que había recibido por su participación en una misión especial. Ahora formaba parte del SVR.

El día que llegó a la ciudad, un domingo soleado y luminoso, las grandes avenidas, las espaciosas plazas y los edificios majestuosos de la capital norteamericana le transmitieron un sentimiento de euforia y liberación. Indudablemente, el resplandor de estas emociones surgía en contraste con Moscú.

La razón había que buscarla en que cuando trabajaba para la oficina central del SVR en Moscú se le requería mucha disciplina, y la proximidad de los superiores siempre provocaba tensión en los subordinados. En segundo lugar, se apoderó de él la misma sensación de felicidad que asociaba a los períodos de vacaciones. Su familia estaba encantada con el nuevo destino. A sus hijos les entusiasmaba vivir en América y su mujer confiaba en que sus problemas económicos se solucionarían como siempre había soñado.

Serguéi Ivánovich no conocía la ciudad demasiado bien, por lo que de noche siempre seguía la misma ruta. Desde Vincent Street, giraba a la izquierda por M Street hasta Pennsylvania Avenue. Le complacía admirar por unos instantes la Casa Blanca y el Capitolio iluminado. Después se desviaba un poco hasta Potomac Quay, giraba a la derecha y volvía a Pennsylvania Avenue para regresar a casa. El conductor de la embajada le había enseñado esta ruta en una ocasión y desde entonces casi cada fin de semana la repetía de noche, pero casi nunca de día.

Siempre seguía la misma rutina. Primero pasaba por alguno de los pequeños bares de alrededor de la embajada, se tomaba una cerveza y luego cogía el coche. Aquí era legal. Alguna vez bebía más de la cuenta y la conducción nocturna resultaba más arriesgada, pero con la matrícula de números rojos, que lo identificaba como diplomático, estaba protegido.

Aquella noche Serguéi Ivánovich también se sentó a la mesa más apartada, como era costumbre, y con las gafas puestas observaba a la gente que venía a tomarse una cerveza. Miró el reloj, y cuando estaba a punto de iniciar el ritual de vuelta a casa en coche, se fijó en un hombre de cabello oscuro y vestido de militar. No era muy común ver a alguien vestido con la *pesochka,** el mismo uniforme que él llevaba cuando sirvió en Afganistán con la unidad Zenit.

Serguéi Ivánovich observó al hombre mientras pedía una cerveza. Pero cuando se le acercó, no pudo más y le preguntó en inglés:

—Eh, ¿eres militar?

El otro reconoció el acento de Serguéi Ivánovich, asintió y dijo en ruso:

—Soy oficial soviético… bueno, ruso.

* *Pesochka* es el nombre con el que se conoce el uniforme militar de campaña confeccionado con algodón uzbeko. Es ligero y resistente, de color marrón claro y lo utilizaban las fuerzas especiales soviéticas del GRU (inteligencia militar) y del KGB. *(N. del T.)*

—¿Serviste «más allá del río»?* —preguntó Serguéi Ivánovich, contento ahora de hablar en ruso.

—Sí —replicó el otro y se sentó a la mesa contigua a la de Serguéi Ivánovich.

—¿Con los Zenit?

—No, en Kandahar. Con las Spetsnaz.**

—Lástima... Entonces, no tendremos conocidos en común.

—No lo creo. Bebamos otra cerveza, invito yo.

Serguéi Ivánovich nunca se negaba a seguir bebiendo si era el otro quien pagaba, así que enseguida dijo que sí. El desconocido levantó la mano y el camarero trajo dos jarras más. Tampoco habían bebido tanto como para perder el control y decir incoherencias, pero Serguéi Ivánovich de pronto tuvo una sensación extraña.

Tuvo la corazonada de que algo no iba bien a su alrededor. El desconocido miró la hora y decidió marcharse. Agradeció la compañía y le preguntó si venía muy a menudo al bar; se despidió y desapareció. Tras quedarse reflexionando por unos instantes, Serguéi Ivánovich decidió seguir su ruta nocturna en coche por la ciudad, como de costumbre.

Cogió el vehículo para volver a casa, pero se sentía un poco incómodo y prefirió conducir más lento de lo que solía. Solo aceleró cuando ya entraba en Pennsylvania Avenue. La embajada aún quedaba un poco lejos. Volvió a reducir la velocidad cuando se acercó a un paso de peatones, pero, de repente, una sombra surgió ante él y oyó un impacto en el parachoques del coche. El primer impulso de Serguéi Ivánovich fue salir del coche para ver lo que había sucedido, pero se contuvo y prefirió bloquear las puertas con el seguro. El coche era propiedad

* «Más allá del río» es una expresión rusa que significa más allá del río Amur Daria, que delimitaba la frontera entre la Unión Soviética y Afganistán. Por tanto, en lenguaje coloquial, se refiere a Afganistán. *(N. del T.)*

** Spetsnaz es el término ruso para referirse a una gran diversidad de unidades armadas soviéticas o rusas destinadas a misiones especiales. Proviene de la abreviatura de Voiská Spetsiálnovo Naznachenia, que significa «Fuerzas de Misiones Especiales». *(N. del T.)*

y territorio de la Federación Rusa y nadie podía entrar en él. Los faros le permitieron distinguir a alguien tumbado sobre el asfalto. Por suerte, el hombre estaba vivo. En menos de un minuto, pudo distinguir a través del espejo retrovisor las luces de emergencia de un coche de policía y, al otro lado de la calle, apareció un furgón con la palabra «ambulancia» escrita al revés.

—¡Si nuestra gente fuera así de rápida! —maldijo.

Un policía se acercó a su coche y golpeó educadamente con la mano la ventana del conductor. Serguéi Ivánovich estaba muy nervioso y movió la cabeza ligeramente en dirección al agente. Mientras tanto, intentaba ver por el parabrisas cómo estaba la víctima. No había sangre.

Los sanitarios se agacharon al lado del hombre. Lo trasladaron a una camilla y lo metieron en la ambulancia, pero no se apresuraron a arrancar. Oyó de nuevo ruido en la ventana. Se giró atemorizado y vio a un hombre con un jersey y camisa oscuros. Le enseñó la placa de agente del FBI, así que Serguéi Ivánovich se decidió a bajar el cristal de la ventana lentamente.

—Solo quiero ayudarle. Antes de informar a sus superiores, ¿querría hablar conmigo? —preguntó el agente del FBI.

—No tengo nada que hablar con usted —replicó bruscamente el tercer secretario de la embajada, pero antes de cerrar la ventana, oyó cómo aún le insistía:

—Señor Potuguin, ¿no le preocupa su carrera? Solo le estoy ofreciendo ayuda para salir de este aprieto, de este problema. Al fin y al cabo, usted no arriesga nada. Nosotros no podemos arrestarlo.

Para tratar de ganar tiempo, Serguéi Ivánovich se desabrochó el cinturón de seguridad y muy lentamente sacó la llave de contacto. Pensó que tenía sentido escuchar el agente del FBI y abrió la puerta para salir.

—Muy bien —dijo el agente mientras le invitaba a entrar en su coche.

No tuvo más remedio que aceptar.

—Me llamo James. No querrá que su carrera termine en un día tan gris como este, ¿verdad?

—¿Qué le hace suponer que este accidente podría poner fin a mi carrera? —replicó Serguéi Ivánovich.

—Mire, ya ha llegado la televisión. Sus superiores se enterarán de su comportamiento irregular por las noticias, antes que usted vuelva a pisar la embajada. —Y continuó con cierta indiferencia—. Luego vendrá la prueba de alcoholemia, y Dios no quiera que se encuentre rastros de alguna droga. No, no me malinterprete. Nosotros no le vamos a hacer el control, pero puede estar seguro de que sus compañeros de la embajada se lo harán.

Solo en ese momento, Serguéi Ivánovich fue consciente de que le habían tendido una trampa. Fingió que escuchaba al agente del FBI mientras pensaba con rapidez en una manera de salir de aquella pesadilla. Vio que solo había dos soluciones. Podría informar él mismo a la embajada con el resultado previsible de «maleta-aeropuerto-Rusia», pelea familiar y un destino en algún lugar de Siberia, en el mejor de los escenarios. La segunda opción consistiría en pretender que estaba de acuerdo y «cooperar» para dar por cerrado este encuentro con el agente del FBI.

En realidad, se estaba engañando a sí mismo al imaginarse que podría salir de esta tan fácilmente. No podía saber con certeza lo que planeaba el FBI, que había estudiado con mucha atención todas las debilidades del mayor del SVR. El «lobo» no iba a cejar en su empeño y seguiría con la persecución.

Mientras tanto, la conversación continuó. James comprendió que era esencial convencer a Serguéi Ivánovich de que no pasaba nada extraordinario y que no interpretara la conversación como hostil; al contrario, si conversaban, podría resultar beneficioso para sus servicios secretos también. En realidad sabía que había un segundo argumento imbatible, llamado dólares. Pero el dinero lo dejaría de momento al margen para una segunda reunión. Ahora James continuó hablándole con tranquilidad y con un tono desenfadado:

—¿Por qué tiene tanto miedo? Tras el colapso de la URSS, Rusia y Estados Unidos son buenos aliados; los muros que nos separaban han desaparecido. Fíjese en las relaciones entre nuestros presidentes. Cualquier día de estos, nuestros servicios de inteligencia acabarán reconociendo oficialmente que comparten intereses estratégicos y apuestan por la cooperación entre servicios.

Potuguin se relajó un poco. Era cierto que aparentemente las relaciones entre los dos países no apuntaban a la confrontación y menos aún a la hostilidad. Pero, en realidad, era solo una ilusión. En su conversación con el tercer secretario de la embajada rusa, James reproducía la misma astucia que Estados Unidos utilizaba al máximo nivel con la Federación Rusa, con el fin último de someterla. Y funcionó.

—¿Qué quiere de mí? —terminó diciendo Serguéi Ivánovich.

—Nada especial. Solo quería echarle un cable para que pueda salir de esta situación desagradable. Tiene suerte de que yo esté aquí. Y a partir de ahora, tal vez podamos intercambiar información útil para nuestros países...

—¿Está sugiriendo que nos volvamos a ver? ¿Cuándo?

A Serguéi Ivánovich no le hacía ninguna gracia la idea de volver a verlo. Durante la conversación se convenció a sí mismo de que no sucedía nada grave, de que acabaría volviendo a su apartamento como si nada y todo seguiría igual. Ni tan solo le pasó por la cabeza preguntarse cuál era la razón para encontrarse en semejante situación. El agente del FBI sí que lo sabía, porque James había estudiado todas las cualidades de su objetivo, tanto las positivas como las negativas, así como las fortalezas y las debilidades. También sabía quiénes eran sus familiares. Toda la información personal la guardaba en su maletín negro y estaba dispuesto a mostrarla a Serguéi Ivánovich, como última opción, solo en el caso de que la «persona de interés» se mostrara reticente a cooperar. A pesar de todo, el archivo que el FBI tenía de él permitía suponer que no debería ser muy complicado llegar a un acuerdo.

James no quiso sugerir ninguna fecha concreta para el encuentro:

—Dentro de unos días, si no le importa.

—De acuerdo —replicó Serguéi Ivánovich con cierta extrañeza.

—Solo entonces consideraremos resuelto este incidente.

James mintió. El «incidente» solo fue el inicio de una larga operación. Cada palabra de la conversación que habían mantenido había sido grabada en audio y vídeo. Los psicólogos sabían perfectamente el tiempo que necesitaba una persona para calmarse y estar preparada para el siguiente encuentro. Y serían ellos los que marcarían la fecha para el próximo.

James Glover estaba satisfecho con el trabajo realizado. El «afgano», el «camarero» y la «víctima» habían jugado sus papeles a la perfección. El inexperimentado tercer secretario de la embajada rusa no sospechó nada. La última cerveza que se había tomado con el «antiguo oficial» ruso y el incidente posterior solo habían sido accidentes para Serguéi Ivánovich, y no podía ni soñar que ese día había iniciado un camino devastador.

Para que la operación alcanzara el éxito deseado con el diplomático ruso, el agente Glover solo debía crearle pequeños problemas, preferentemente financieros, para poder reaparecer y ayudarle a resolverlos.

24

Sé siempre sincero, incluso cuando no quieras serlo.

HARRY S. TRUMAN, 33.º presidente de Estados Unidos

Bruselas, Bélgica, 1994

Una de las galerías de arte más sofisticadas de Bruselas estaba instalada en Villa Lampain. Actualmente, no tenía el mismo aspecto lujoso que cuando fue la villa de dos plantas donde residía su antiguo propietario, el barón Karl Lampain. Solo la gran piscina de agua cristalina revelaba que había sido propiedad de una de las familias más acomodadas de Bélgica. En la actualidad, el edificio acogía exposiciones de arte contemporáneo. La disposición de los espacios interiores de la casa era ideal para acoger muestras de arte, con una sala enorme y unas escaleras anchas que conducían a la primera planta, y con salas amplias y bien iluminadas que permitían atractivas instalaciones, tanto de pintura como de fotografía. Delante de la casa había un pequeño parque muy cuidado con esculturas contemporáneas. A veces, la galería organizaba encuentros con representantes del sector del arte moderno que acababan normalmente con recepciones muy elitistas, muy apreciadas en los ambientes de la alta sociedad de la capital. Eran muy exclusivas y solo se accedía a ellas con invitación. La asistencia a estas recepciones otorgaba aún más prestigio a los miembros de la élite de Bruselas. Muy a menudo en estas veladas también se celebraban subastas benéficas.

Vera Svíblova vivía en Bruselas desde hacía tres meses bajo la identidad falsa de Catherine Taylor, ciudadana estadounidense. Había llegado mucho antes que Antón. Una vez se hubo familiarizado con la ciudad, hizo una visita a la Academia Real de Bellas Artes y se inscribió en el curso «El mercado del arte contemporáneo» con la esperanza de conseguir un puesto para realizar sus prácticas en Villa Lampain y, más tarde, buscar un trabajo. Este plan se había elaborado previamente en Moscú, por lo que Catherine tenía toda la información que necesitaba sobre esta galería de arte en particular.

En el aula, la chica hizo muchas amistades entre sus compañeros de estudios. Una de sus profesoras, Olivia Martens, había trabajado en Villa Lampain, así que Catherine prestó especial atención al curso que ella impartía relacionado con las visitas guiadas. Además, la propia Catherine estaba fascinada con el curso, así que no fue complicado acercársele también como amiga. Por suerte, tenían la misma edad. Se las veía a menudo tomando café en una pastelería situada cerca de la Academia.

Una tarde se citaron para dar un paseo hasta Villa Lampain. Olivia le había prometido presentarle a una de las empleadas de la galería, que podría ayudarla para ser aceptada como alumna en prácticas. El cielo claro, la brisa ligera y un sol cálido hacían que el día fuera ideal para dar un paseo por la ciudad.

Las dos mujeres iban andando por la avenida Franklin Roosevelt mientras comentaban el material del curso y la reunión que iban a celebrar, cuando oyeron que alguien les interpelaba a su espalda.

—Disculpe —dijo un joven dirigiéndose a Olivia, pero evitando mirar a Catherine en todo momento—. ¿Podrían decirme cómo llegar hasta la abadía de La Cambre?

—La tiene justo allí a la izquierda —respondió educadamente Olivia sin detenerse. Un instante después, Olivia se volvió disimuladamente y dijo—: Catherine, creo que ese chico nos sigue. Una de nosotras le ha gustado y como no ha osado hablar contigo, seguro que eres tú quien le gustas. Los hombres son así.

Catherine sonrió y añadió:

—No exageres, Olivia, solo quería saber dónde estaba la abadía.

Rápidamente llegaron a la puerta de Villa Lampain. Olivia le presentó a Leslie Green, que trabajaba en la galería. Podía ser muy útil para Catherine, puesto que Olivia y Leslie eran muy amigas y esta llevaba mucho tiempo empleada en la villa. Enseguida se mostró dispuesta a ayudarla y conseguirle un trabajo a tiempo parcial en la galería. Se ajustaba muy bien a los planes de Catherine y le permitiría aprovechar oportunidades interesantes.

Olivia decidió coger un taxi para regresar a casa, pero justo antes de despedirse de Catherine señaló con el dedo a un chico.

—Mira que es insistente. Nos ha seguido hasta la galería. Tengo la sensación de que quiere conocerte. Ve tú misma y así le ahorras tiempo.

—Ni hablar —dijo con desinterés mientras movía la mano despidiéndose.

—No dejes perder la ocasión. Quién sabe, tal vez es tu destino —sonrió Olivia antes de subir al taxi.

El joven se acercó decidido hacia Catherine y se presentó.

—Hola, mi nombre es Georges Gauthier. ¿Le importaría si le hago una fotografía? —dijo, señalando la cámara que colgaba de su cuello.

Era Antón. Ya se habían visto en secreto en Bruselas, pero esta era la primera ocasión en que lo hacían en público y debían hacerlo ante alguien conocido, que decidieron fuese Olivia. La actuación fue impecable. El resultado fue que Oli-

1. De niña, en Tomsk, su ciudad natal.
2. Paseando por los bosques de su Siberia natal.
3. Elena esquiando junto a su padre y su hermana menor.

1

2

4
Союза
ГОТОВ!

1. Elena en un desfile del Komsomol (Unión de Jóvenes Comunistas y Leninistas) en un campamento de verano.
2. Estudiante en Tomsk.
3. La autora, a la derecha, junto a sus padres y su hermana.
4. Elena como miembro del Komsomol.
5. Con su marido Andréi Bezrúkov, cuando eran estudiantes en la Universidad de Tomsk.

1
2
3

1. Elena durante su período de formación como agente del KGB en la Unión Soviética.
2. Elena y Andréi en Moscú durante su entrenamiento en el KGB.
3. Empieza la primera misión.
4. Elena tras terminar su formación en el KGB.
5. Junto a Andréi, ante el Kremlin de Moscú en 1983.
6. Elena, con su identidad ilegal de Ann Foley y Andréi de Donald Heathfield, posan en una tienda de fotografía en Nueva York, años 80.
7. La autora durante su estancia en París.

1. Elena durante una corta estancia en Moscú hacia el año 2000, cuando fue condecorada por sus servicios al Estado.
2. En Nueva York.
3. Junto a uno de sus hijos, en la ceremonia de graduación de su marido en la Universidad de Harvard en el año 2000.
4. De visita al Kennedy Space Center de Cabo Cañaveral, Florida.
5. De vacaciones en Barcelona, 1998.

1. En 2011, junto a su gran mentor del KGB, el legendario general ruso, Yuri Ivánovich Drózdov (1927-2017). Como director del Departamento S, fue el máximo responsable de los agentes ilegales del KGB en el mundo, incluyendo a Elena y Andréi.
2. Al lado de sus padres en Rusia, 2015.

via terminó creyendo que había «apadrinado» la historia de amor entre Catherine y Georges, con lo que se convertía en la mejor amiga de la nueva pareja.

Aquella noche, Catherine envió al Centro el siguiente mensaje cifrado:

«En las clases de su curso, Molly ha establecido una relación estrecha con su profesora Olivia Martens, una inglesa de cuarenta y dos años, nacida en Liverpool. Está casada con un profesor de matemáticas belga y sus opiniones políticas se pueden considerar de izquierdas. Tenemos previsto continuar y reforzar la relación con este contacto basándonos en el interés que compartimos por el arte. Por otra parte, por medio de Olivia, Molly ha conocido a Leslie, una norteamericana casada de unos treinta años. Trabaja en la galería de arte Villa Lampain, que a menudo organiza recepciones donde asisten políticos de alto rango, belgas y de otras nacionalidades, junto con sus parejas. Podría resultar útil para infiltrarse en el círculo político de Bruselas. Molly desarrollará la relación con Leslie Green».

En la siguiente conexión de radio, el Centro respondió enseguida con este mensaje:

«El Centro agradece los esfuerzos de Molly para establecer contactos en Bruselas. Continúen cultivando las relaciones con Olivia Martens y su círculo de amistades. Habría que poner un empeño especial para profundizar en la relación con Leslie Green. De acuerdo con la información que tenemos, su marido, Robert Green, es estadounidense, miembro del Departamento de Defensa, destinado al cuartel general de la OTAN. Intenten confirmar esta información y estúdienlo con detenimiento, tomando las precauciones necesarias en todo momento».

Un mes después, Georges y Catherine se casaron por lo civil. La ceremonia contó con la presencia de Leslie Green y Olivia Martens, acompañadas de sus respectivos maridos. No hubo muchos invitados más en la oficina del Registro Civil. Ni los funcionarios del registro ni los invitados podían sospechar que esta era la tercera vez que se casaba la pareja. La primera vez fue en la ciudad siberiana de Tomsk y la segunda en Canadá. Pero este era un pasado sobre el que tenían prohibido hablar. Eso sí, no necesitaron divorciarse ni una sola vez. Dado que el visado de residencia de seis meses en Bélgica de Catherine, ciudadana estadounidense de acuerdo con su leyenda, estaba a punto de expirar, se había decidido que se casaran rápidamente para que su residencia quedara regularizada automáticamente. El matrimonio fue la mejor manera de solucionar la situación. Desde este mismo momento, se convirtió en Catherine Gauthier.

Con los gastos que ocasionó la boda no les quedaba dinero casi. Consiguieron reducir ligeramente los gastos mensuales trasladándose a un modesto apartamento situado en las afueras de la ciudad. Naturalmente, el apoyo financiero del Centro era necesario para los agentes, especialmente mientras se estuviesen instalando en un nuevo país. Ese apoyo les permitía concentrarse en organizar su vida con el fin de izar sus tareas como agentes, y no desviar su atención buscando empleos bien remunerados. Por otra parte, su estilo de vida debía estar en consonancia con su nivel educativo, que venía dado por su propia cobertura, a fin de no despertar sospechas.

El trabajo de Catherine en la galería les proporcionó acceso a muchos actos donde se reunía gente importante del mundo de los negocios, de la política y del ejército. Relacionarse con gente poderosa de la ciudad exigía además gastos adicionales, por supuesto. Y Georges todavía era un estudiante de la Universidad de Bruselas que aspiraba al grado de Ciencias Políticas. Contaba a todo el mundo que podía mantenerse como estudiante gracias a la herencia recibida de su difunto padre. En realidad, el dinero le llegaba a la pareja desde el Centro, en cantidades razonables para las misiones que tenían encomendadas. La recepción se hacía por medio de los buzones muertos. La recogida del dinero exigía una planificación cuidadosa y no era recomendable hacerla muy a menudo. También existía la posibilidad de recibir más fondos mediante encuentros con personas que dispusieran de protección diplomática en un tercer país.

Cuando la vida social de la pareja de agentes aumentó y el sueldo de Catherine apenas podía cubrir los gastos del día a día, se vieron obligados a pedir ayuda extraordinaria al Centro. Cuidar de las nuevas amistades, comprarles regalos y ofrecer una buena impresión naturalmente se traducía en un aumento de los gastos. Una semana más tarde, Catherine recibió el siguiente mensaje cifrado que fue enviado por radio:

«Para hacerles llegar una cantidad adicional de dinero, les proponemos un encuentro personal, el 2 de julio, en el lugar conocido como "El Monumento" a las 11 horas de la mañana. Confirmar disponibilidad».

Habían estado esperando este ofrecimiento y les parecía muy oportuno que el encuentro se celebrase en un país vecino. El lugar exacto del encuentro, así como los mensajes y señales en clave, los conocían muy bien. El encuentro tendría lugar en Ámsterdam, cerca de la estatua del dramaturgo holandés Joost van den Vondel en el parque que lleva su nombre. Enviaron un mensaje al Centro para confirmar que solo iría Catherine. Una mujer siempre llama menos la atención.

La capital holandesa estaba a solo doscientos kilómetros de Bruselas y, por tanto, la joven decidió ir en coche. Su Volkswagen era viejo, pero seguro. Georges lo había comprado de segunda mano cuando llegó a Bélgica.

Si salía pronto por la mañana, Catherine calculó que podía completar el viaje en un solo día. Tras llegar a Ámsterdam y dejar el coche en uno de los grandes aparcamientos de la ciudad, se pasó las dos horas siguientes paseando por las calles para estar segura de que no la seguía nadie. Cuando llegó al monumento, se dio cuenta enseguida de la presencia de un hombre que llevaba una bolsa de plástico con el nombre de una librería de la ciudad. El hombre era mayor que ella y tenía la cara redonda y los ojos claros. Por la manera de comportarse, le recordaba a Nikolái, uno de los camaradas de su padre que en los años ochenta sirvió en Afganistán, pero enseguida se quitó de la cabeza aquellos recuerdos. El hombre buscaba con la mirada el libro rojo que se suponía que debía llevar ella. Era la señal para identificarla. Catherine había cogido de casa una novela francesa y la sacó de su bolso justo antes de entrar en el parque. El hombre pronunció lentamente en inglés la frase en código asignada, escuchó la respuesta de la chica y, a continuación, sonrió. Pasearon juntos unos doscientos metros hasta que él le entregó una bolsa de plástico con un sobre en su interior que contenía billetes muy bien envueltos. Solo intercambiaron un par de frases. El hombre resultó ser un tanto arrogante y hablaba con un tono tan condescendiente que le dejó una impresión desagradable, pero representaba al Centro en ese momento y ella no podía ponerlo en cuestión. Sin revelar su nombre, informó a Catherine de que el Centro había reducido la aportación económica destinada a los agentes ilegales y que en adelante deberían preocuparse ellos mismos por sus recursos financieros en el país de destino. Añadió que el país, refiriéndose a Rusia naturalmente, atravesaba una grave crisis.

A su regreso, Catherine puso al corriente a Georges de las dificultades económicas que les aguardaban y la pareja estuvo de acuerdo en apartar una cierta cantidad de dinero como reserva y tratar de aumentar sus ingresos en Bruselas. Al fin y al cabo, no sería este el reto que iba a desanimar a los dos jóvenes agentes. Se lo tomaron con una mezcla de comprensión y voluntad de superar las dificultades. Durante su entrenamiento habían aprendido a trabajar duro. Acordaron que Catherine se quedaría en la galería para mejorar su relación con Leslie y utilizaría esa oportunidad para conocer a otra gente prominente de la alta sociedad que normalmente participaba en las subastas de arte. Por su lado, Georges debería encontrar un trabajo mientras estuviese en la universidad. Unas semanas más tarde, un conocido estudio de fotografía le contrató como fotógrafo a tiempo parcial. Estos nuevos ingresos fueron, por supuesto, muy bienvenidos. Además, el trabajo en el estudio le ofreció la posibilidad de entablar nuevas amistades. Y todo espía sabe que su fuerza se basa en los contactos que consigue.

25

Si ves que un negocio tiene éxito, significa que alguien en algún momento tomó una decisión valiente.

PETER DRUCKER, académico estadounidense de origen austríaco

DE LAS MEMORIAS DE LA CORONEL SVÍBLOVA:

Todas las mujeres jóvenes sueñan con tener hijos. Yo no iba a ser una excepción. Cuando decidí convertirme en agente ilegal, sabía que estaría sometida a ciertas restricciones, especialmente en lo que hacía referencia a mi vida familiar. Nos encontramos con muchos casos de agentes que habían renunciado a tener hijos por la peligrosidad e imprevisibilidad de su trabajo. Hubo otros que, durante sus misiones en el extranjero, dejaron a sus hijos en Rusia al cuidado de sus familiares. Si los niños nacían en el extranjero, los padres a menudo decidían abandonar sus actividades como agentes y regresaban a casa para que pudieran aprender ruso desde pequeños y adaptarse a su nuevo país, Rusia. Debo admitir que tanto yo como mi marido queríamos tener hijos lo antes posible. Y los queríamos criar nosotros. Por lo tanto, decidimos tener nuestro primer hijo tan pronto nos instalamos en Bruselas y nos hubimos familiarizado con el nuevo país.

Los meses de embarazo me hicieron feliz. La vida siguió, incluidas nuestras actividades diarias de espionaje. Conocimos a mucha gente; trabajamos con algunas fuentes; conseguimos información confidencial; desarrollamos nuestras «tapaderas» y recibimos y enviamos mensajes de radio cifrados. Creo que el hecho de convertirnos pronto en padres todavía nos hizo más responsables y prudentes. Yo misma percibí la maternidad como una manifestación natural de mi condición femenina y deseaba hacerlo lo mejor posible, por lo que preferimos no plantearnos demasiadas cuestiones sobre el futuro de nuestros hijos. Ni tampoco pensamos en cómo, por ejemplo, les explicaríamos la ausencia de abuelos. Quería con todas mis fuerzas demostrarme a mí misma que podía ser espía y madre al mismo tiempo. Los nueve meses de embarazo pasaron muy rápidamente hasta llegar al misterio del momento del nacimiento. A lo largo del embarazo, el amor por el hijo que llevaba dentro de mí fue madurando en las profundidades del alma. Estaba preparada para mostrarle la belleza del mundo, mientras nosotros luchábamos en un «frente invisible» por la seguridad de este mismo mundo.

Las mejores cosas de la vida a menudo suceden cuando menos te lo esperas. En una visita rutinaria al médico, en la que le hicieron una ecografía, recibieron una nueva sorpresa: esperaban gemelos.

Solo un año después de que Catherine conociera a Leslie Green, las dos parejas habían entablado una sólida amistad. Los maridos se conocieron a través de ellas. El teniente coronel Robert Green, que había sido ascendido recientemente, parecía un poco distante al principio, pero enseguida se mostró amable y hospitalario. El hecho de que Catherine fuera estadounidense hizo que la relación de amistad entre las dos familias fuera aún más estrecha. Ya se sabe que a los norteamericanos, cuando residen en el extranjero, les encanta relacionarse entre ellos. Para evitar preguntas incómodas sobre su ligero acento extranjero, Catherine explicó a su amiga que su familia por parte de madre era de origen francés y que de pequeña hablaba en casa casi siempre la lengua de Victor Hugo y Guy de Maupassant. Para reforzar esta historia, Catherine siempre hablaba en francés con Georges cuando estaban presentes Leslie y Robert. Los pequeños detalles formaban parte de una estrategia muy bien planificada para ayudar a construir la relación de confianza con la familia Green. Era fundamental que la amistad entre las parejas fuera sincera y basada en la simpatía mutua. Además, ellas dos compartían un interés genuino por el arte que todavía las hacía más cercanas.

En una ocasión, Leslie se quejó de las dificultades financieras que estaba atravesando la galería de arte. El número de visitantes había disminuido y las recepciones que se organizaban para la alta sociedad y para los famosos habían dejado de ser populares. La dirección estaba preocupada por su futuro. Como gestora de la galería, Leslie decidió organizar una especie de competición entre los empleados con el fin de escoger la mejor propuesta innovadora para realizar una exposición de arte contemporáneo. Catherine propuso de inmediato una exposición del gran pintor Fernand Léger, un artista incomparable que no había gozado de gran aceptación en Francia y que era casi un desconocido en el resto de Europa, tal vez porque era comunista. De entre su extensa obra artística, la idea era presentar sus pinturas. Catherine, y más exactamente Vera, cuando vivía en la Unión Soviética, ya era una gran admiradora de la obra de Léger. Pensó que justo en la época histórica que les había tocado vivir, con el hundimiento de la URSS, tendría interés presentar la obra de este artista de ideología comunista, por lo que propuso montar esta exposición.

La propuesta fue aceptada y las dos amigas seleccionaron las obras del autor y colaboraron en la preparación de la exposición, cuyo éxito superó todas las expectativas. No se había visto nunca tanta gente en una inauguración ni había habido tantos visitantes en la galería. Se recuperó el prestigio de Villa Lampain y gracias al trabajo de Catherine en la exposición, Leslie recibió un aumento de sueldo. Eso había sido preparado a conciencia para reforzar la relación con la familia Green, tal y como había pedido el Centro. No era un mal comienzo, teniendo en cuenta que Robert era el representante de Estados Unidos en el cuartel general de la OTAN, aunque aún quedaba mucho trabajo que hacer.

Leslie no era muy buena cocinera, a diferencia de Catherine, así que ambas se complementaban para preparar las cenas que organizaban las dos familias. Era también una argucia para estar cerca de su objetivo, detalle muy importante para el trabajo de un espía. Mientras las dos mujeres estaban ocupadas en la cocina, sus maridos charlaban en la sala de estar, sentados en el sofá y bebiendo cerveza belga. Georges conversaba con su amigo sobre sus cursos universitarios de Ciencias Políticas y a menudo le pedía consejo para los trabajos y artículos que estaba redactando. En esas discusiones políticas, recogía, con meticulosidad, toda la información que le suministraba el teniente coronel Green, que siempre se mostraba muy proclive a expresar sus opiniones y poner de manifiesto sus conocimientos sobre asuntos europeos y del mundo entero. La información que obtenía en estas conversaciones le resultaba muy útil para hacer después un análisis más profundo de algunos asuntos internacionales.

A partir de esos valiosos indicios que recibía de Robert y, gracias a su capacidad de análisis, Georges fue capaz de predecir que la guerra en la antigua Yugoslavia estaba a punto de estallar de nuevo con la participación directa de tropas de la OTAN. Sin embargo, Georges y Catherine sabían que, si Rusia quería impedirlo, necesitarían conocer fechas concretas y los planes reales del enemigo.

La cena en casa de sus amigos estaba a punto de terminar. El pescado cocinado al horno con patatas y calabacín y preparado con la inestimable ayuda de Catherine resultó delicioso. Todos bebieron vino blanco italiano, salvo ella que había avisado antes de empezar a cenar de que solo bebería zumo de manzana natural, sin dar ningún motivo. Antes del postre, se levantó de la silla, pero se balanceó ligeramente y estuvo a punto de caerse. Georges se asustó al principio, pero enseguida la ayudó a sentarse y tranquilizó a los anfitriones explicándoles que su mujer estaba embarazada y probablemente solo se trataba de uno de los síntomas habituales en estos casos. La noticia causó conmoción entre sus amigos, mientras ella continuaba pálida y se sentía muy débil. Leslie, sin dudarlo, la acompañó a la planta de arriba y la obligó a tumbarse un rato en el sofá de cuero del estudio.

En realidad, la escena había sido muy ensayada mucho antes. Sin embargo, su mareo era muy real. Pero su marido creyó que su mujer estaba fingiendo y no se puso nervioso.

Cuando habían estado preparando la escena, aunque se tratase de una misión sencilla, habían calculado muy meticulosamente el tiempo que necesitaban para llevar a cabo cada una de sus acciones. Calcularon que debían distraer a sus anfitriones por un espacio de mínimo cuatro minutos, que era el tiempo que Catherine necesitaba para revolver el escritorio de Robert con la esperanza de encontrar algún documento de interés. Pero Georges no había previsto el estado real de su mujer durante aquellos largos minutos. Como sabía que Robert nunca subiría dejando a su mujer sola abajo, pidió a Leslie que le preparara una taza de café. Eso otorgaba un margen suficiente de tiempo, para que Leslie se entretuviese al menos cinco minutos.

Mientras tanto, Catherine intentaba vencer el mareo en el pequeño y poco atractivo estudio de la planta de arriba. Sacó toda la fuerza de voluntad que le quedaba para acercarse furtivamente hasta el escritorio. El ordenador estaba encendido, pero no podía tocarlo por temor a dejar rastros de su presencia. Afortunadamente, el diario del militar estaba encima de la mesa al lado del ordenador. Le subió la adrenalina y eso la ayudó a recomponerse paulatinamente, así que la sensación de debilidad disminuyó. Comenzó a pasar lentamente las hojas del diario empezando por el final para leer las entradas más recientes. Era todo un reto encontrar sentido a todas aquellas anotaciones cruzadas y escritas a menudo a toda prisa.

En el piso de abajo, Leslie salió de la cocina con dos tazas de café para Georges y Robert. Para ganar un poco más de tiempo, y sobre todo para que Catherine los oyera desde arriba, Georges se dirigió en voz alta a su amigo, que estaba al otro lado de la sala junto al aparato de música.

—Robert, podrías poner un poco de música.

La señal funcionó y Catherine bajó las escaleras y apareció menos pálida que antes.

—¿Te encuentras mejor? —le preguntó Leslie, mientras le cogía la mano con delicadeza para ayudarla a sentarse en el sillón de piel, y le ofrecía un reposapiés para que descansara. Ella sonrió y asintió con la cabeza.

—Creo que nos iremos pronto a casa —interrumpió amablemente Georges, ya que sabía que su esposa necesitaba dar por terminada la velada.

El aire fresco hizo revivir a Catherine. Su marido condujo y cruzaron la ciudad con el Volkswagen. La pareja se mantuvo en silencio dentro del vehículo. Era su norma inviolable: nunca hablar sobre temas sensibles en el interior del coche. En algún lugar, a medio camino del apartamento, aparcaron. Salieron del coche y caminaron hasta el mismo banco donde se sentaron juntos cuando se reencontraron por primera vez en esta ciudad. Era tan tarde que no se veía a casi nadie por la calle, a excepción de una pareja de enamorados que pasó cerca. Cuando aparecía alguien accidentalmente, se callaban o cambiaban de tema de conversación.

—¿Qué has encontrado? —empezó impaciente Georges.

—No he visto nada de extraordinaria importancia —replicó un tanto decepcionada.

—¿Nada de interés? Piénsalo un poco más. Repasa algunas de las anotaciones que quizás no has comprendido. Nombres, fechas...

—La mayor parte eran listas de tareas domésticas pendientes, recordatorios para llamar o escribir a gente, horarios de reuniones. Pero espera...

—¿Qué? Dime, incluso la anotación más insignificante puede ser crucial en una agenda.

—¿Qué significa para ti una «maleta de emergencia»?

Georges, visiblemente intrigado, dijo:

—Bueno, pues todo oficial de cualquier ejército del mundo tiene esta maleta siempre lista, por si surge una operación militar inesperada. ¿Por qué me lo preguntas...?

—Robert hizo una anotación: «Preparar maleta de emergencia».

—Interesante... ¿Había alguna fecha?

—La anotación se hizo en la página correspondiente al 25 de agosto —dijo segura de sí misma.

—Pensemos sobre ello... aunque faltan dos meses y la nota ya está en la agenda. Parece como si estuvieran preparando alguna operación destacada —continuó Georges.

—En la misma página había otra anotación: «Fuerza-D».

—De acuerdo. Probablemente sea una abreviatura, pero ¿de qué? —Georges se quedó con la mirada perdida—. ¿Solo aparecía una vez?

—Una, sí, pero subrayada dos veces y con un interrogante. Quizás debería haber intentado entrar en el ordenador.

—¿Te has vuelto loca? Demasiado arriesgado. Seguro que estaba protegido con una contraseña. —Georges se levantó y le tendió la mano—. Vámonos a casa. Todavía tenemos tiempo hasta agosto, pero tendremos que pensar en una estrategia para averiguar qué quiere decir el teniente coronel Green con estas anotaciones.

Ella se levantó y dio la mano a su marido. Ambos caminaron hacia el coche como si fuesen dos enamorados volviendo de un paseo romántico.

26

Algunas veces no es necesario un científico; hace falta una persona inteligente y alguien con ingenio siempre es inteligente.

JEAN-JACQUES ROUSSEAU, filósofo francés

Cuando la tormenta hubo amainado, el silencio se apoderó de las calles de Bruselas. Lejos, en el horizonte, aún se podían ver las nubes negras y los relámpagos, mientras el sol iluminaba el parque Josaphat. De sus caminos asfaltados se levantaba una espesa niebla. Parecía como si la naturaleza, cansada del viento y de la lluvia, quisiera ahora reposar con renovada frescura y el canto de los pájaros. El chaparrón pilló desprevenidos a Catherine y Georges, y tuvieron que buscar cobijo en un restaurante chino, un refugio perfecto para el aguacero que cayó. Los paseos largos se habían convertido en una rutina diaria. Eran muy convenientes para el embarazo de Catherine y también para hablar de temas relacionados con su trabajo clandestino.

Ya hacía algún tiempo que la pareja se mantenía muy atenta a los movimientos de sus amigos estadounidenses. Les observaban y escuchaban para intentar captar fragmentos con información relevante a partir de sus conversaciones. Hasta entonces no había habido suerte y tampoco resultados significativos. No encontraban el momento oportuno para preguntar a Robert acerca de temas relacionados con sus funciones militares, y menos aún sobre planes inmediatos de las fuerzas de la OTAN. Georges cada vez tenía más claro que, sin una estrategia creativa, no podrían sacar mucho provecho de la relación con ellos. Por fin, surgió un plan. Los agentes estaban preparados para actuar.

Catherine se veía a menudo con Leslie y sabía que el teniente coronel Green siempre regresaba a casa con un maletín de piel de color negro. Advirtió que, cuando llegaba a casa, tenía por costumbre llevárselo al piso de arriba. Estaba segura de que lo guardaba en la caja de seguridad que tenía en el estudio. El único lugar donde el maletín podría ser accesible era dentro de su coche privado. No era difícil adivinar la ruta que Robert seguía cada día con el coche desde el cuartel general. Siempre la seguía a la misma hora. Catherine empezó a observar el coche varios días seguidos a pie de calle, pero lo suficientemente alejada para que no la viera. Todo ello era necesario para calcular los tiempos exactos que necesitaba la operación. Cuando los tuvieron claros, la pareja decidió actuar. El jueves por la tarde salieron del parque Josaphat y se acercaron hasta la intersección de la avenida Britsiers con el bulevar Lambermont, donde esperaron que hiciera su aparición el coche de Robert. La idea era que los viera cruzar el paso de peatones de la intersección y parara el coche para ofrecerse a acompañarlos. De esta manera lograrían entrar en el coche sin despertar las sospechas del militar.

El caso es que el coche casi arrolló a Georges cuando este apareció de repente cruzando el paso de peatones. Catherine iba un par de pasos por detrás de él. Robert paró el coche a un lado de la calzada, encendió las luces de emergencia y salió corriendo. Ya había reconocido a sus amigos y enseguida les preguntó angustiado:

—¿Estáis bien? Catherine, ¿os he asustado mucho?

—Estamos bien —respondió Georges.

—Subid al coche, que os llevo a casa.

Robert cogió la mano de Catherine amablemente para ayudarla a subir al coche. La hizo sentar en el asiento trasero. Georges, sin esperar la invitación, abrió la puerta delantera. Para hacerle lugar, el teniente coronel cogió el montón de periódicos y el maletín de piel negro que estaban sobre el asiento y lo puso todo detrás al lado de ella. Una vez recuperada la calma, Georges puso en marcha la segunda parte del plan. Se dirigió a Robert con mucha vehemencia para pedirle consejo sobre el ensayo que estaba escribiendo sobre la historia militar de Estados Unidos. Era el cebo perfecto. Como curioso y culto que era, Robert siempre reaccionaba con entusiasmo a este tipo de consultas. Enseguida se quedó totalmente absorto por la conversación.

Catherine, mientras tanto, sin perder de vista al conductor a través del espejo retrovisor, cogió el maletín y se lo puso sobre las rodillas para poder abrir la cremallera despacio y sin hacer ruido. A continuación, comenzó a sacar al azar algunos de los papeles que había en el interior. Casi no podía leer las líneas de texto impresas. Pero en una de las páginas vislumbró un título escrito en negrita: «Logística y cálculo de munición para bombardeo de la Fuerza Aérea». La segunda línea decía: «Operación Fuerza Deliberada». Catherine intentó tirar un poco más del papel hacia fuera, pero le daba miedo sacarlo del todo por si no era capaz de meterlo de nuevo en el maletín. Todavía dispuso de un poco más de tiempo para leer más fragmentos, teniendo en cuenta el tiempo de conducción que había calculado, así que continuó revisando papeles. Una hoja tenía una tabla con una explicación debajo. Como no podía evaluar en tan poco tiempo la trascendencia de lo que leía, optó por memorizarlo. Las muchas horas de práctica de la memoria en Moscú le sirvieron en esos momentos. Cuando el coche llegó a su destino, volvió a meter los papeles dentro del maletín muy rápidamente, aunque le costó mucho hacerlo. Miró nerviosa por el espejo retrovisor, pero Robert aún charlaba y tenía los ojos puestos en la calzada, y solo de vez en cuando desviaba la vista a su lado para mirar a Georges. La chica cogió aire para calmarse y comenzó a ordenar cuidadosamente todas las hojas para poder devolverlas a su sitio. Luego cerró la cremallera muy despacio, mientras tosía, y volvió a poner el maletín en el asiento de al lado. El riesgo había pasado y el miedo se había desvanecido. Georges continuó hablando hasta que Robert llegó cerca de casa. Ella ya mostraba de nuevo un aspecto alegre y despreocupado. Robert redujo la velocidad para buscar un lugar donde aparcar, pero Georges le dijo que parara allí mismo porque ya seguirían a pie hasta casa.

—¿Has ido cómoda ahí detrás? —preguntó el norteamericano.

—¡Sí, claro! Gracias por traernos. ¿Quieres entrar?

—No, querida, mejor me voy a casa. Ha sido un día largo. En otra ocasión.

—Lo entendemos. Dale recuerdos a Leslie de nuestra parte. ¡Hasta la vista! —dijo Georges mientras le daba la mano.

Salió del coche y abrió la puerta trasera para ayudar a su esposa. Robert hizo un cambio de sentido rápido y el coche desapareció de su vista. La pareja se quedó de pie en la acera un momento y luego comenzaron a caminar dejando atrás el portal de su casa. El tiempo era esencial. Catherine necesitaba repetir, o mejor escribir, todo lo que había memorizado antes de que se le olvidase algún detalle. Una calle oscura de Bruselas era el mejor lugar para concentrarse. Consciente de la impaciencia de Georges, comenzó a recitar toda la información que recordaba.

—Diría que lo más interesante de todo es que aparecía el término «Fuerza Deliberada» y que se refería a Bosnia. También había una tabla con una lista de armamento.

—¡Magnífico! ¿Estás pensando lo que yo estoy pensando? ¿Recuerdas el «Fuerza-D» del diario de Robert? ¡Es justamente esto! ¿Y qué has encontrado de Bosnia?

—Había topónimos que he visto anteriormente en algunos mapas. Todos se referían a la antigua Yugoslavia.

—¿Qué más recuerdas? ¡Concéntrate, es importante!

—De acuerdo, te diré lo que pueda. Antes sentémonos —respondió ella mientras intentaba ordenar sus pensamientos.

La calle había quedado desierta después de la tormenta. La pareja escogió para sentarse el banco más seco de una pequeña plaza. Cerró los ojos y recitó lentamente todo lo que podía recordar. Al mismo tiempo, Georges iba tomando nota en un trozo de papel. En la tabla de armamento había visto principalmente cifras con letras: 600 L, 80 G y 13 T. Ambos comprendieron que esta información, que acababan de descubrir, era de un gran valor y podía ser muy útil para que el Gobierno ruso pudiera planificar sus acciones futuras.

Cuando Catherine hubo terminado, le preguntó con un hilo de esperanza en la voz:

—¿Y sobre la fecha? ¿Había alguna fecha en los documentos?

—No, me temo que no —respondió apenada su mujer.

—Como mínimo hemos podido acceder a información que apunta en la dirección de preparativos para una operación militar inminente de gran alcance. ¡Bien hecho, amor mío! Confiemos en que en los próximos días podamos descubrir más detalles.

El resultado final de los esfuerzos que realizan los agentes ilegales depende en gran parte de las circunstancias. Algunas veces tienen suerte y otras no. El éxito depende de muchos factores, que están fuera de su control. Sin embargo, el trabajo duro y la perseverancia a menudo les conducen al objetivo. Catherine y Georges habían ideado y ejecutado la operación por iniciativa propia y no tenían ninguna intención de abandonar hasta que hubieran agotado por completo su imaginación y su suerte.

La fortuna les sonrió en esta ocasión. Catherine sabía que pasaba algo cuando, algunas semanas después de remover el maletín de Robert, Georges volvió a casa con una cara de satisfacción que apenas podía disimular. Tan pronto como entró en la cocina, cogió un pedazo de papel y escribió: «Fuerza-D–30 de agosto». Al ver las palabras escritas en el papel blanco, Catherine, que estaba de pie a su lado, tuvo que esforzarse para frenar sus emociones. Miró a su marido con ojos enamorados y pronunció con mucha calma:

—Cena y vamos a dar una vuelta.

De las memorias del coronel Antón Viazin:

Toda la historia que vivimos fue fruto de una extraña suerte profesional. Recuerdo ese día perfectamente. Justo antes de terminar mi jornada laboral, dos jóvenes oficiales de las fuerzas aéreas francesas entraron en el estudio de fotografía. Yo ya me había acostumbrado a ser amable y comunicativo con todos los clientes que entraban en el negocio. A uno de los pilotos resultó que también le gustaba mucho hablar. A lo largo de la breve pero agradable conversación que mantuvimos, me contó que estaban destinados en la base aérea de Chièvres, no muy lejos de Bruselas. Yo sabía que la base proporcionaba apoyo logístico a la OTAN. Probablemente los dos oficiales formaban parte de la misma tripulación de un avión de combate o de un bombardero, como mínimo estaba seguro de que trabajaban en misiones aéreas. Les pedí qué tipo de fotografías querían que les hiciera y uno de los pilotos pidió la fotografía que se deja como recuerdo a una novia. Bromeé:

—¿Es que has decidido dejarla?

Este piloto estaba más nervioso y parecía que la causa era alguna operación militar que debía empezar pronto. Les hice las fotos y les dije que estarían listas al cabo de dos días. Añadieron que estarían acuartelados y que no sabían cuándo podrían salir para recogerlas, pero que, si no aparecían antes del 30 de agosto, me podía quedar con las fotos. Nunca más vi a los pilotos... y tampoco guardé los retratos.

Tras escuchar a su marido, durante el paseo, Catherine reflexionó y dijo:

—Quizás no sea suficiente como conclusión definitiva para alertar al Centro enseguida, ¿verdad?

—Estoy de acuerdo —dijo Georges—. Necesitamos encontrar más información, pero ¿dónde?

—¡Vamos! —Catherine se levantó y tiró del brazo de su marido—. Tengo una idea. Lo tenemos que intentar. Venga, vamos.

La idea era tan sencilla que parecía mentira que no se les hubiera ocurrido antes. Catherine cogió el teléfono y marcó el número de la casa de los Green. No tuvo que esperar mucho.

—Hola, Leslie —empezó con absoluta naturalidad—. Oye, te llamo para hacerte una propuesta que te va a gustar. Estamos pensando en hacer un viaje al sur de Francia a partir del 30 de agosto y habíamos pensado si a ti y a Robert os gustaría venir con nosotros. ¿Os apuntáis?

—¡A mí me encantaría! Déjame que se lo pregunte a Robert, porque necesita de una vez por todas unos días de descanso. Estos días ha estado muy irritable y a menudo muy preocupado.

Tras una breve discusión, Leslie volvió a ponerse al teléfono:

—Catherine, me parece que no podremos acompañaros. Robert dice que por esas fechas estará de servicio, y que además estará acuartelado en la base los últimos días de agosto.

—¿Qué significa eso?

—Pues que deberá permanecer en la base día y noche, sin posibilidad de venir a casa.

—Lo siento. Dejaremos el viaje para más adelante, pues —respondió una Catherine aparentemente decepcionada que, inmediatamente, se despidió y colgó el teléfono.

Al día siguiente por la noche, Catherine preparó un mensaje para el Centro en el que indicaba la fecha estimada de la operación de la OTAN «Fuerza Deliberada» en la antigua Yugoslavia: finales de agosto o principios de septiembre. En este mismo mensaje, mencionaba también los detalles de la lista que había encontrado en el maletín de su amigo americano. La respuesta del Centro llegó a la semana siguiente durante la sesión de radio programada:

«El Centro os agradece vuestro excelente trabajo. La información ha sido directamente trasladada al presidente de la Federación Rusa».

Para los jóvenes agentes, cada día de finales de agosto fue un continuo sufrimiento y, al mismo tiempo, fuente de expectativas. Intentaban no perderse ningún informativo en la televisión y leían el periódico a diario, sobre todo por lo que respecta a artículos relacionados con Rusia. Tenían la esperanza de que se produjera alguna declaración del presidente ruso o al menos del representante ruso ante el Consejo de Seguridad de Naciones Unidas en defensa de Yugoslavia. La declaración habría significado indirectamente que la misión de los agentes no habría sido en vano. Pero no sucedió nada y el anuncio del bombardeo masivo sobre territorio yugoslavo les conmovió, como a todo el mundo.

Solo dos semanas más tarde, un canal de televisión europeo se hizo eco de una información aparecida en la agencia Interfax que no hizo más que aumentar la decepción de la pareja:

15 de septiembre de 1995, Interfax.

El presidente Borís Yeltsin veta una ley de la Duma sobre el acuerdo de Bosnia.

El presidente Borís Yeltsin ha rechazado la ley federal adoptada previamente por la Cámara Baja del Parlamento que impedía la participación de Moscú en la imposición de sanciones internacionales contra la República Federal de Yugoslavia, y que además exigía medidas para prevenir el genocidio del pueblo serbio en Croacia.

> La Duma recomendó que el jefe de Estado firmara la ley sobre la retirada de Rusia del régimen de sanciones internacionales contra la República Federal de Yugoslavia y que impusiera sanciones contra la República de Croacia.
>
> La Duma propuso también responsabilizar a la OTAN de la agresión en Bosnia y organizar una cumbre internacional de jefes de Estado para discutir la crisis bosnia.

Este fue seguramente uno de los momentos más difíciles en las vidas de Catherine y Georges. La reacción de los dirigentes de su país ante la crisis yugoslava, a pesar de la información tan valiosa que ellos habían obtenido, no se la esperaban de ninguna de las maneras. Las noticias que recibieron mediante mensajes encriptados de radio sobre la concesión de «la Medalla de honor del SVR a los agentes ilegales Molly y Mike» no les hizo más soportable la enorme decepción que experimentaron esos días. Se sentían irremediablemente frustrados, pero no tenían derecho a abandonar. Su trabajo debía continuar, a pesar de todas las contrariedades.

Unas semanas más tarde, en el mismo canal de televisión, apareció otra noticia que hacía referencia a una entrevista del ministro de Defensa ruso, Pável Grachov:

> … el ministro de Defensa ruso, Pável Grachov, a preguntas del corresponsal de Interfax, dijo que desde el inicio del bombardeo de la OTAN sobre territorio serbobosnio el día 30 de agosto, ochocientas personas habían muerto y más de 2000 habían resultado heridas. También remarcó que, de acuerdo con el Gobierno serbobosnio, el número de víctimas provocado por los ataques aéreos aún podría ser mucho más elevado.

Las cifras no dejaron indiferentes a los dos agentes. Se tomaron de forma muy personal todo lo que sucedió en ese país tan cercano a Rusia.

Información de referencia:

La operación «Fuerza Deliberada» comenzó la noche del 30 de agosto de 1995. Fue la primera operación militar a gran escala en la historia de la OTAN. En el transcurso de dos semanas, se realizaron 3206 vuelos que arrojaron un millar de bombas sobre sus objetivos terrestres y, desde el mar, se lanzaron trece misiles Tomahawk; cinco de ellos fueron interceptados por la defensa antiaérea serbia. Un avión de combate francés Mirage 2000 fue abatido el primer día de los ataques y sus dos tripulantes tras lanzarse en paracaídas fueron capturados por los serbios.

Los recuerdos desagradables asociados a los acontecimientos de Yugoslavia desaparecieron de sus mentes con el paso del tiempo. El día previsto del parto se acercaba y era imprescindible estar bien preparados porque las consecuencias podían ser impredecibles.

De las memorias de la coronel Vera Svíblova:

Decidimos que era necesario informar al Centro sobre mi embarazo. Algunos altos cargos tenían dudas sobre el posible desenlace. Muchos temían que se repitiera la escena de la mítica serie soviética *Diecisiete momentos de una primavera*, cuando la operadora de radio, que también se llamaba Catherine y que era una agente encubierta rusa en la Alemania nazi, se ponía a gritar en ruso sin querer mientras estaba dando a luz. Nos vimos con la obligación de calmar a nuestros superiores del Centro y, al mismo tiempo, tomar algunas medidas para prevenir cualquier incidente. Lo primero que hicimos fue inscribirnos en un curso de preparación para el parto destinado a parejas jóvenes. Nos sirvió de gran ayuda para hacer una inmersión en este nuevo mundo de futuros padres, para poder adoptar una actitud positiva y de autoconfianza. Tomé la decisión de dar a luz sin anestesia para poder controlar mejor mi voluntad y el dolor. Decidimos que mi marido estuviera presente para apoyarme y seguir de cerca la situación. Instantes después del nacimiento, abrió una botella de champán en la misma sala de partos e invitó a las enfermeras a celebrarlo. Los dos nacieron sanos. Nos sentimos muy felices, pero al mismo tiempo desafortunados porque no podíamos compartir la buena noticia con nuestras familias en Rusia. Aquella noche, en mi habitación del hospital, me quedé un buen rato ante la ventana mirando las luces de Bruselas. Podía oír cómo respiraban los bebés tranquilos, uno al lado del otro. Miré fijamente sus caras y de pronto me sentí sola y confundida. Por primera vez, asumí la gran responsabilidad que tenía a partir de ahora, no solo conmigo misma, sino también con aquellas dos nuevas vidas, que debería criar en unas circunstancias muy poco corrientes. Se abría ante mí un futuro impredecible, pero, al mismo tiempo, estaba preparada para convertirme en la mejor madre del mundo.

Nuestros padres supieron la noticia del nacimiento de sus nietos un par de semanas más tarde, por medio de nuestro enlace en el Centro. El mensaje que preparé después de regresar del hospital fue diferente de todos los que había hecho hasta ese día. ¡Era una ocasión especial! Elegimos los nombres de nuestros hijos, Peter y Paul, para que tuvieran sus equivalentes en ruso. Queríamos que existiese al menos una conexión, aunque fuera invisible, entre nuestros hijos y nuestra tierra.

El parto fue muy bien y unos días más tarde Catherine volvió a casa con los bebés. Las primeras semanas sirvieron para adaptarse a la nueva vida y cuidar de los niños, aunque los jóvenes padres nunca olvidaron su trabajo. Leslie y Robert los iban a ver a menudo para ayudarles, así que la relación de amistad con ellos se hizo aún más estrecha. Leslie, que miraba a Peter y Paul no sin cierta envidia, ayudaba a Catherine en todo lo que podía. Era evidente que ella también deseaba tener hijos. Ninguna de las dos familias podía imaginar en ese momento que su amistad continuaría durante largo tiempo, pero en un lugar totalmente distinto...

El Centro les advirtió de que el teniente coronel Robert Green iba a ser enviado a Estados Unidos semanas antes de que Leslie les diese la noticia. Le habían destinado al Pentágono. Muy probablemente, la noticia había llegado al Centro por medio de alguna de las fuentes que tenía en la OTAN. Tras analizar la situación en detalle y con la voluntad de no perder un contacto tan valioso en el futuro, ya que era miembro del Pentágono, el Centro ordenó a los ilegales su traslado a la ciudad de Washington. Debían preparar una «leyenda» para justificarlo. Además, les exigían que llegaran a Estados Unidos antes que los Green. Un agente ilegal siempre debe estar preparado para los cambios de guion más inesperados a lo largo de su vida y en su trabajo, especialmente si estos cambios sirven para abrir nuevas oportunidades. Catherine, al ser estadounidense según sus documentos, no tuvo ningún problema con inmigración. En el caso de Georges, solo era una cuestión de tiempo antes de que recibiera la *green card,* al estar casado con una ciudadana norteamericana. Todas estas circunstancias les hicieron las cosas mucho más sencillas. Ni que decir tiene que la oportunidad de trabajar en territorio norteamericano estaba considerada como la mayor promoción en su carrera profesional, a pesar de todos los peligros y las dificultades que conllevaba. Así se inició una nueva y prometedora etapa en su vida como agentes.

27

Los actos en sí mismos no deciden nada. Sin embargo, sus consecuencias dependen de las personas.

HONORÉ DE BALZAC, escritor francés

Washington D. C., Estados Unidos, 1995

El rey David dice en un salmo: «Y aunque crezcan vuestras riquezas, no les deis el corazón». Tres mil años de experiencia de la humanidad nos confirman que la tentación de seguir por el camino contrario siempre está muy presente. Y aunque las riquezas ni tan solo existan, el corazón se siente atraído por ellas. Para una persona representa su esclavitud espiritual, para un pueblo es una catástrofe y, para un Estado, es la muerte.

Una prueba fehaciente de todo ello fue la caída de la Unión Soviética y su descomposición posterior bajo la influencia de Occidente. La ideología soviética, la única fuerza capaz de contener esa influencia, fue declarada utópica y tiránica. Aquella sociedad contraria al materialismo y al individualismo se derrumbó, arrastrando con ella sus fundamentos espirituales, con lo que desapareció toda protección ante las tentaciones que abrumaban al pueblo ruso.

El novelista y dramaturgo francés Alfred de Musset decía: «Pocas personas son realmente libres; todos somos esclavos de las ideas o de las costumbres». Desgraciadamente, con la Unión Soviética, también desaparecieron algunas ideas y algunas costumbres fundamentales de la sociedad socialista. Cuando nuestra gente abrazó la libertad de expresión, también apareció la libertad para enriquecerse. Como la primera requiere un desarrollo intelectual elevado, la mayor parte de la gente se apresuró a elegir el enriquecimiento como su meta más importante. El respeto por principios morales básicos se desvaneció por completo, y simultáneamente creció una atracción tóxica por una libertad sin límites que desembocó en el caos. Aquellos años inmediatamente posteriores al colapso de la Unión Soviética, las sabias palabras del rey David no fueron escuchadas, al igual que estas otras que también fueron ignoradas: «No confiéis en las ganancias obtenidas por la violencia, no os fieis de los bienes robados». Los padres de la Iglesia ortodoxa nos lo dijeron con estas palabras: «No pretendáis acumular riquezas por medio de la injusticia».

¿Conocía Serguéi Ivánovich Potuguin estas sabias palabras? Seguramente no, aunque se tratase de un agente de inteligencia profesional que formaba parte de una organización cuyos miembros eran conocidos por su capacidad de resistir tentaciones maliciosas. ¿Es posible que, en su caso, las debilidades humanas que habitan dentro de todos nosotros se convirtieran en fuerzas imparables, cuya presión fuera carcomiendo paso a paso su integridad como persona y su propia voluntad?

Cuando Serguéi Ivánovich llegó a Washington se encontró inmerso en una sociedad desconocida para él. Su mujer y su hijo confiaban en que, como miembro de la embajada rusa, tendría derecho a unos ingresos sustanciosos. Pero sus «necesidades» fueron aumentando gradualmente y la familia se vio inmersa en dificultades económicas. James, el nuevo «amigo» americano de Serguéi Ivánovich, estaba al corriente de ello, ya que su equipo estudiaba cada detalle en el estilo de vida de la familia. Todas las compras que hacían el tercer secretario de la embajada y su familia eran conocidas por los agentes del FBI y eran cotejadas con sus ingresos. Esta intensa monitorización formaba parte de la operación «Catástrofe», cuyo propósito era reclutar a Potuguin. James Glover había diseñado cuidadosamente un plan organizado en etapas sucesivas, que debía convertirse en un gran éxito para el FBI en su enfrentamiento invisible con los servicios secretos rusos. Si Serguéi Ivánovich hubiera decidido informar a sus superiores sobre el accidente de tráfico de seis meses antes, ahora el SVR gozaría de toda la ventaja del mundo y James se habría convertido en la víctima y no sería el cazador. Sin embargo, el miedo del tercer secretario a perder su puesto de trabajo y su bienestar personal provocó que el SVR no dispusiese de ventaja alguna. Esto propició el comienzo de un duelo sin precedentes entre los dos servicios de inteligencia, que se prolongó a lo largo de una década.

El agente Glover del FBI dio inicio a una partida de un juego complejo y difícil. Antes de entrar en contacto con Potuguin, estudió su personalidad en profundidad y le asignó el nombre en clave de «Afgano». Un reclutamiento solo funciona si se conocen muy bien las prioridades vitales del objetivo. Si para una persona es más importante su bienestar material que sus principios ideológicos, entonces resulta relativamente fácil controlarle a voluntad. Por el contrario, si alguien es sólido de espíritu por naturaleza, es muy difícil provocarle una grieta, y si se aumenta la presión, el resultado puede resultar contraproducente. Glover era un agente experimentado y sabía que debía tener paciencia para desarrollar el contacto con el Afgano. Los avances debían ser paulatinos y, al mismo tiempo, se requería analizar los cambios en la manera de pensar del objetivo. La operación «Catástrofe» progresaba y Glover se reunió con el Afgano en varias ocasiones. La primera vez fue con el pretexto de comentar algunos detalles del accidente de coche que había sufrido, para esclarecer algunas cuestiones legales con la «víctima». La segunda vez que se encontraron fue con una cerveza en la mano para hablar de asuntos más intrascendentes. Serguéi Ivánovich ya no percibía a James como un enemigo, y eso era exactamente lo que el agente del FBI pretendía.

Este encuentro tuvo lugar por iniciativa de Serguéi Ivánovich y, por este motivo, James lo preparó a conciencia. Fuera por casualidad, o quizás no, el encuentro tuvo lugar unos días antes del cumpleaños de María, la mujer de Serguéi Ivánovich. A lo largo de la velada, celebrada en uno de los restaurantes de Capitol Hill, James tenía pensado pedirle a su amigo ruso un pequeño favor, que para Potuguin parecería algo menor, pero que para el FBI tenía mucha relevancia. Cuando ya estaban a media cena, James le preguntó:

—Serguéi, ¿no me dijo que el cumpleaños de su mujer era este mes?

El ruso no podía recordar en qué ocasión se lo había dicho, pero intentó convencerse a sí mismo de que sencillamente había olvidado la conversación en la que le había mencionado ese detalle. Y respondió:

—Sí, tiene razón, ya llega el cumpleaños de María.

—¡Qué bien! Pues hágale un pequeño obsequio. Mire, le he comprado un pequeño regalo —dijo James amablemente.

A continuación, sacó del bolsillo una caja con un frasco de perfume DKNY. Con el alcohol que ya había bebido, Serguéi Ivánovich no fue capaz de disimular su admiración. Este perfume había sido premiado recientemente con el prestigioso premio FIFI de la Fragance Foundation, el equivalente al óscar del perfume. Su mujer no podía ni soñar con que le regalaran un perfume como aquel, ya que no podían permitirse el lujo de comprar un regalo tan caro. Así que lo aceptó de buen grado.

Tras recibir semejante obsequio, Serguéi Ivánovich se puso de buen humor y escuchó con atención a su amigo. James aprovechó el buen ambiente para soltar una pregunta inocente en medio del tono informal de la conversación:

—¿Ya se ha podido instalar en el trabajo? ¿Cómo es el nuevo despacho?

Como respuesta, Serguéi Ivánovich asintió con la cabeza varias veces y James continuó con un tono desenfadado:

—Imagino que tiene un despacho para usted solo, ¿verdad?

—Por supuesto —confirmó Potuguin.

—¿Le gusta la vista que tiene? Espero que no sea demasiado aburrida —siguió James, consciente de que el edificio de la embajada rusa no era muy alto y, por tanto, no disponía de vistas demasiado espectaculares.

—Pues la verdad es que no es demasiado buena. No se puede ver casi nada desde la segunda planta.

—¿De verdad? Es la planta donde normalmente los jefes tienen los despachos, ni demasiado abajo ni demasiado arriba —añadió el agente del FBI.

Los dos hombres sabían perfectamente que no necesitaban entrar en mucho detalle. Uno pretendía satisfacer su curiosidad mientras que el otro pretendía seguir con la conversación intrascendente.

—Nuestros jefes tienen los despachos más arriba.

—¿Ah, sí? Seguramente les gusta supervisar las cosas desde arriba y mirar hacia abajo para observar al resto de gente —bromeó James.

De hecho, a James no le interesaba mucho dónde estaban situados los despachos o si tenían buenas vistas desde las ventanas. Su única pretensión como agente del FBI era mantener una relación amigable con el tercer secretario de la embajada. Por supuesto, el agente Glover estaba grabando a escondidas toda la conversación y aquello que Potuguin dijera podría ser utilizado más adelante como material comprometedor contra él. Pero era demasiado pronto para considerarlo como reclutado. Ahora era importante saber cómo se comportaría este ruso en el futuro. James necesitaba observarlo más tiempo.

—¿Cómo está su hijo, Serguéi? ¿Le está gustando América? —cambió de tema de conversación.

Potuguin sonrió y contestó:

—Absolutamente. Está muy contento y su inglés está mejorando. También ha comenzado a coleccionar CD de música. ¡Ya ha comprado una docena! Me va a arruinar.

—Confío en que le paguen el sueldo de forma regular. Sé que algunos empleados soviéticos tuvieron problemas con los retrasos. —James sonrió y de repente bajó el tono de voz, se inclinó ligeramente hacia su amigo y dijo—: ¿Necesita dinero? Le puedo hacer un préstamo y ya me lo devolverá más adelante.

El agente Glover sabía que, a diferencia de Estados Unidos, en Rusia era muy normal prestarse dinero entre amigos. Estaba seguro de que su amigo ruso no se sentiría ofendido por el ofrecimiento.

—No, gracias —rechazó Potuguin decidido.

—Como quiera. Si un día lo necesita, simplemente me lo pide.

Glover estaba encantado. Estaba seguro de que Potuguin había dado el primer paso en el camino de la cooperación al hablarle de la disposición de los despachos de la embajada. No era necesario ir más allá, por el momento.

La construcción del nuevo complejo de la embajada en Washington había comenzado a mediados de los años setenta. El edificio residencial, la escuela y la guardería se terminaron en 1979, mientras que los edificios administrativos en 1985. En septiembre de 1994, durante su visita a Estados Unidos, el presidente ruso Borís Yeltsin inauguró la nueva embajada rusa junto al presidente estadounidense Bill Clinton.

En los años ochenta, el FBI y la NSA (Agencia de Seguridad Nacional) excavaron un túnel bajo el edificio principal de la embajada para escuchar las conversaciones que se mantenían en el interior de la sede diplomática. Pero Robert Hanssen, un agente reclutado por los rusos, informó a la inteligencia soviética de la construcción del túnel. La estructura subterránea no se llegó a utilizar nunca debido a aquella filtración. Esa vez los rusos estuvieron de suerte.

INFORMACIÓN DE REFERENCIA:

El agente del FBI Robert Hanssen fue condenado por espionaje al servicio de la Unión Soviética y Rusia, y fue sentenciado a cadena perpetua. Hanssen hizo llegar información secreta a los rusos desde 1979 hasta su detención en 2001. La investigación dio por probados trece cargos de espionaje. Reveló a la Unión Soviética información referente a la inteligencia electrónica norteamericana y al túnel bajo la nueva embajada soviética. También reveló los nombres de agentes del KGB que trabajaban para los estadounidenses como agentes dobles.

Glover quedó satisfecho con el resultado de la conversación. El apoyo económico que le ofreció no pretendía ser ninguna oferta directa de reclutamiento. El mayor Potuguin rechazó el dinero, pero Glover estaba seguro de que no informaría a sus superiores sobre los contactos que estaban manteniendo. Si no hubiera sido así, seguro que los rusos habrían intentado jugar sus cartas, haciendo que Potuguin cooperara con más facilidad. Habría aceptado el dinero y luego habría pasado información falsa a Glover. Este habría sido el peor escenario para el FBI. Pero el agente Glover estaba convencido de que en la próxima ocasión encontraría la manera de dejarlo atado por otro lado. De momento, estaba orgulloso de haber conseguido que el tercer secretario de la embajada rusa fuera más vulnerable.

28

El amor a la patria empieza por la familia.

FRANCIS BACON, filósofo inglés

Alexandria, Virginia, Estados Unidos, 1996

Como muchas mujeres, especialmente las madres, Catherine deseaba una casa donde su familia pudiera vivir lo más cómodamente posible, aunque sabía que su profesión no le garantizaba demasiada estabilidad. Siempre tenía que estar a punto para embarcarse en una misión con destino a otro lugar del planeta y nunca tenía la seguridad de que no sería evacuada de la noche a la mañana, como ya le había sucedido en Canadá. Estas circunstancias especiales le impedían hacer realidad algunos de sus sueños más mundanos que toda mujer podía considerar como normales. En todos estos años, la pareja de agentes había ido cambiando constantemente de apartamentos, ciudades y países. Y se habían llegado a casar tres veces, con tres identidades distintas.

Sin embargo, tras su llegada a Estados Unidos, Catherine pensó que este era el momento de crear un hogar para una familia normal en la zona de Washington. Después de pensarlo mucho, y gracias a los consejos de algunos amigos, la pareja decidió establecerse en la ciudad de Alexandria, en el estado de Virginia, y vecina a Washington D.C. El lugar parecía ideal para una familia con dos hijos pequeños.

Cuando llegaron a Washington procedentes de Europa, la familia se instaló en un hotel durante un par de semanas mientras buscaban una casa de alquiler. Habían descartado que fuera de grandes dimensiones. Una familia como la suya, sin trabajos estables, debía tener mucho cuidado con los gastos. Encontraron una casa muy agradable, con dos dormitorios y un estudio para trabajar en el desván, en West Timber Branch Parkway. Estaba situada en un paseo sombreado del barrio histórico de Rosemont, una de las zonas más antiguas de la ciudad. La dueña era una mujer jubilada muy agradable, que afortunadamente no hizo muchas preguntas al firmar el contrato, sobre todo porque Georges le ofreció directamente un adelanto de tres meses de alquiler.

Que la casa fuera pequeña se veía compensado por el amplio jardín que la rodeaba, con el césped muy bien recortado, y por su cercanía con Washington. Comparada con el modesto apartamento que tenían en Bruselas, su nuevo hogar era un lujo sin precedentes para Catherine. Las calles del vecindario parecían desiertas en comparación con las de las ciudades europeas. Aquí, la gente estaba acostumbrada a conducir coches particulares, por lo que, tras mudarse a la nueva casa, los Gauthier compraron un Mazda de segunda mano.

El nuevo hogar necesitaba muebles y la pareja se lo pasó en grande escogiéndolos en las tiendas de la ciudad. A causa de la diferencia de tensión eléctrica entre Europa y Estados Unidos se vieron obligados a comprar todos los electrodomésticos nuevos. Tuvieron que esperar casi un mes para que sus objetos personales y los juguetes de los niños cruzaran el océano pero, mientras tanto, Catherine renovó su vestuario con ropa cómoda para adaptarse mejor al estilo local. Tuvieron que cambiar también algunas de sus costumbres. A diferencia de los europeos, los americanos comían, se iban a la cama y se levantaban muy temprano. Además, no les gustaba mucho salir y preferían quedarse en casa. Finalmente, también tuvieron que acostumbrarse a un nuevo sistema de medidas de peso, longitud y volumen.

Georges entró en Estados Unidos con un visado familiar. Su matrimonio con una ciudadana americana le otorgaba el derecho a recibir la *green card* en el plazo de un año. La cobertura de Catherine estaba amparada por sus documentos estadounidenses, que incluían su certificado de nacimiento. El Centro se encargó de que la documentación fuera auténtica y los trámites de legalización de Georges eran tan solo una cuestión de tiempo.

Catherine estuvo muy contenta de que en su nuevo barrio hubiera muchas familias jóvenes con hijos. Su primera tarea consistió en conocer a tanta gente como le fue posible en los parques infantiles a los que iba con los gemelos. Al mismo tiempo, observaba con mucha atención las costumbres de la gente, que en su opinión no eran muy diferentes de las que ya había visto en Canadá.

De las memorias de la coronel Vera Svíblova:

Nos encantaba nuestra nueva casa en Alexandria. Los estadounidenses parecían más abiertos y hospitalarios que los europeos. A mí me gustaba más la sociedad de aquí porque la gente tenía un carácter más parecido al mío, muy abierto. Nuestra experiencia en Canadá también nos ayudó mucho. Con la lengua hablada, debía tener sumo cuidado con mi acento canadiense, especialmente cuando pronunciaba palabras como *missile, vase, pasta* o *quay*. Para corregir errores y aparentar así que realmente era norteamericana, vi muchas series de televisión, leí la prensa local y siempre estaba atenta a las conversaciones de la calle.

Aunque la vida de un agente ilegal siempre está envuelta de un gran hermetismo, sus superiores siempre intentaban que esos lazos invisibles que lo conectaban con su país no se debilitasen. Algunas veces el Centro organizaba vacaciones en un tercer país, para que los agentes ilegales se reuniesen con sus familias residentes en Rusia. Naturalmente, esto podía conllevar un riesgo importante, pero los Gauthier hicieron la solicitud y el Centro respondió afirmativamente en atención a la corta edad de sus hijos. Para este reencuentro familiar tan inusual se alquiló una casa en una villa muy tranquila del sur de Tailandia.

Cuando llegaron a la casa, sus padres ya estaban allí. Finalmente se produjo el tan esperado encuentro entre los abuelos y sus nietos. Fue una reunión que llenó de alegría a todos los adultos, aunque se respirase una cierta tristeza en el ambiente. Todos eran muy conscientes de que a este breve y feliz encuentro le seguiría una inevitable separación que les rompería el corazón, con lo que intentaron disfrutar el máximo posible de los breves instantes de alegría. Fue muy emocionante ver a padres, abuelos y nietos compartiendo un mismo ambiente de felicidad y serenidad absolutas. Parecía que la visión azul turquesa del mar, de la luz del sol y de los rostros de alegría siempre permanecería en la memoria de Catherine.

Estas vacaciones también fueron muy especiales para Georges, aunque no fuese consciente de ello hasta más adelante. No sabía que sería la última ocasión en que vería a su padre, que ya estaba gravemente enfermo, pero que sacó fuerzas suficientes para acudir al encuentro con sus nietos.

De las memorias de la coronel Vera Svíblova:

No fue fácil acostumbrarse a las separaciones prolongadas con nuestra familia. Conocer la pérdida de nuestros seres queridos mientras estábamos lejos de nuestro país resultaba especialmente difícil. Era imposible prepararse para la muerte de los seres queridos. Nos enteramos de la muerte de mi abuela y, más tarde, del padre de Georges a través de mensajes encriptados, recibidos semanas después de que las muertes hubieran ocurrido. A pesar de la grave enfermedad que padecía mi suegro, todos teníamos la esperanza de que saliera adelante, pero desgraciadamente la enfermedad acabó venciéndole.

Algunos años más tarde, el Centro me comunicó la triste noticia de la muerte repentina de mi hermana pequeña. El vacío y la impotencia que sentí se vio agravado por la imposibilidad de contactar con la familia. No había alternativa. Teníamos que pasar por este difícil trance y continuar con nuestro trabajo. Hubo que esperar que alguna pena más liviana acabase sustituyendo la tristeza que todo lo quema por dentro. Nuestras almas solo podían encontrar una cura mediante los buenos recuerdos de los que nos habían dejado. La única manera de sobrevivir a estos retos que nos presentaba la vida era apoyarnos en silencio el uno en el otro, lejos de los ojos de los demás, como nuestra profesión nos exigía.

Reunirse con sus padres no fue sencillo para Vera y Antón. No podían contarles que ahora usaban otros nombres. También debían darles explicaciones de por qué los gemelos, aunque hubieran nacido en el extranjero, no entendían el ruso. Por supuesto, habían preparado una historia para explicar que no podían usar ni teléfonos ni Internet para comunicarse, y muchas otras cosas por las que las familias normales y corrientes no debían preocuparse. La costumbre de vivir con nombres falsos y cambiando de pasaportes los obligó a crear una costumbre interesante: nunca se llamaban por sus nombres de pila, sino que siempre usaban palabras como «querida» y «amor». Ahora les resultaba natural porque muchos estadounidenses hacían lo mismo. Sus padres eran personas sensibles y comprensivas, así que nunca les hicieron demasiadas preguntas.

Mientras descansaban en Tailandia, la pareja se reunió con un enviado del Centro para discutir futuros planes. El encuentro tuvo lugar en un apartamento seguro situado en un área residencial. El Centro tenía otra misión importante para ellos, quizás la más arriesgada de los últimos años. La mayor responsabilidad recaería sobre los hombros de Catherine, puesto que creían que sería mucho más seguro si la misión era ejecutada por una mujer, que provocaría menos sospechas que un hombre.

Durante las vacaciones tailandesas, se vieron obligados a alternar entre descanso y trabajo para poder aprender un nuevo programa informático secreto y algunas técnicas más modernas para descifrar mensajes y comunicarse con el Centro. Mientras tanto, los abuelos disfrutaron haciéndose cargo de los gemelos, aunque se vieran obligados a hacer un uso intensivo de su inglés, que era más bien escaso, para poder comunicarse con los pequeños. Esta situación no oscureció el encanto de pasar esos momentos juntos. Por la noche, toda la familia se reunía alrededor de la misma mesa para cenar y de día acostumbraban a ir a la playa o a visitar lugares interesantes, siempre con precaución, para evitar llamar la atención de extraños de forma innecesaria.

Hacia el final de las vacaciones se encontraron con un problema inesperado, pero que tenía su gracia. Los gemelos, mientras salían con sus abuelos, terminaron aprendiendo algunas palabras del ruso usadas a menudo en las conversaciones familiares. Los niños eran demasiado pequeños para entender el significado de las palabras y las expresiones, por lo que no las retuvieron mucho tiempo. Antes de regresar a Estados Unidos, como suele ocurrir con tantas otras experiencias de la infancia, ya se habían olvidado de aquellas palabras en alguna de las playas de la región.

Georges recibió otra tarea estratégica a más largo plazo. El Centro les recomendó que continuaran con su relación con los Green, cuando estos volvieran a Estados Unidos desde Bélgica. Debían usar su amistad para conseguir información relevante.

Aquellas vacaciones en Tailandia de finales de los años noventa con el reencuentro con sus padres fue seguramente lo mejor que les pasó en su vida de agentes ilegales. Fue la única ocasión en que se pudo reunir a toda la familia. Los agentes conservaron para siempre esos recuerdos excepcionales en sus corazones, porque esa era la manera de demostrar su amor por la memoria de los seres queridos que vivían muy lejos y a los que sería muy difícil volver a ver en muchos años.

29

El valiente se enfrenta sin temor al peligro por una buena causa.

ARISTÓTELES, filósofo griego

Ya era tarde cuando Georges volvió de Washington. Fue directo a la ducha para quitarse de encima todo el cansancio acumulado durante aquella larga jornada. Su mujer estaba en la cocina dando de cenar a los niños. Cuando Georges apareció con el albornoz secándose la cabeza con una toalla, le preguntó:

—¿Quieres raviolis para cenar?

—¡Con mucho gusto!

—¿Cuántos quieres? ¿Diez?

—Que sean quince.

En realidad, lo que Catherine había preparado eran *pelmeni* siberianos, siguiendo la receta de su madre, pero que hacía pasar por un plato italiano. Como en tantos otros aspectos de la vida cotidiana, la pareja no podía revelar sus conocimientos sobre la cultura rusa, en este caso sobre la gastronomía. Cuando Georges terminó de cenar y dejó el plato en el fregadero, su mujer preparó dos tazas de café y las dejó encima de la mesa, junto a un plato de galletas. Y le dijo:

—Explícame.

Sabía que su marido había asistido a dos entrevistas de trabajo que le habían tenido ocupado casi el día entero.

—En la primera empresa he tenido que esperar un buen rato hasta que ha llegado el entrevistador. Me he pasado una hora en la sala de espera, y por fin ha aparecido alguien que era justamente de origen ruso. ¡Imagínate cómo me he quedado! Es la primera vez que he conocido a un ruso en esta ciudad.

—¡Qué casualidad!

—Parece ser que nació en Altái, vivió en Ucrania y más tarde se trasladó con sus padres a Vancouver. Me lo explicó todo en una conversación de media hora. Quería entablar amistad conmigo.

Mientras Georges contaba lo sucedido, su mujer le miraba, pero sin pronunciar palabra, puesto que no era prudente comentar dentro de casa el encuentro de su marido con un ruso.

—Esperaré a ver qué me dicen después de la entrevista, pero no me ha gustado su actitud con los candidatos. ¡Me hicieron esperar tanto! Por la tarde, fui a la oficina de Virginia Analytics. Aquí todo ha ido mucho mejor y fueron muy puntuales. No me han hecho esperar demasiado. A ver si les encaja mi perfil. Todavía me quedan dos entrevistas más mañana —continuó Georges.

—Tengamos confianza. Intenta que los niños se vayan a dormir enseguida, por favor. Necesito ir a la lavandería a hacer la colada.

—No sufras, querida —replicó Georges, mientras recogía las tazas y se levantaba de su silla—. ¿Te puedo ayudar poniendo la ropa en el coche?

—No es necesario, gracias. Es poca cosa.

Cinderella era el nombre de la cadena de lavanderías donde se podía lavar y secar la ropa las veinticuatro horas, pagando en las máquinas que tenían instaladas. Para atraer clientes, los propietarios de la cadena habían conectado un par de ordenadores con acceso libre a Internet. Catherine solía ir a la que había en la planta baja de un edificio de dos plantas, que no era la más cercana a su casa, pero sí la más cómoda para hacer otras cosas mientras se lavaba la ropa. Después de comprar las fichas y poner en marcha la lavadora, se sentó ante el monitor del ordenador, en un rincón del local.

Mientras disfrutaban de sus vacaciones en Tailandia, el curador del Centro que había ido a visitarlos les explicó el funcionamiento de un sistema de cuentas falsas de correo electrónico diseñado especialmente para poder comunicarse con un agente que tenía la identidad protegida, que vivía en Estados Unidos y trabajaba para los rusos. Ella solo sabía que estaba destinado en la base militar de Norfolk y se le conocía con el nombre de Normand. La colaboración de este agente con el anterior enlace fue suspendida unos meses atrás, y el personal diplomático no estaba autorizado a contactar con él. Por el contrario, los agentes ilegales eran ideales para continuar la misión y retomar el contacto con esta fuente tan valiosa para el SVR.

Si el contacto de un agente con el Centro siempre era el momento más vulnerable en el trabajo de inteligencia, tanto Catherine como Georges corrían un riesgo doble en esta ocasión. En primer lugar, porque debían recibir secretamente información de un agente y, en segundo, porque con posterioridad debían transmitirla al Centro. El peligro era muy elevado si la información obtenida se transfería mediante un soporte material como un papel escrito. En el supuesto de una detención, pruebas como estas podían dar lugar a un caso penal muy grave, que potencialmente podía conducir a la pena de muerte, todavía en vigor en muchos estados norteamericanos.

Hoy debía producirse el primer contacto virtual con Normand en una de sus direcciones de correo electrónico. Catherine había calculado perfectamente el día y la hora de la operación. En vísperas de un día laborable y tan tarde por la noche, era muy improbable que alguien hubiera querido ir a hacer la colada. Estaba sola en el local y la lavadora continuaba con su monótono zumbido. De vez en cuando, se veía a través de las puertas de cristal pasar algún coche por la calle. Catherine abrió su buzón de correo electrónico y leyó el siguiente mensaje:

«Hola, Greg. En primer lugar, querría hacerte llegar un cordial saludo y te pido disculpas de antemano por este largo silencio. Estuve muy ocupado preparando la próxima conferencia. Ahora ya estoy bien. Después de un descanso, por fin el cinco de noviembre pude salir a dar una vuelta muy larga con la bicicleta. Lástima que no hiciera buen tiempo, porque hizo frío y mucho viento. ¡Pero ya se sabe! Es invierno. Además, en algún lugar entre el kilómetro tres y cuatro, pinché una rueda. Tuve que cambiarla ahí mismo, en la carretera. Volví a casa cuando ya oscurecía, hacia las ocho de la tarde, y estaba todo helado. ¿Cómo estás? ¿Tienes previsto irte de vacaciones pronto? ¿Sales en bicicleta a menudo por las carreteras secundarias? Escribe. Nick».

El mensaje, que a primera vista podía parecer muy inocente, en realidad contenía información primordial para Catherine. Al cabo de dos semanas, es decir, el 5 de diciembre, debería llevarse a cabo una operación para recibir un «contenedor» con datos del agente Normand, en un lugar conocido con el nombre en código de «El Viento». Ella ya conocía ese sitio donde el agente haría la entrega. Tendría lugar en el coche de ella, que debería estacionarse entre los pilotes 3 y 4 de un aparcamiento. Se haría a las ocho de la tarde.

La mujer tecleó una respuesta corta:

«Hola, Nick. Las vacaciones que pedí ya me las han concedido. Tengo la intención de reservar billete pronto y espero que nos encontremos, por fin. Hace poco me he comprado un coche. Esta vez es un Mazda azul. Me encanta».

La respuesta confirmaba la recepción del mensaje del agente e indicaba el color y el modelo del coche en el que ella llegaría al aparcamiento. De este modo se intercambiaron toda la información requerida para la operación. Ahora Catherine solo podía utilizar la dirección de correo electrónico dos veces más. Cuando el programa de lavado hubo terminado, vació la lavadora, puso la ropa en una bolsa y regresó a casa.

Durante ese período de tiempo, los Gauthier estaban seguros de estar limpios y libres de toda sospecha por parte del FBI. No consideraron que el primer contacto con Normand fuera particularmente arriesgado, pero, en todo caso, los dos agentes de inteligencia se mantenían fieles al principio de preparar cualquier operación con la máxima atención, aunque el nivel de riesgo fuera bajo. Esta fue siempre la clave de su éxito.

A lo largo de las dos semanas siguientes, Georges y Catherine estudiaron con detenimiento el lugar donde se recibiría el paquete que contenía la información. Pasaron unas cuantas veces en coche por las calles donde se llevaría a cabo la operación. También decidieron comprar un Chevrolet de segunda mano. La pareja había pensado en comprar un segundo coche, puesto que resultaba imposible vivir en los suburbios de Washington sin un vehículo para cada uno.

De acuerdo con su plan, Georges debía aparcar el coche veinte minutos antes de que Catherine llegara, de tal manera que desde la casa de enfrente no se vieran los dos contenedores de basura que estaban sobre la mediana de césped que separaba las dos calzadas de la avenida.

Por la tarde, a la hora prevista y tras comprobar que Georges ya no estaba en casa, Catherine puso los niños en su coche y se dirigió hacia el punto de encuentro. Ahora ya no sentía la angustia que tenía al principio de su carrera, cuando llevaba a cabo este tipo de operaciones. Sin embargo, siempre estaba muy concentrada y atenta, ya que este era el requisito imprescindible para evitar cualquier contratiempo.

Catherine condujo lentamente por Tennessee Avenue. Miró

su reloj. Se dirigió al cruce entre esta avenida y Burgess Avenue. El lugar tenía una visibilidad relativamente reducida. Una hilera de arbustos perfectamente recortados que hacía de valla, situada en la mediana, ayudaba a que la operación fuera aún más segura. Aparcó el coche en diagonal y se cercioró de que el cristal del lado del pasajero estuviera bajado y quedara junto a uno de los contenedores de basura.

Los niños tenían ganas de salir del coche, así que su madre los cogió de las manos y se los llevó al centro comercial Food Star. Tuvo que desviarse un poco del camino para evitar pasar por delante del coche de Georges. Su marido no estaba dentro, pero los niños podrían haber reconocido el nuevo Chevrolet y podrían haber hecho preguntas.

Cuando volvió con los niños, encontró un paquete arrugado de cigarrillos Marlboro dentro de su coche, cerca del asiento del pasajero delantero. No lo recogió al momento, sino que prefirió volver directamente a casa. Su marido ya les esperaba bajo el porche mientras fingía que estaba arreglando los escalones de madera. Cuando los oyó llegar, fue corriendo a ayudar a los niños a salir del coche.

—¿Ha ido todo bien? —preguntó.

—Muy bien —respondió brevemente ella, mientras le daba una bolsa con las compras del centro comercial. Cogió el paquete arrugado de tabaco y se lo puso en el bolsillo. Los niños corrieron hacia la puerta de entrada y Georges por fin pudo hablar.

—Vi cómo salía del parque un hombre bajito. Pasó por al lado de mi coche y se detuvo. Sacó un paquete de Marlboro, cogió un cigarrillo y lo encendió. Después cruzó la calle, arrugó el paquete y lo echó a la basura…

—… para que entrase justo por la ventana de mi coche que estaba abierta —acabó Catherine con una sonrisa.

—Estuve seguro por un momento de que el paquete había ido al contenedor. Estaba preocupado. Creía que no había acertado. ¡Bien hecho! —dijo admirado—. Podemos trabajar con gente así. ¿Qué hay en el paquete? ¿Lo has podido mirar?

—Lo puedo notar. Es un lápiz de memoria. Pero ahora entremos en casa que es hora de dar de cenar a nuestros hijos y llevarlos a la cama.

—Sí, claro que sí. Hablaremos mañana por la mañana del resto.

Al día siguiente, la pareja recibió más instrucciones desde el Centro y comenzaron a discutir el plan para transferir el lápiz de memoria.

30

Disfruta de las pequeñas cosas, porque llegará un día en que mirarás atrás y comprenderás que eran grandes cosas.

ROBERT BRAULT, escritor norteamericano

Quito, Ecuador, 199...

El aeropuerto internacional de Quito, situado en un área muy densamente poblada de la metrópolis, dio la bienvenida a Catherine con un bullicio de gente y mucho ruido. El aeropuerto era incapaz de absorber un flujo tan grande de pasajeros y les provocaba muchas incomodidades. De hecho, estaba considerado uno de los aeropuertos más peligrosos de América Latina. La reciente catástrofe aérea del TU-154 de Cubana era la prueba más reciente. Como no había facturado equipaje, y solo llevaba el de mano, pudo abandonar el área de llegadas muy deprisa. Compró un mapa detallado de Quito, la capital de Ecuador, en la misma terminal, aunque no fue fácil, ya que los quioscos que había se caracterizaban por la poca variedad y escasa calidad de sus productos.

Hacía unos días que había recibido un mensaje cifrado por radio con instrucciones para desplazarse a un lugar determinado de Ecuador en una fecha concreta. Debía recordar una frase de contraseña y la respuesta adecuada de su enlace. Se las sabía al pie de la letra.

Hubo alguna dificultad en la aduana, pero esta vez no se puso tan nerviosa como el día que llegó a Canadá, muchos años atrás. Aquí entendió enseguida que el exceso de celo de los agentes de aduanas estaba motivado por el grave problema del tráfico de drogas en Ecuador. En los últimos años, este país se había convertido en un gran proveedor de droga para Estados Unidos. Una mujer sin equipaje llegando a Quito, por tan solo dos días, era lógico que levantase las sospechas de los agentes de aduanas. Catherine no estaba muy preocupada porque toda la información que había almacenada en el dispositivo de memoria que traía consigo estaba encriptada con un programa informático especial. Si le preguntaban por su contenido, explicaría que había un ensayo sobre arte precolombino ecuatoriano que iba acompañado de decenas de imágenes. La historia que había pensado para encubrir su viaje se centraba en su interés por el estudio de las culturas autóctonas del país. Tras responder con mucha tranquilidad a las preguntas de los agentes de inmigración, continuó su camino hacia la salida de la terminal y buscó una parada de taxis. Era consciente de que de regreso quizás la someterían a un control más estricto para salir del país, pero eso no la preocupaba, porque ya no tendría ninguna importancia. Las pruebas incriminatorias que llevaba en estos momentos en su bolso ya se encontrarían en manos de su enlace.

Aunque se ausentaría de casa tan solo por un par de días, se sentía un tanto triste. Era la primera vez que dejaba a su marido y a sus hijos solos. Peter y Paul se quedaron con Amanda y Greg Verne. Habían conocido a esta familia poco después de trasladarse a West Timber Branch Parkway. Eran los jóvenes vecinos de al lado, que también tenían hijos. Cuando Catherine tenía que salir por temas de trabajo, dejaba a los gemelos con su vecina. A veces, cuando las cosas se complicaban y necesitaban discutir planes o problemas relacionados con sus actividades de inteligencia, la pareja se iba al centro comercial con el pretexto de hacer algunas compras, y también dejaban a sus hijos con Amanda. Por su parte, algunas veces ellos cuidaban de los hijos de los vecinos cuando se lo pedían.

Justo antes de que Catherine se fuera a Ecuador, su marido fue contratado en Virginia Analytics. Ahora él también estaba muy ocupado, por lo que les iba de perlas tener unos vecinos tan amables que cuidaban de los niños de vez en cuando. El Centro autorizó la oferta de trabajo de Georges. Virginia Analytics trabajaba en análisis de tendencias en la economía global y proporcionaba servicios de consultoría a compañías privadas. Georges sospechaba que tanto el Pentágono como el Departamento de Estado también eran clientes suyos.

El viaje en taxi desde el aeropuerto de Quito hizo que los recuerdos familiares desaparecieran de la mente de Catherine, y una hora más tarde ya estaba sentada en la recepción de su hotel, lista para estudiar el mapa de Quito. No tuvo tiempo ni de abrirlo cuando llegó su turno para registrarse. Con una sonrisa, entregó su documentación al recepcionista, de trato impecable, que le asignó una habitación.

Por la mañana ya sabía dónde se encontraba exactamente la tienda a la que debía dirigirse. De acuerdo con el mapa, el hotel estaba muy lejos del centro de la ciudad, por lo que decidió usar el transporte público. Primero fue a pie desde su hotel, en el distrito de la plaza Sucre, hasta la siguiente parada de autobús para comprobar que no la siguiera nadie. Dejó pasar de largo el primer autobús, para coger el segundo. No detectó ningún movimiento extraño y, por tanto, estaba segura de que, por su parte, no existía amenaza alguna para el encuentro.

Aún le quedaban algunos minutos para la hora acordada de la cita, así que decidió entrar sola en la tienda. Al abrirse la puerta, sonó una campanilla que hizo aparecer al vendedor enseguida, un sonriente ecuatoriano. No había más clientes y, de acuerdo con la cobertura que había preparado, comenzó a examinar, con mucho interés, antigüedades locales, especialmente, jarrones de cerámica. Su interés por el arte del país era la mejor manera de justificar el viaje a Ecuador, ante los agentes de aduanas que probablemente tendrían algunas preguntas incómodas para ella, razón por la cual decidió comprar un jarrón. Sacó el mapa de la ciudad de su bolso y salió de la tienda. El plano en su mano derecha era la señal de identificación acordada para que su contacto pudiera estar seguro de que ella era la persona que buscaba. El encuentro debería tener lugar al cabo de cinco minutos. Un hombre se acercó hacia la tienda y en un inglés muy básico con un marcado acento ruso se dirigió a ella:

—Disculpe, ¿nos vimos pasado sábado en el autobús que va de Montañita a Quito?

Catherine notó que aumentaban los latidos de su corazón por la tensión. Se volvió y contestó evitando que los nervios la traicionaran:

—Pues no, señor. Se equivoca. Hace tres años que no he ido a Montañita.

Las frases que ambos intercambiaron formaban parte de la conversación en código acordada para el encuentro secreto. Nadie más podía comprenderlo. El joven sonrió y se relajó.

—Vladímir —se presentó y la invitó amablemente a caminar juntos.

—¿Adónde vamos? —preguntó ella.

—No muy lejos, Molly. Tengo una pequeña sorpresa.

La verdad es que, debido a su profesión, a ella no le gustaban las sorpresas. Vladímir se le había dirigido por el nombre en código de su archivo personal, y por ello estaba segura de que había venido a Ecuador solo para encontrarse con ella. Era muy improbable que hubieran dado a conocer una información tan sensible como esta a un simple funcionario de embajada.

Mientras andaban en silencio, se dio cuenta de que Vladímir la miraba fijamente. «Seguramente está buscando el lunar que tengo en el cuello cerca de la clavícula, para estar seguro de que no soy una impostora o una doble», pensó. El Centro disponía de un informe con una descripción completa del aspecto físico de Catherine que incluía señales difíciles de localizar y que el joven parecía conocer. Decidió llevar una blusa abierta para no ocultar el lunar. Unos minutos más tarde, Vladímir ya caminaba más contento y confiado. La identificación había resultado positiva.

Por fin, Vladímir se detuvo junto a un jeep Cherokee de color verde con matrícula de la embajada y aparcado en un lugar alejado. Ayudó a Catherine a subir al asiento trasero y luego él se sentó junto al conductor. Circularon hasta las afueras de la ciudad para incorporarse a una carretera.

—¿Adónde vamos? —insistió Catherine en inglés.

En lugar de responder a la pregunta, Vladímir, en su mal inglés, le contó que había llegado a Quito el día antes con un pasaporte diplomático y que no le había gustado mucho la ciudad. Ella se dio cuenta de que el inglés de su interlocutor dejaba mucho que desear y que costaría mucho entenderse de esta manera. Por otra parte, a ella se le hacía difícil y extraño cambiar al ruso. La conversación no iba por buen camino, hasta que el conductor supo arreglar la situación y señaló un bosque muy verde en la distancia mientras comentaba en un correcto inglés:

—Vamos al Bosque Protector, que está a tres kilómetros de la ciudad de Otavalo. Ahí hay un lugar muy pintoresco, Las Cascadas de Peguche, que caen desde dieciocho metros de altura. La gente de la región las considera sagradas. En los días que preceden al Festival de Inti Raymi del 21 de junio, la gente viene hasta aquí para realizar sus abluciones rituales. Cuenta la leyenda que, en las cuevas de detrás de la cascada, se esconde un caldero repleto de oro hasta los bordes vigilado por dos perros negros. Junto al caldero está sentado el demonio, que sostiene un cuenco vacío en sus manos. Si alguien quiere apoderarse del caldero, debe entrar en el salto de agua, recoger arena y con ella llenarle el cuenco al demonio. Pero hay trampa. Cada día el demonio cogerá una pizca de arena y la echará fuera hasta que el cuenco se vacíe. Una vez se haya vaciado por completo, el demonio perseguirá el alma de quien le robó el oro. Por lo tanto, hay que tener mucho cuidado cuando se está junto a la cascada —terminó su historia bromeando.

El coche se adentró en el bosque que se extendía alrededor del salto de agua. El conductor tomó varias curvas por carreteras cada vez más solitarias y, finalmente, se detuvo. La carretera asfaltada se acababa allí, pero un camino serpenteante continuaba hasta unos matorrales. Salieron del coche y fueron a pie por un camino estrecho hasta un claro abierto, donde había una mesa y un banco fijados en el suelo. Un poco más lejos había un brasero. Supuso que el lugar había sido seleccionado especialmente para el encuentro y que los empleados de la embajada lo conocerían muy bien.

Una vez se aseguraron de que no había nadie más en los alrededores, ella sacó el lápiz de memoria y se lo entregó a Vladímir. Él se lo guardó en el bolsillo y sacó unos sobres de la bolsa que eran para ella. Se trataba de cartas de sus seres queridos. Vladímir la dejó sola y se fue sin hacer ruido hacia donde se encontraba el conductor.

Es muy distinto recibir noticias sobre tus padres que poderlas leer directamente en sus cartas escritas con una caligrafía familiar, que te hace notar todavía la calidez de sus manos. Se alejó de la mesa y leyó muchas veces cada una de las líneas de aquellas cartas. Resultaba muy agradable saber que aquellas hojas de papel habían cruzado el océano para ofrecerle unos momentos de auténtica felicidad, en medio de un país desconocido. Cuando volvió a la mesa, se encontró con la pequeña sorpresa que Vladímir le había prometido antes. Sobre la mesa vio que había una botella de vino abierta y un plato con aros de cebolla y tomates cortados, mientras le llegaba una deliciosa fragancia de la carne que estaban asando.

Muy a su pesar, tuvo que devolverle las cartas. Eran las normas. Vladímir hizo un guiño al conductor, que sonriente fue a buscar una bolsa de plástico del coche. La abrió y sacó arenques y rebanadas de pan negro. Catherine se quedó boquiabierta y lanzó una exclamación de sorpresa. Empezó a mirar a derecha e izquierda, por si había invitados inesperados al pícnic, porque esto no se lo esperaba. Le comentó que la gente de la embajada echaba mucho de menos estos productos tan rusos y siempre le pedían que se los trajera. Había decidido compartirlo en esta ocasión con la agente, que se lo comió con mucho gusto, pero no pudo evitar lamentar cómo ella y Georges habían dejado de pensar en los platos rusos desde hacía mucho tiempo. No les afectaba mucho la ausencia de los detalles de su infancia, porque su fuerza de voluntad también se manifestaba a través de pequeñeces. La única excepción culinaria en la vida de los Gauthier eran los *pelmeni* siberianos.

De forma paulatina, aunque con algunas dificultades, Catherine se decidió a hablar en ruso para comentar asuntos importantes con Vladímir, quien le transmitió algunas instrucciones relevantes para gestionar las operaciones con Normand. Le dio un sobre lleno de dólares, para que se lo entregase al agente, por medio de un buzón muerto en Estados Unidos. Continuaron hablando amigablemente durante horas, que pasaron muy rápidamente. Estas vacaciones inesperadas llegaron a su fin. Se había sentido muy cómoda al lado de sus compatriotas y, al mismo tiempo, había podido cargarse de energía positiva.

En el camino de regreso, Catherine se durmió y solo un frenazo en seco la despertó. El conductor lanzó una maldición y se apartó hacia el arcén de la carretera. Un coche de policía les adelantó con el destello de las luces azules de la sirena. La tranquilidad de Catherine desapareció de golpe, a pesar de que, como luchadora que era, estaba siempre preparada para cualquier imprevisto. Inmediatamente comenzó a repasar mentalmente todas las opciones que tenía para explicar la presencia de una ciudadana norteamericana en el interior de un vehículo de la misión diplomática rusa. Vladímir estaba un tanto nervioso. Sabía que ese día era el responsable de la seguridad de Catherine.

El conductor, sin dirigirse a nadie en particular, habló con firmeza:

—Tranquilos, saldremos de esta.

Bajó la ventana sin mostrar preocupación alguna, aunque había bebido un poco más de la cuenta, y se puso a hablar en español con el agente de policía que se había acercado hasta el coche. En ese momento se sacó un billete del bolsillo y se lo dio al policía, que lo aceptó de buena gana. Se dio media vuelta y regresó a su coche patrulla. Ni Catherine ni Vladímir habían entendido una sola palabra de la animada conversación en español que había mantenido el conductor con el policía, así que, al cabo de un rato, Vladímir preguntó al conductor:

—¿Qué quería?

—Buscaban un camión y me ha pedido si lo habíamos visto en la carretera.

—Pero ¿por qué le diste dinero, entonces?

—Pues porque no quería que me hiciera más preguntas. Estoy seguro de que el coche huele a vino.

El episodio de la carretera puso de manifiesto a Catherine que en su vida siempre existía la posibilidad de que una cuestión banal se acabase transformando en un gran inconveniente.

31

La tecnología se estropea, pero tú no puedes estropear
a una persona. Excepto si se trata de un traidor.

GEVORK VARTANIAN, antiguo agente del KGB
y Héroe de la Unión Soviética

Washington D.C., Estados Unidos, 199...

Rock Creek Park está situado en el centro de Washington y está considerado el parque urbano más bello de la capital norteamericana. Hace siglos este parque fue parte del hogar de los indios algonquinos. A lo largo de siglo y medio, la naturaleza virgen del parque ha sido modelada con senderos asfaltados, puentes para atravesar a pie el río Rock Creek, con zonas de descanso junto a numerosos arroyos y cascadas artificiales y otros lugares acogedores. El parque también dispone de hípicas y establecimientos de alquiler de bicicletas para los amantes del ocio, y también de un museo y varias salas de exposiciones. Además, ha sobrevivido un molino que fue construido durante el período de colonización de estas tierras indias y que actualmente se ha transformado en museo, en el que se puede observar el mecanismo de las muelas y que cuenta con un audiovisual que explica su historia. La gente de la ciudad viene a correr, practicar deporte o pasear con los niños, mientras que los turistas disfrutan de los caballos y las bicicletas.

Aunque el tercer secretario Serguéi Ivánovich Potuguin hacía dos horas que deambulaba por el parque, parecía no ser capaz de captar la belleza del paisaje y la naturaleza. Tras una fuerte discusión a gritos con María, su mujer, se había quedado solo en el parque. El día empezó bien cuando invitó a su mujer a pasear. Al principio ella no aceptó, pero la acabó convenciendo con el pretexto de ir de compras más tarde. Serguéi Ivánovich se mostró irritado, sin motivo aparente, y quiso sacarla del piso a toda costa, ya que tenía que discutir con ella sobre un tema muy sensible y temía que hubiera micrófonos en casa. Sabía que, de vez en cuando, la seguridad de la embajada los instalaba en los pisos de sus empleados.

Si bien en medio de la calle se sentía más seguro, dudó mucho antes de iniciar la conversación con su mujer:

—Ayer llamé a mis padres desde el trabajo —empezó diciendo, e hizo una pausa para ver la reacción de ella.

María no dijo nada, más bien estaba pensando en llegar al centro comercial cuanto antes. La mujer de Potuguin se mostraba siempre tímida y discreta en sociedad, pero cuando estaban en casa, a menudo, sacaba su carácter obstinado y casi siempre conseguía de su marido todo lo que quería. Serguéi Ivánovich era muy consciente, y sabía lo que tenía que hacer para atraer la atención de su mujer y poder convencerla. Le cogió la mano y la condujo hacia el camino que se adentraba en el parque.

—¿Adónde me llevas? —protestó ella inmediatamente.

—Vayamos un poco más lejos —murmuró él manifiestamente irritado—. Y ahora nos sentamos. —Ella se sentó en un banco, mientras que él se quedó de pie frente a ella—. Hablé con mis padres ayer. Mi padre está muy enfermo y mi madre está cansada de cuidar de él constantemente.

—¿Y adónde quieres ir a parar? —preguntó su mujer desafiante.

—Tenemos que volver a casa.

—No me digas. Seguro que te dejarán regresar por motivos familiares. Pero yo me quedo aquí; los niños deben ir a la escuela.

—María, no me entiendes. Debemos volver todos juntos. En Moscú...

—¿Cómo dices? ¿Es que te has vuelto loco? —se indignó la mujer—. ¡Apenas acabamos de empezar una nueva vida aquí!

Intentó levantarse, pero su marido le puso las manos encima de los hombros y la obligó a sentarse.

—¡Siéntate! —le ordenó irritado y se sentó a su lado.

—Me escondes algo, ¿verdad?

El matrimonio no prestaba atención a la gente que había a su alrededor mirándolos sin entender una palabra, mientras ellos discutían en ruso.

—He mantenido contactos con el FBI... —admitió en voz baja. María permaneció en silencio sin saber cómo reaccionar. Su marido continuó—: Y no he informado a mi superior.

—¿Así que la enfermedad de tu padre solo es una excusa? Deberías contar la verdad a tus jefes —dijo con rotundidad María.

—Es demasiado tarde.

—¿Por qué?

—¿Recuerdas que te hablé de un accidente de coche? ¿Cómo crees que lo solucioné? ¿De verdad creíste que había sobornado a la policía? —dijo, levantando el tono de voz—. ¡Sabes muy bien que esto no se puede hacer aquí! Ellos me ayudaron. —Utilizaba el «ellos» para referirse al FBI.

—¡Esto es una locura! ¿Qué vamos a hacer ahora?

—Huir a Moscú. Allí no me podrán encontrar.

—Yo no me voy. Los niños se han acostumbrado a la escuela aquí y el inglés pronto se convertirá en su lengua materna y podrán acceder a una buena educación. ¿De verdad quieres volver a aquel pozo? ¿Con aquellas miserables tiendas y aquellos quioscos?

—¿Crees que, si me meten en la cárcel, será mejor? —replicó Potuguin.

—Por mí tú puedes hacer lo que te plazca, pero yo no vuelvo a Moscú. En todo caso, ahora no —dijo María rotunda.

Durante unos instantes la pareja permaneció en silencio hasta que ella dijo tímidamente:

—Pero ¿nadie sabe nada? No les contaste nada a los del FBI, ¿verdad?

—Con lo que ha pasado aquí ya es suficiente para que me envíen a algún departamento de Siberia. En el patio de atrás de Rusia.

—¿Y qué haremos? —volvió a preguntar la mujer.

—Vamos a Moscú y allí ya veremos...

—No iré —repitió tercamente sin ninguna intención de entender a su marido o darle su apoyo.

María se casó muy pronto con el teniente Potuguin, cuando ella terminó la escuela superior y él se convirtió en oficial de una unidad de tropas de frontera del KGB soviético. En aquella época, ella era muy joven y no le asustaban esos destinos lejanos y los viajes frecuentes a los que estaban condenadas las familias de los oficiales. Por el contrario, a María le atrajo enseguida el romanticismo de las obligaciones militares de su marido. Sin embargo, esa vida romántica acabó dando paso a guarniciones en lugares remotos, a apartamentos del Estado y, a veces, a una sencilla habitación como dormitorio. A todo ello se sumaron las largas ausencias de su marido y, más tarde, el destino en Afganistán, que le hicieron cambiar su visión del mundo. Cuando el divorcio parecía algo inevitable, Serguéi Ivánovich, de forma inesperada para su mujer, se inscribió en el Instituto Bandera Roja del KGB, y esto significó su traslado a Moscú.

Cuando María se casó, no buscaba ganancias materiales ni dinero. Era muy consciente de que la carrera del oficial Potuguin, por muy brillante que fuera, no los llevaría a vivir en el extranjero, y mucho menos a Estados Unidos, en unos momentos en que la vida no era nada fácil en Rusia. El traslado a Moscú, aunque la situación económica fuera muy difícil para el país en general, se convirtió entonces en una oportunidad para prosperar. Por el contrario, ahora, regresar a Moscú desde Estados Unidos lo consideraba una catástrofe. Lo que años atrás salvó a su familia de la destrucción en estos momentos podía convertirse en su definitivo final.

Serguéi Ivánovich se dio cuenta de que no tenía sentido continuar con la conversación. No pudo convencer a María de un retorno inmediato a Moscú y tampoco recibió su apoyo moral. Hacía tiempo que ya no confiaba en ella. Se levantó y, tras dar un par de pasos, oyó que su mujer le decía:

—¡Detente!

Se quedó inmóvil y se dio la vuelta, pero su alegría fue prematura.

—¡Dame la tarjeta! —dijo la mujer enfadada.

—¿Cómo? —dijo él sin entenderla.

—La tarjeta de crédito, vamos, dámela. Dijiste que iríamos de compras, ¿verdad?

Sin mediar palabra, sacó la tarjeta de crédito de su cartera, se la lanzó a su mujer y se fue andando hacia el interior del parque. La negativa de su mujer a regresar tampoco le preocupaba más de lo necesario. María no tenía adonde ir, porque el contenido del informe que él redactara determinaría si la familia entera era devuelta a Rusia. Le deprimía, sin embargo, la testarudez de su mujer y su falta de empatía para entender la situación. No tenía el apoyo de la persona más querida, la única en quien podía confiar sus miedos y sus angustias.

Dio un largo paseo por los senderos del parque. El resentimiento disminuyó, pero todavía sentía mucha amargura y le invadía una gran sensación de soledad. Durante casi una hora se quedó admirando la cascada artificial del Rock Creek. El goteo pausado del agua junto al sonido del follaje le aportó una sensación de tranquilidad, y el cielo claro le condujo a un estado de serenidad y paz. Tras pasar un rato en medio de esta sensación ilusoria de seguridad, se calmó un poco. Se imaginó que el peligro y su relación con el agente del FBI no eran tan graves como él creía hacía un par de horas.

Recorrió uno de los caminos asfaltados hasta que logró dejar el bosque atrás, pero no sabía qué camino debía seguir para salir del parque. Avanzó sin dudar; no le importaba adónde condujera aquel camino. Le pasaban por al lado corredores, ciclistas y turistas montados a caballo, pero él continuaba andando, cambiando de un camino a otro, y disfrutando de ese encanto especial de libertad y calma. De repente oyó que alguien le llamaba:

—¡Disculpe, señor!

Se giró y vio a una chica afroamericana en una bicicleta que se detuvo y se acercó para decirle:

—Me da la sensación de que se ha perdido, ¿verdad? Acaba de pasar de largo el camino más corto en dirección a la salida. Si vuelve un poco hacia atrás y gira a la izquierda, a treinta o cuarenta metros verá una pasarela para cruzar un arroyo y ahí… a partir de ahí vuelva a preguntar, mejor.

Sin saber por qué, Serguéi Ivánovich obedeció a la ciclista. Dio marcha atrás y giró a la izquierda. Más adelante se fijó en un hombre que se encontraba encima del puente. Estaba apoyado en la barandilla de madera ennegrecida y miraba hacia abajo. Lo reconoció de inmediato. Era el agente James Glover. Potuguin pudo dar algunos pasos más, hasta quedarse petrificado por la sorpresa. Aquella era la última persona que esperaba ver ese día, pero era demasiado tarde para evitarlo. James movió la mano para saludarlo y dijo:

—¡Qué casualidad encontrarnos aquí! ¿Cómo está?

En este alegre saludo, Potuguin interpretó malos augurios, pero quizás solo fuera consecuencia de su mal humor.

—Hola —respondió sin mucho entusiasmo, y avanzó algunos pasos más para detenerse a una cierta distancia.

—No tiene buena cara, hoy —dijo James con una amplia sonrisa.

Se acercó un poco más al secretario de la embajada y le tendió la mano para saludarlo. Por educación, Serguéi Ivánovich no tuvo más remedio que responder con un apretón de manos. James lo cogió por el brazo y lo llevó hasta el centro del puente.

—No se preocupe, amigo mío. Una discusión con la pareja es un incidente familiar habitual que rápidamente se olvida. ¿O le ha dicho algo que podría estropear su matrimonio? Desgraciadamente no sé ruso, pero ¿no le asusta que su conversación pudiera resultar un tanto extraña para su jefe, si llegara a enterarse de su contenido? Todos sabemos que, para un agente del SVR que trabaja bajo la apariencia de un diplomático, cualquier palabra poco meditada podría llegar a costarle la carrera o incluso la libertad.

Serguéi Ivánovich no dijo nada, pero entendió que James le estaba acosando. Si sospechaba que dentro de la embajada rusa era su propia contrainteligencia la que le estaba grabando, ahí fuera, en la ciudad, era el FBI quien lo controlaba por completo. La conversación con su mujer probablemente había sido grabada en una cinta de vídeo por sus agentes. Con esta insinuación, James estaba esencialmente obligándole a tomar una decisión inmediata.

«A partir de ahora —pensó Serguéi Ivánovich—, James deberá garantizar mi seguridad y protección si decido trabajar para el FBI.» Y no le faltaba razón.

—No debe preocuparse por nada. Mientras viva en Estados Unidos, siempre le ayudaremos. Incluso en Moscú tenemos tanta influencia como aquí, en Washington —afirmó James con total confianza, y mientras contemplaba el arroyo de agua transparente continuó con una pregunta—: ¿Cree que aquí el río es muy profundo, Serguéi?

No pronunció ni una palabra, pero la pregunta le sonó a amenaza y le provocó cierta angustia. En ese momento, la única salida que veía ante sí era frenar y quitarse de encima la influencia del FBI de manera gradual. Confiaba en que, cuando estuviese de vuelta en Moscú, sería capaz de escaparse de ellos.

—¿Quieren que les prometa lealtad, pero que sea yo quien me exponga? —dijo por fin Serguéi Ivánovich.

Potuguin quizás solo se engañaba a sí mismo, pero no al agente Glover, que sabía leer la mente del tercer secretario.

—Siempre damos prioridad a la seguridad de nuestros amigos, pero eso exige mucho esfuerzo. Por tanto, necesitamos argumentos potentes para convencer a nuestros superiores de que vale la pena protegerlos.

El agente especial del FBI sabía de qué hablaba. Entendió que de momento Potuguin se estaba dejando llevar por el miedo y el deseo de salvarse, y que el dinero solo le interesaría una vez se sintiera a salvo. James observaba el agua, pensativo, como si renunciase a continuar la conversación, aunque estaba seguro de que el miedo haría hablar al tercer secretario de la embajada. De vuelta a casa solo le aguardaban discusiones e incluso preguntas incómodas de contraespionaje.

—Hace aproximadamente un año, entregué en México un pasaporte israelí de «tránsito», a nombre de Herbert Bernstein, a uno de los nuestros... —empezó a explicar lentamente Potuguin.

Confiaba en que esta información, no demasiado comprometedora, de momento dejaría al FBI satisfecho. Una vez volviera a Moscú, explicaría una historia radicalmente diferente y quedaría fuera de su radar.

—Es demasiado impreciso para ser cierto —dijo James con indiferencia.

—El agente que recibió el pasaporte hablaba inglés con acento americano. ¿Quizás era un agente relevante que trabajaba en América? Me advirtieron de que el encuentro debía llevarse a cabo con la máxima seguridad y discreción.

—¿Ha vuelto a mantener contacto con él desde entonces? —le animó a continuar.

—Sí, pero por poco tiempo.

—¿Nada más? —preguntó un James decepcionado.

—Debía de tener unos cincuenta años y era de constitución atlética. Tenía el cabello oscuro, pero los ojos azules. No dijo su nombre. Imagino que vivía en América con un nombre diferente. Seguramente necesitaba un pasaporte de «tránsito» para viajar a algún otro lugar, tal vez de vacaciones —continuó Serguéi Ivánovich, fingiendo que aportaba muchos detalles para que pareciera que estaba dando toda la información que tenía.

—Eso ya es otra cosa… —le animó el agente del FBI—. Le sugiero que haga un esfuerzo y averigüe quién es este agente y entonces podré garantizarle la ciudadanía americana a usted y a su familia, sin demoras innecesarias. Nos interesa cualquier información que pueda obtener de esa persona. ¿Le parece justo este trato?

—Lo tengo que pensar —respondió Serguéi Ivánovich.

—Piénselo. Supongo que una semana será suficiente para que tome una decisión, ¿verdad? —Potuguin no dijo nada y su interlocutor concluyó—: Muy bien. Dentro de una semana volveremos a vernos. Venga aquí de paseo. Lo más importante es que no se preocupe por nada. Desde hoy, usted y su gente están bajo nuestra protección.

Serguéi Ivánovich volvió a casa de buen humor. Tuvo la sensación de que había logrado sortear una situación muy complicada. Solo debía ganar tiempo para marcharse a Moscú lo antes posible y su mujer… su mujer aguantaría. Toda esta historia con James Glover debería haberle servido de lección para el futuro: una cobardía momentánea como la que demostró con el accidente de tráfico no podía volver a ponerle nunca más en dificultades.

32

Pensar no es una diversión, es una obligación.

ARKADI Y BORÍS STRUGATSKI, escritores soviéticos

Washington D.C., Estados Unidos, 2001

La compañía Virginia Analytics que contrató a Georges dedicaba su investigación a las tendencias económicas mundiales, al estudio de los mercados internacionales y al desarrollo de métodos de modelización económica y de análisis de sistemas. Los encargos más rentables y bien pagados procedían del Departamento de Estado y del Pentágono. Los investigadores de la compañía tenían varias titulaciones académicas y publicaban en revistas especializadas de economía de gran prestigio. Este puesto de trabajo abría a Georges todo un abanico de posibilidades para mejorar su carrera profesional y su estatus social, lo que, para un agente de inteligencia, era la base para una labor eficaz. Había tenido suerte, pero también tenía muy asumido que la obtención de información útil para su país dependía en gran medida de su propia determinación y perseverancia.

Virginia Analytics tenía una estructura muy ramificada, y sus áreas principales de trabajo eran: Asia, Oriente Medio, África, América Latina y Europa. Esta última también incluía Rusia. Georges fue asignado a Europa por sus conocimientos de la lengua francesa y por sus orígenes. Fue un golpe de suerte, que más tarde aportaría resultados inesperados. Rápidamente fue ascendido a jefe de grupo, que llevaba asociado un buen sueldo. Eso les fue de maravilla porque Peter y Paul empezaban la escuela ese curso, lo que suponía un gasto extra importante. La nueva rutina de los hijos proporcionó tiempo libre a Catherine. Desde ahora, podía disponer plenamente de su tiempo durante las mañanas.

De las memorias de la coronel Vera Svíblova:

Recuperé los recuerdos de mi paso por la escuela cuando mis hijos acudieron por primera vez a la suya. Cada mañana después del desayuno, les preparaba con mucho esmero la comida que se llevaban y que normalmente consistía en bocadillos, ensalada y fruta. Los acompañaba caminando hasta la parada del autobús escolar de color amarillo brillante que los llevaba al colegio. Por la tarde, volvían a casa en el mismo autobús.

En la escuela hicieron muchos amigos y disfrutaron practicando el fútbol y la pintura. Tenía mucha curiosidad en las peculiaridades de la educación del país y, al mismo tiempo, quería entender la mentalidad americana. La educación se parecía a una especie de juego divertido e interesante. Se enseñaba a los niños a expresar abiertamente sus opiniones, a no temer los errores y a confiar en ellos mismos.

Recordó la estricta disciplina de la escuela soviética y su exigencia de permanecer siempre sentados y en silencio ante el pupitre. Me quedé asombrada al ver a los niños norteamericanos sentarse desacomplejadamente en el suelo del aula, expresando uno tras otro sus opiniones sobre cualquier tema. La jornada escolar empezaba con los estudiantes formados en fila y recitando, con la mano en el corazón, el juramento de fidelidad a la bandera de las barras y estrellas.

En aquellas circunstancias, el único contrapeso que podíamos dar a la cultura americana era la cultura europea y, en particular, la cultura francesa, que nosotros conocíamos muy bien. Pero también tuvimos alguna sorpresa en este aspecto. En una ocasión, en la clase de francés, pidieron a Peter y a Paul que leyeran una novela de un conocido autor galo. Justo en la primera página del libro había una frase del personaje principal de la novela, una mujer francesa, que decía: «En Siberia, en la ciudad de Tomsk...». Todavía me pregunto ahora si fue pura coincidencia o si se trató de un auténtico espejismo de mi juventud.

El papel de ama de casa no encajaba en la manera de ser de Catherine, así que encontró un empleo de diseñadora tras seguir un curso de diseño de interiores. Rápidamente se dio cuenta de que era mucho más eficiente encontrar a sus clientes potenciales entre los compradores de casas, por lo que firmó algunos contratos con agencias inmobiliarias para conseguir más encargos. La familia pudo, incluso, trasladarse a una nueva casa, más cómoda para vivir. Tuvieron la buena suerte de que, cuando empezaron a buscar la nueva casa, se quedó una vacía bastante grande con buhardilla, además con posibilidades de ejecución hipotecaria. Se encontraba en la misma zona donde vivían y, por tanto, cerca de sus amables vecinos Amanda y Greg Verne.

Fue por entonces cuando los Green llegaron por fin a Washington, aunque se instalaron en otra área residencial. La distancia y el trabajo provocaron que las familias se reunieran con menos asiduidad que en Europa, pero, en cambio, la amistad entre el teniente coronel y Georges se estrechó aún más. Resultó que Robert Green conocía Virginia Analytics muy bien. Georges sospechaba que la unidad en la que trabajaba ahora Robert tenía relación con la Agencia de Inteligencia del Departamento de Defensa. Por este motivo, el Centro insistió a sus agentes para que cultivaran la relación con Green.

A Catherine, el trabajo le iba muy bien, gracias a la proximidad con la ciudad de Washington. Muchos agentes inmobiliarios la recomendaban a sus clientes, a cambio de una pequeña comisión en los proyectos de interiorismo. Por su parte, ella colaboraba con empresas de rehabilitación de viviendas y recibía también una comisión por cada cliente que conseguía. Este trabajo, libre de horarios fijos, le permitía cuidar de sus hijos después de la escuela. Se centró en la venta de casas y apartamentos caros de las zonas de más prestigio. No lo hizo por los beneficios que podían generar, sino porque ahí podía conocer a gente influyente entre los potenciales compradores.

Había un edificio de una antigua fábrica de ropa que había sido compartimentado en varios *lofts* y uno de ellos llevaba mucho tiempo en el mercado sin venderse. Como sucedía a menudo en estos casos, aparecieron al mismo tiempo dos posibles compradores y ambos lo querían visitar el mismo día.

Una compañera del trabajo pidió a Catherine si la podía sustituir en las visitas, así que le tocó hacer, a la vez, de agente inmobiliaria, diseñadora y representante de los decoradores. Mientras esperaba al primer cliente, abrió la puerta del *loft* de par en par. El amplio espacio resplandecía con la luz de la mañana. Estaba de pie junto a una ventana, para poder observar al visitante que entraría por la puerta principal del edificio. Miró el reloj. El cliente llegaba tarde.

Por fin apareció ante la puerta del *loft* un chico delgado y apuesto, con los ojos inquietos. Hacía gracia ver cómo movía constantemente sus labios delgados y húmedos. Se retorcían, se estiraban y se curvaban distorsionándole los rasgos de la cara. El chico daba la impresión de estar muy nervioso y un tanto desequilibrado. No dejaba de mover los hombros y se tocaba las solapas de los bolsillos del chaleco extravagante que llevaba.

Se presentó como Michael y echó un vistazo a la sala yendo de ventana en ventana. Observó el paisaje de la ciudad que se extendía a lo lejos y, de repente, se volvió hacia ella y dijo:

—Me gustan mucho los *lofts*, ¿sabe? Pero debo consultarlo primero con mi marido.

En ese instante, Catherine se quedó sorprendida, pero continuó mostrándose muy amable y dijo:

—Claro, por supuesto.

Intentando ser elegante, Michael se echó a un lado, se sacó el móvil del bolsillo con delicadeza, llamó a alguien y comenzó a discutir con vehemencia con su interlocutor. Al terminar, se acercó a ella y, moviendo los labios nerviosamente, le dijo:

—Lo siento, pero mi marido no puede venir, hoy. ¿Puedo llamarla más tarde?

—Naturalmente —respondió ella.

Michael se dirigió rápidamente hacia la puerta. Catherine notó que había observado al chico con más atención de como lo hacía habitualmente con otros clientes. Aunque en sus estancias en el extranjero había leído mucho sobre personas con una orientación sexual no convencional, nunca había conocido a ninguna personalmente. Le extrañó, pero por supuesto no lo puso de manifiesto en ningún momento.

Cerca de una hora después de que se fuera su primer cliente, llegó al *loft* la siguiente visita: un afroamericano alto con la chaqueta desabrochada y una corbata brillante. La camisa blanca de Christian Dior resaltaba su piel oscura y le otorgaba una elegancia especial. Catherine sonrió para sus adentros recordando a su anterior cliente. El hombre la saludó educadamente, dejó en el suelo el maletín que llevaba y observó la sala. A continuación, se sacó una tarjeta de visita del bolsillo de la chaqueta y se la dio. Decía así: «Steven Morrison, asistente del senador B. Obama, Illinois». Catherine le correspondió con su tarjeta.

Entendió enseguida que no podía perder a ese cliente e ideó inmediatamente un plan para conseguirlo. La mujer volvió a leer con atención lo que había escrito en la tarjeta y comentó:

—Por desgracia no he ido nunca a Illinois, y el señor... —Catherine hizo una pausa y Morrison terminó la frase por ella diciendo:

—Barack Obama...

—Sí, sí, tampoco conozco al senador Barack Obama.

—Oirá hablar de él. Es un político de mucho éxito y con un gran futuro por delante.

—Yo también estoy segura de ello. Pero ¿hablamos del *loft*?

—Sí, señora.

Catherine le enseñó el estudio entero y le explicó todos los detalles. Lo hizo tan espléndidamente y con tanta convicción que Steven estaba dispuesto a llegar a un acuerdo, pero algo le detuvo. Al cabo de un minuto dijo:

—Es que me gustaría ver un par de opciones más...

—Seguro, seguro —dijo ella—. Solo quería comentarle algo más. Adivino que usted es una persona muy ocupada y cada hora cuenta. Está aquí de viaje de trabajo y no dispone de mucho tiempo..., así que quería comentarle que de hecho también soy diseñadora profesional, por lo que podríamos aprovechar además para hablar de las soluciones de diseño para el apartamento. Le ahorraría mucho tiempo, ¿verdad?

—Me parece muy bien.

El rostro de Steven se iluminó con una encantadora sonrisa. Permaneció en silencio por unos instantes y añadió:

—¿Sabe qué creo? Que me costará ver algo mejor que este *loft*; así que me ahorraré el tiempo de visitar otros lugares.

Morrison firmó el contrato preliminar y dio por terminada la visita, aunque, en realidad, la relación acababa de empezar. Ella debía regresar a casa sin demora para recoger a los gemelos, por lo que después de ponerse de acuerdo con Steven para el próximo encuentro se apresuró a coger el coche.

Georges volvió cansado a casa por la tarde. Los niños jugaban animados ante el ordenador y la pareja decidió cenar al aire libre. No hacía mucho tiempo que habían comprado una mesa y unas sillas para el patio de detrás de la casa, de modo que, con el buen tiempo, podían descansar ahí con una cerveza en la mano y discutir sobre cuestiones urgentes de las que no era recomendable hablar dentro de la casa. Como siempre, los móviles se quedaron en el interior. Una vez terminada la cena, Georges recogió los platos y mientras tanto preguntó a su mujer:

—¿Cómo te fue el día?

Le comentó que había conocido al asistente del senador Obama. Tras una breve reflexión, decidieron que en la próxima sesión de comunicación era necesario informar al Centro, para saber cuáles eran sus recomendaciones sobre un posible trabajo con esa persona.

Georges fue a la cocina, pero justo en ese momento sonaron en la casa los acordes del himno de la Unión Soviética. O de Rusia, ya que la melodía era la misma. La pareja se quedó helada del susto, y Catherine entró en casa a toda prisa. Su marido corrió detrás de ella, pero enseguida se calmó al verla con una sonrisa en la cara.

—¿Qué ha pasado? —preguntó Georges.

—Como para tener un ataque al corazón —dijo ella con una sonrisa—. Los niños están jugando a un videojuego y Peter juega con Rusia. Ha ganado él y ha sonado el himno en honor del vencedor.

—Una cosa así no me la podía esperar. Todavía me duele el corazón.

Un episodio insignificante de la vida cotidiana revelaba una vez más la permanente tensión a la que se veían sometidos los agentes ilegales.

—De acuerdo —continuó Georges—. Hoy yo también traigo noticias. Han decidido incluirme en el grupo que analiza la situación económica de Rusia y desarrolla estrategias para influir en su situación financiera. En la reunión de trabajo ha intervenido un miembro del Departamento de Estado y el representante del Pentágono era... Robert Green.

—¿De verdad? —dijo Catherine sorprendida.

—Tal como te lo digo. Esto confirma una vez más mis sospechas sobre sus actuales responsabilidades. Pero de eso, mejor no hablemos ahora. Todo es aún mucho más complejo y peligroso. Mi supervisor ha comentado que la primera etapa de su plan había tenido éxito.

—¿De qué hablaba?

—Sobre la privatización de las grandes corporaciones industriales y de las materias primas de Rusia.

—¿Te refieres a las llamadas «subastas»?

—Exacto. Eso ocurre cuando el Estado ingresa depósitos de dinero en cuentas bancarias y a cambio recibe crédito de esos mismos bancos. Por lo tanto, los préstamos otorgados al Estado proceden de sus propias arcas. Cuando no pueden devolverse, se ofrecen como garantía las acciones de las grandes compañías estatales. A continuación, estas acciones se subastan y acaban por adquirirse a precios muy bajos por empresas «pantalla» de los mismos bancos.

—Sí, lo recuerdo. Me lo contaste —confirmó Catherine.

—Si haces un poco de memoria, recordarás que este concepto ya lo desarrolló hace seis años Boris Jordan, un especialista en inversiones, antes de mi llegada a Virginia Analytics. Ahora él es uno de los grandes hombres de negocios que hay en Rusia. Por cierto, es de origen ruso.

—Interesante, y ¿después qué?

—Y después... después se nos indicó que hiciéramos una predicción sobre la parte de los ingresos fiscales derivados del petróleo y el gas que se destinará a los presupuestos consolidados de Rusia en los próximos cinco años, teniendo en cuenta los cambios en los precios del mercado en dólares. La información inicial la recibiremos de otra organización, aunque sospecho que nos llegará directamente de los servicios secretos de la DIA (Agencia de Inteligencia de Defensa). No puede ser de otra manera, puesto que la organización que realiza el encargo y el propio contrato se mantienen en riguroso secreto.

—¿Para qué crees que servirán estos cálculos?

—Eso es lo que tenemos que averiguar. Puedo tratar de aclarar la situación a través de Robert, aunque ya tengo una idea muy formada —dijo pensativo Georges. Y añadió—: Si no estoy equivocado, muy pronto se debería producir un aumento drástico en los precios de la energía.

Catherine no preguntó nada más.

—Entremos en casa. Es la hora de llevar a los niños a la cama.

—Vamos. Tenemos una sesión de comunicación mañana y hay que explicarlo todo urgentemente.

Al día siguiente enviaron un extenso mensaje codificado al Centro, donde informaron acerca del encuentro con Steven Morrison, el asistente del senador, y sobre el nuevo encargo que había recibido Georges en Virginia Analytics. Fue a partir de ahí que, por primera vez, el Centro informó al Kremlin de la existencia del senador Barack Obama como un político prometedor que podía aspirar a la presidencia de Estados Unidos. Pero el color de su piel hizo que nadie se lo acabara de creer.

33

Vuestro afable banquero es un sicario económico.

JOHN PERKINS, economista estadounidense

Cuando un agente de inteligencia tiene la responsabilidad de mantener informados a los dirigentes de su país, está obligado a realizar un trabajo de análisis diario y sin pausa. A menudo, semejante tarea acaba por cautivarle de la misma manera que un proceso creativo ocupa por completo la vida de un escritor o un artista, absorbiendo por completo su concentración y sus pensamientos. Desde el instante en que Georges comenzó a trabajar en Virginia Analytics, se dio cuenta de que su trabajo encubierto requería mucha creatividad e inteligencia. El nivel que alcanzó su investigación, tras convertirse en el mejor especialista en el área europea, se correspondía sin duda al de un título de doctorado. La labor de análisis en Virginia Analytics estaba muy estructurada, de manera que cada empleado o grupo de empleados llevaba a cabo su investigación sin que conociesen ni entendiesen el objetivo último del equipo completo. Y de manera muy especial, eso era así cuando se trataba de contratos con servicios de inteligencia del Gobierno.

Las reflexiones y suposiciones de Georges sobre el actual desarrollo de la economía y sobre la demanda de petróleo se contradecían, en ese momento, con las tendencias imperantes en los mercados de valores. Confiaba en que una próxima conferencia internacional sobre el análisis de la producción global de energía le aportaría más claridad para comprender mejor la situación. Sin embargo, circunstancias imprevistas alteraron sus planes por completo.

El simposio, que había generado tantas expectativas, debía celebrarse en uno de los auditorios del edificio del Banco Mundial. Se decidió llevarlo a cabo en este lugar tan emblemático porque se esperaba la presencia en la conferencia internacional de algunos altos dignatarios de todo el mundo. Algunos estados, como Azerbaiyán, asistirían con sus máximos dignatarios. Georges esperaba conseguir contactos e informaciones valiosas en la conferencia, así que se preparó a conciencia. Llevaba consigo una cámara compacta para tomar fotografías de las diapositivas que proyectarían los conferenciantes en la gran pantalla. También preparó una grabadora. Llegó de los primeros y, como la sala estaba casi vacía, pudo sentarse en la parte central de la primera fila.

Mientras esperaba que comenzara la conferencia, sacó algunas hojas de papel y escribió las preguntas que quería formular a algunos participantes, que ya iban llegando a la sala. El moderador del encuentro apareció también en el estrado para ayudar a los conferenciantes a tomar asiento en los sitios asignados. Por fin, cogió el micrófono y comenzó a presentar a los expertos uno por uno, para luego quedarse sentado. Unos instantes después, volvió a levantarse.

—Estimados colegas, demos la bienvenida al presidente de Azerbaiyán, Heydar Alíyev.

Todo el público se puso en pie para aplaudir. Georges vio a Alíyev y su séquito cuando ya se acercaban al estrado y se quedó petrificado. Entre los miembros de la delegación vio a alguien que conocía muy bien. Encontrárselo aquí podría causarle muchos problemas. No le quedaba otra alternativa que salir de la sala sin llamar la atención lo antes posible, pero ahora mismo no podía hacerlo porque el grupo de Alíyev estaba pasando justo por delante de la primera fila y cada vez se acercaba más a su sitio. Georges agachó la cabeza, mientras seguía atentamente la mirada del hombre que conocía. De repente dejó caer una carpeta de papeles al suelo y se agachó para recogerla. Cuando se incorporó, ya solo podía ver la espalda de las personas que acompañaban al presidente. Los siguió a todos con la mirada hasta que llegaron al estrado, y entonces aprovechó para dirigirse hacia la salida.

Cuando llegó a casa, se encontró a Catherine en la cocina preparando una ensalada de patatas para el pícnic del día siguiente. Habían invitado a sus vecinos, los Verne, y a la familia Green.

—Hola, Georges, llegas muy pronto, ¿verdad? ¿Ya se ha terminado la conferencia?

—No —respondió preocupado.

Aparentaba calma, pero ella notó enseguida que su marido estaba alterado.

—¿Qué te ha pasado, querido? ¿Estás preocupado por algo?

—Ha pasado que... —dijo él, pero se detuvo.

—¿Qué ha pasado? —insistió Catherine. Georges no dijo nada, pero miró a su mujer de manera muy expresiva. Ella lo entendió—. Salgamos a la calle con los niños. Están en el césped, detrás de casa, jugando con la hija de los vecinos.

Catherine puso la ensaladera y el paquete de hamburguesas en la nevera y salieron con dos latas de cerveza. Solo cuando estuvieron en el patio, Georges se decidió a hablar:

—He sido uno de los primeros en llegar a la sala de conferencias y me he sentado en uno de los mejores lugares de la primera fila. El público ha ido tomando asiento hasta que el moderador anunció que la delegación de Azerbaiyán estaría encabezada por el presidente Heydar Alíyev y que en unos minutos haría entrada a la sala.

—¡Caramba! —se sorprendió ella.

—Eso ya lo sabíamos antes de empezar. —Georges dio un

trago—. La sorpresa fue otra muy distinta... porque entró Alíyev, pero a su lado... quizás como parte de la delegación política o de su seguridad personal... ¿sabes quién había? Alik Gasánov.

—¿Quién es?

—Ya te hablé de él hace mucho tiempo. Nos adiestramos juntos en las fuerzas especiales. ¿Recuerdas cuando me llamaron para realizar la formación militar? Teníamos las camas juntas. Lo reconocí de inmediato, pero, afortunadamente, él no tuvo tiempo de notar mi presencia..., así que salí del auditorio a toda prisa —dijo compungido Georges.

Con la caída de la Unión Soviética en 1991, cuando las fronteras de Rusia se abrieron y la gente empezó a viajar más a menudo, la posibilidad de encontrarse con viejos conocidos de esa vida anterior evidentemente aumentó. Sin embargo, era poco probable que estos encuentros casuales provocaran el fracaso de una misión. Catherine y Georges siempre estaban listos para ignorar a alguien, actuar con rapidez o encontrar una salida adecuada, siguiendo siempre una norma fundamental de un agente de inteligencia: un ilegal es siempre responsable de su propia seguridad.

Georges se quedó en silencio un momento, dio otro trago y cambió bruscamente de tema:

—¿Sabes? Algo no va bien... porque si el precio del petróleo estuviera subiendo, todo me parecería más razonable. Pero justamente está ocurriendo todo lo contrario.

—Hablas de una manera enigmática. No te entiendo.

—Solo estaba pensando en voz alta.

—Quizás podrías hablar con Bob de esto.

—Creo que sí. Le diré que no me cuadran los cálculos... Le pediré ayuda y veremos después hacia dónde deriva la conversación. —Georges miró a su mujer y añadió decidido—: No veo más salida.

A la mañana siguiente, aunque era un día lluvioso, decidieron no cancelar el pícnic. Solo se trasladaron del césped al patio, donde estaban protegidos por un toldo y, en lugar de cerveza, abrieron una botella de vino tinto. La lluvia no molestó a los invitados y Greg aseguró que los caprichos del tiempo no iban a estropearle la agradable conversación. Para no mojarse, ofrecieron un impermeable a cada invitado y una chaqueta cortavientos con capucha para cada niño.

Catherine estaba ocupada explicando a sus amigas las últimas tendencias en interiorismo y en los colores de moda. Greg, el vecino, que no conocía a Robert y tampoco tenía mucho contacto con Georges, prefirió hacer compañía a las mujeres y se adjudicó el papel de chef para preparar las hamburguesas a la plancha y las salchichas de Frankfurt que los niños adoraban. Un aroma delicioso comenzó a extenderse por el jardín.

Georges se quedó a solas con su amigo Bob y, tras felicitarle por su reciente ascenso al grado de coronel, dijo como por casualidad:

—Bob, estos días he llegado a dudar de mi capacidad para llevar a buen término mi último proyecto.

—¿Por qué dices eso? Nadie duda de tus cualidades. —Su amigo parecía sinceramente sorprendido.

—Mis cálculos sobre la producción y el precio del petróleo no coinciden con lo que está sucediendo ahora mismo en los mercados internacionales. Por esta razón, me resulta imposible prever los efectos económicos que tendrá todo ello sobre Europa en un futuro próximo.

—¿Qué es lo que te confunde exactamente? Un momento —dijo Robert y fue hasta la mesa a buscar dos copas de vino. Le dio una a Georges y preguntó—: ¿Qué sucede?

—De acuerdo con mis cálculos, el precio, por ejemplo en Rusia, ya debería haber empezado a subir, pero está ocurriendo todo lo contrario.

—¿Has intentado analizar los acontecimientos políticos recientes? —preguntó Bob.

—No, estaba más preocupado por la economía —respondió Georges confundido.

Georges era muy astuto. Hacía tiempo que ya lo había hecho y tenía su propia explicación sobre la reacción anómala del mercado energético. Sin embargo, quería oír la opinión del coronel.

—Si te acuerdas, una de las razones del colapso de la Unión Soviética fue el precio tan bajo del petróleo. ¿De verdad te crees que los precios no habían sido manipulados y que para los americanos todo fue cuestión de suerte? —preguntó Bob.

—¿No fue así?

—Pues no. Las reglas del mercado están muy bien, pero siempre hay maneras de reequilibrar... en caso de extrema necesidad —se rio Bob.

—De acuerdo... Eso significa que, de nuevo, nos encontramos ante una extrema necesidad.

—Absolutamente —respondió el coronel con alegría y precisión militar.

—¿Y qué hago ahora con mis previsiones y mis cálculos? —suspiró Georges.

—Pronto todo volverá a la normalidad, cuando Rusia aumente el volumen de producción energética. Esta es la predicción que hiciste, ¿verdad?

—Exacto —dijo Georges satisfecho. Y tras una pausa añadió—: A diferencia de lo ocurrido con la Unión Soviética, ¿es que ahora hemos decidido ayudar al actual presidente ruso?

—En absoluto —se echó a reír el coronel—. El presidente ya dispone de suficientes «consejeros» para ello, especialmente, en el sector del petróleo y el gas. Jovanski, por ejemplo. ¿Has oído hablar de él? Todo se hará a través de él.

De repente oyeron a Leslie que les llamaba:

—¡Acercaos chicos! ¡Todo está a punto!

La conversación con Bob se interrumpió, pero con eso ya tenía suficiente. En ese momento, Georges entendió que todo formaba parte de una cadena lógica de acciones que estaban destinadas a provocar el colapso de Rusia. Sus predicciones debían servir para determinar el momento del inicio y, sobre todo, el punto culminante de la operación especial estadounidense.

Aunque el precio de los recursos energéticos había disminuido entre 22,8 dólares y 22,4 dólares de media por barril en comparación con el año 2000, la contribución de los beneficios procedentes de la venta del petróleo en el presupuesto ruso había crecido hasta convertirse en la mitad del total. Dependía, por tanto, en gran medida de los ingresos derivados del petróleo y el gas.

Cuando el pícnic llegó a su fin, salió el sol y los amigos todavía pudieron compartir un rato agradable bajo el cielo azul. Georges, visiblemente de buen humor, se acercó a su mujer, le dio un beso y le dijo en voz baja:

—Lo he entendido todo. Debemos enviar esta información inmediatamente al Centro. Se trata de una cuestión muy importante.

Más tarde esa noche, le dio más detalles:

—Te lo explico en pocas palabras: el presupuesto ruso depende en gran medida de los ingresos procedentes de la venta de energía. Si el precio del petróleo baja artificiosamente, los ingresos presupuestarios reales se ven reducidos hasta un punto crítico. Para evitar impagos, Rusia se ve obligada a aumentar la exportación de energía. Cuando el precio del petróleo comience a subir, el peso de los beneficios del petróleo todavía tendrá más peso en el presupuesto del Estado. Bajo estas condiciones, los magnates del petróleo tendrían el poder de dictar sus políticas a nuestros gobernantes. En un futuro, podrían vender legalmente las acciones de sus compañías a, por ejemplo, una compañía estadounidense como Chevron. De este modo, existe la posibilidad real de que gradualmente el presupuesto de Rusia quede en manos de Estados Unidos.

—Queda claro —dijo Catherine con los dientes apretados.

El mensaje encriptado enviado al Centro decía así:

«Tal como hemos conocido a partir de una fuente cercana a la Agencia de Inteligencia del Departamento de Defensa estadounidense, en los próximos meses, sus servicios secretos llevarán a cabo acciones para intentar transferir capital procedente de la producción energética directamente al presupuesto consolidado del Estado ruso. En una primera fase, se produciría la fusión de las grandes compañías petroleras rusas. En una segunda fase, la parte mayoritaria de la nueva compañía, lo suficientemente grande como para tomar el control, se vendería o se transferiría a una petrolera estadounidense. El principal responsable del diseño y ejecución del plan es presumiblemente Aleksander B. Jovanski».

34

La desgracia puede servir como prueba de verdadera amistad.

Esopo, fabulista griego

Se trataba de un día como otro cualquiera en la rutina de un centro comercial y de entretenimiento de uno de los barrios más elegantes de Washington. Era un día entre semana, había pocos clientes y la mayoría de las tiendas estaban vacías. Algunos visitantes habían decidido descansar en pequeñas cafeterías y pastelerías. Las parejas de enamorados preferían el cine. Catherine paseaba por la tercera planta. Andaba despacio, sin prisa; entraba en las tiendas; de vez en cuando miraba el reloj; y, desde arriba, dirigía su mirada hacia la planta baja. Estaba a punto de aparecer la mujer con la que debía encontrarse. En el último mensaje codificado del Centro había instrucciones detalladas para una «transferencia instantánea». El lugar y la hora habían sido escogidos con sumo cuidado. El centro comercial disponía de una salida de incendios junto a las escaleras mecánicas que permitía acceder a pie a las otras plantas. La escalera de incendios no tenía cámaras de vigilancia y, además, no la usaba nunca nadie, aunque fuese accesible a todo el mundo. En estas escaleras, entre la planta baja y la primera planta, en pocos minutos Catherine debía recibir el «contenedor» con unos dispositivos de escucha minúsculos en su interior.

Bajó hasta la primera planta y se detuvo ante el parapeto, miró hacia abajo y después se fijó en el reloj que formaba parte de la instalación decorativa del centro de la sala. Faltaban tres minutos para la hora acordada. Giró la bolsa de plástico que llevaba en la mano, para que fuera bien visible el nombre de la tienda escrita en francés.

A la hora señalada, una chica vestida con un traje pantalón de color beige entró en el vestíbulo de la planta baja. Aparentaba poco más de veinte años. Pelirroja, con los labios pintados de color escarlata, su atractiva juventud hacía que no pasara desapercibida. Llevaba lo que parecía ser un paquete con la marca de una óptica de la ciudad. Era la chica que debía entregar el contenedor a Catherine.

La juventud de la chica le sorprendió mucho, pero no perdió la calma. Le parecía que una oficial del SVR con tan poca experiencia no podría hacer frente a la tarea encomendada. Además, todo el riesgo recaía en Catherine, precisamente, porque la chica seguro que tenía pasaporte diplomático y gozaba de inmunidad. Sin embargo, ya no había nada que hacer y debía llevar a cabo la misión rápidamente. Aguardó a tener contacto visual con la pelirroja y enseguida se dirigió hacia la salida de incendios. Miró hacia abajo para determinar exactamente el punto de encuentro situado en el tramo de escaleras entre los dos pisos. Se quedó inmóvil hasta que oyó el sonido de los tacones de la chica sobre las baldosas de los escalones, y entonces comenzó a bajar las escaleras. El paquete que llevaba la chica en su mano izquierda era una funda de gafas. Catherine se echó ligeramente a un lado, cogió la funda de la mano de la chica sin detenerse en ningún momento y siguió escaleras abajo. Por un instante, sus miradas se encontraron, pero las dos mujeres se separaron aquí, para no volver a verse nunca más.

Georges vio llegar a su mujer desde la ventana y salió al porche a recibirla. Hacia el exterior siempre aparentaba tranquilidad, pero Catherine sabía que estaba preocupado. A lo largo de estos años, a ella le había tocado llevar a cabo este tipo de misiones una decena de veces, pero su marido nunca dejaba de preocuparse por ella. En estas ocasiones, tenían un acuerdo tácito para que Georges dejara a los niños en casa de los vecinos. Al fin y al cabo, en el transcurso de estas misiones, siempre podían surgir circunstancias extraordinarias que requirieran una conversación urgente de la pareja a solas.

Afortunadamente, sus vecinos, Amanda y Greg, eran muy amables, y aunque la relación con ellos era muy buena, todo era mérito de los esfuerzos de los dos agentes ilegales. No se les pasaban por alto las debilidades de las personas que les rodeaban, agradecían siempre la amabilidad de los demás hacia ellos y respondían siempre con empatía y cordialidad. Era una especie de obligación profesional, debían dejar siempre una buena impresión de ellos mismos sobre el resto de la gente, independientemente de quiénes fueran las personas con las que tenían que tratar; aunque fuesen amistades pasajeras.

Mirando fijamente a los ojos de su mujer, Georges entendió que todo había ido bien y entraron juntos en casa. Al día siguiente, el 11 de septiembre, Catherine tenía una cita con el nuevo propietario del *loft*, Steven Morrison, el asistente del senador, pero los planes se vieron interrumpidos de forma inesperada.

11 DE SEPTIEMBRE DE 2001.
CRONOLOGÍA DE UNOS TRÁGICOS ACONTECIMIENTOS:

A las 08.46 h, cinco secuestradores estrellaron un avión Boeing 767 de la compañía American Airlines, procedente de Boston con destino a Los Ángeles, contra la torre norte del World Trade Center de Nueva York, entre los pisos 93 y 99. A bordo había 81 pasajeros y 11 tripulantes.

A las 09.03 h, otros cinco secuestradores estrellaron un Boeing 767 de la compañía United Airlines, procedente también de Boston y destino a Los Ángeles, contra la torre sur del World Trade Center, entre los pisos 77 y 85. A bordo viajaban 56 pasajeros y 9 tripulantes.

A las 09.37 h, un avión Boeing 757 de la compañía American Airlines, procedente de Washington con destino a Los Ángeles, impactó contra el edificio del Pentágono, con 58 pasajeros y 6 tripulantes.

A las 10.03 h, un avión Boeing 757 de la compañía United Airlines, procedente de Newark (Nueva Jersey) con destino a San Francisco, cayó en un campo del suroeste de Pensilvania, cerca de la ciudad de Shanksville, a doscientos kilómetros de Washington. A bordo había 37 pasajeros y 7 tripulantes.

Como resultado del incendio, la torre sur del World Trade Center se derrumbó a las 09.59 h y la torre norte se derrumbó a las 10.28 h.

Perdieron la vida 2973 personas, incluyendo 343 bomberos y 60 agentes de policía. En las torres del World Trade Center murieron 2152 personas, mientras que 125 murieron en el Pentágono.

Lo primero que hizo Catherine al oír las noticias fue recoger a los niños de la escuela, y cuando regresó a casa pudo ver en directo la monstruosa imagen de destrucción de las torres en llamas en la pantalla del televisor. Creyó que estaba viendo una superproducción apocalíptica del cine. El espectáculo fantasmagórico resultaba fascinante, pero cuando comprobó que aquella tragedia humana estaba sucediendo de veras, y que no se trataba de una ficción, quedó aterrada. De pronto sonó el teléfono de casa y, sin quitar los ojos de la pantalla, cogió el aparato y contestó.

—Catherine, Catherine... —oyó llorar a Leslie Green.

—¿Qué te pasa, querida? —dijo Catherine mientras intentaba entenderla.

—¡No le encuentro en ninguna parte! No...

—¿A quién?

—A Bob. No está —dijo Leslie entre sollozos.

—Cálmate. No llores y cuéntame qué ha pasado. Si no, no te podré ayudar —respondió, tratando de calmar a su amiga. Y realmente, la ayudó.

—Bob no responde ni al móvil ni al teléfono del trabajo. El móvil no está disponible.

—¿Estaba en las torres? —pidió Catherine.

—¡No! Bob estaba en su despacho del Pentágono. Unos minutos antes de la explosión aún pude hablar con él, pero ahora el teléfono no está disponible.

—No te preocupes. ¿Tu hija está contigo? —preguntó Catherine.

—Sí, sí.

—Cógela y vente a casa. Ten cuidado cuando conduzcas. Mientras tanto, llamaré a Georges y él sabrá lo que podemos hacer —la tranquilizó su amiga, aunque le daba miedo lo que le hubiera podido pasar a Bob.

Temía que Bob hubiera perdido la vida en la horrible tragedia. Pero Catherine se serenó enseguida, cogió el teléfono y marcó el número de Georges. Le respondió al momento. Su mujer le contó lo que estaba pasando y él le prometió que usaría todos sus recursos para averiguar algo.

Una hora más tarde, en lugar de llamar, Georges se presentó en casa directamente. Leslie y su hija ya habían llegado. No pudo ni entrar; las dos amigas se levantaron y fueron a su encuentro para saber qué noticias tenía. Esperaron nerviosas a que hablara.

—Bob está vivo —dijo desde la puerta.

Leslie rompió a llorar de alegría, mientras que Catherine respiró aliviada.

—Hay más novedades, sin embargo —continuó Georges—. Está herido y ahora se encuentra ingresado en el hospital. Su vida está fuera de peligro.

Las dos mujeres se prepararon para ir a ver a Bob enseguida, pero las detuvo.

—No debéis ir a ninguna parte. Ahora no es posible verle, pero mañana quizás sí. Os lo repito: está fuera de peligro. Han localizado a Bob enterrado bajo los escombros y lo han podido sacar antes de que se derrumbara aquella parte del edificio.

Al oír aquellas palabras, Leslie aún lloró más, y Catherine se sentó a su lado para abrazarla y calmarla.

A pesar de la tragedia que había tenido lugar y el drama que vivían a su alrededor, su deber era continuar trabajando. Catherine dijo que le había surgido una urgencia en el trabajo y se fue al apartamento que había vendido al asistente del senador. La reunión que tenía se había cancelado y, precisamente por eso, esta era una magnífica oportunidad para instalar los dispositivos de escucha, tanto en el teléfono del estudio, como en la parte inferior del alféizar de la ventana de la sala de estar. Lo tenía todo pensado; en caso de que el nuevo propietario apareciera en el *loft* por sorpresa, traía algunos bocetos consigo del diseño del apartamento y los colocó en lugares destacados de la sala.

Al día siguiente, las dos amigas se fueron al hospital a ver a Bob, pero no las dejaron entrar en su habitación. Los médicos aseguraron que todo iba por buen camino. Los días siguientes, Leslie y su hija se quedaron en casa de los Gauthier. Catherine y Georges las rodearon de atenciones y les ofrecieron todo lo que necesitaron.

El coronel Green mejoró progresivamente. Su jefe murió en el ataque, y él asumió su puesto. Estuvo muy agradecido a Georges y a Catherine por el apoyo que dieron a su mujer y a su hija. Posiblemente por este motivo, un día, con una jarra de cerveza en la mano, Bob se sinceró con Georges jactándose de su tarea de recoger información de importancia vital y de preparar recomendaciones para el alto mando militar. Para Georges, la conclusión era muy clara: su amigo trabajaba para la Agencia de Inteligencia del Departamento de Defensa de Estados Unidos.

35

En el golf, como en la vida, intentar terminar con solo un golpe, cuando son necesarios dos, a menudo comporta acabar con tres.

WALTER CAMP, deportista estadounidense

Para los norteamericanos, el golf, más que un deporte, es un entretenimiento, una forma de gozar del tiempo libre. Nacido hace siglos en Escocia, este deporte ha conquistado al mundo entero, incluido el Nuevo Mundo. Hombres de negocios, funcionarios y representantes de los círculos políticos y económicos más elevados aspiran a pertenecer a algún club de golf de prestigio. La mayor parte de los miembros de esta élite consideran que el golf es la forma más adecuada para establecer relaciones estrechas con socios comerciales y para forjar relaciones de amistad con gente interesante. Georges aceptó de buen grado la invitación del coronel Green para hacerse socio del prestigioso club de golf Belle Haven Country Club. Robert se sentía orgulloso de formar parte de la alta jerarquía militar después de su nombramiento como jefe de una división de la Inteligencia del Pentágono, así que el golf, a su entender, era un atributo indispensable para la vida de las personas del nuevo círculo en el que se movía.

Fue Bob quien le dio las primeras lecciones a su amigo para luego dejarle en manos de un instructor. Georges resultó ser un alumno aventajado y se pudo unir muy pronto a los jugadores habituales. Era muy importante ampliar constantemente el círculo de conocidos, y Georges hizo el máximo esfuerzo para dominar este deporte tan poco familiar para él. Aparte de los beneficios profesionales y empresariales que pudiera aportar, el golf también tuvo un efecto positivo sobre su salud física y su bienestar psicológico. Le encantaba practicarlo y los fines de semana disfrutaba acompañando al coronel Green.

En una ocasión, en pleno agosto, se reunió el grupo de amigos para jugar. Se cambiaron de ropa; cargaron con las bolsas con los palos; y se fueron a pie hasta el *teeing ground*, es decir, el lugar de salida donde los jugadores dan el primer golpe para comenzar el partido. Decidieron no usar los carros de golf para desplazarse porque preferían caminar, aprovechando el buen tiempo, y poder admirar el paisaje bucólico de los alrededores.

—Te estoy muy agradecido, Bob, por haberme introducido en el mundo del golf —comentó, mientras admiraba los prados, los árboles y los arbustos recortados con tanto esmero.

—¡Pero al principio dudabas! —exclamó sonriendo Bob.

De hecho, la primera vez que le invitó a jugar, Georges no estaba seguro de si este deporte sería de su agrado, pero enseguida se dio cuenta de que no volvería a recibir otra invitación como aquella.

Georges estaba inmerso en sus pensamientos sin escuchar a Bob, así que, al ver a su amigo soñando despierto, le sacudió el hombro para hacerle una broma y le dijo:

—¡No me estás escuchando, Georges!

—Disculpa, amigo mío. ¡Es tan bonito este lugar!

—Además de la belleza del lugar, también tiene muchas ventajas prácticas. ¿Sabías que la mitad de los hombres de negocios reconocen que los acuerdos más importantes los cierran en un club de golf?

—¿Es así de verdad?

—Sin duda alguna.

Por supuesto que Georges lo sabía. Había estudiado todas las ventajas del golf. Consideró que uno de los aspectos más importantes, y quizás el principal del juego, era el factor psicológico. Observando el comportamiento de los jugadores en el campo, podía llegar a comprender su personalidad. Con su mente analítica y sus grandes dotes de observación, aprendió rápidamente a determinar los rasgos principales del carácter de una persona. Un jugador deshonesto en el golf en la vida es capcioso, nervioso e irascible. Vanidad, ambición, egoísmo, ausencia de principios, o sus opuestos, siempre acaban saliendo a relucir en un partido de golf. Georges usó a menudo esta destreza adquirida, para describir las cualidades de alguien de importancia para el Centro, sin necesidad de tener que conocerlo en persona. Le bastaba con observar cómo jugaba el personaje en cuestión durante un espacio de tiempo no demasiado largo. Tras algunos partidos de golf, era capaz de definir su personalidad con sumo detalle. Solo en casos especiales, por supuesto, debía recurrir al contacto personal.

Cuando llegaron a la zona de salida se encontraron con un grupo de gente que había acabado su partido y estaba metiendo su equipo en el carro de golf. Solo viendo la poca habilidad que tenían para guardar las cosas, Georges se percató de que se trataba de principiantes. Se comunicaban en inglés con su instructor, pero tenían un acento ruso muy pronunciado. Sin demostrar demasiado interés, Georges preguntó a su amigo:

—Estos sí que parecen principiantes, ¿verdad?

—¡Sí, señor! —contestó Bob con maneras militares. Y con una sonrisa continuó—: Hace poco que llegaron a Estados Unidos.

Fue en ese momento cuando dos de ellos comenzaron a hablar ruso con el acento característico del sur. Sin inmutarse, Georges se dirigió a su amigo:

—¡Serán polacos! Están hablando en polaco…

—Son ucranianos —le corrigió Bob.

—¿De verdad? ¿Qué hacen aquí? —preguntó Georges de forma completamente natural y, a primera vista, muy inocentemente.

—Estudian aquí, en la Universidad de Georgetown.

—Parecen un poco mayores para ser estudiantes.

—Son militares. Se trata de un programa especial. ¿Quieres que te los presente? —dijo Bob.

—No es necesario, más tarde. En otra ocasión —contestó Georges, aunque podría resultar de interés conocerlos.

Renunciar a conocerlos personalmente en ese momento no era ningún descuido, sino que formaba parte de un cálculo premeditado. Entendió que no resultaría nada significativo de un encuentro casual de este tipo, salvo un apretón de manos. Era más inteligente no demostrar interés. Sería mejor acercarse a ellos por medio de un instructor que conocía bastante bien, pero sin que Bob estuviera presente. Estaba convencido de que era más importante descubrir los detalles del programa de formación y, para eso, no hacía falta conocerlos personalmente.

—Como militares, sería más útil que fueran a West Point que a la universidad —bromeó Georges.

—En la academia militar solo recibirían estudios militares. En cambio, aquí, en la universidad, reciben una formación más completa —se rio Bob.

Georges abrió su bolsa de golf, eligió uno de los palos, se lo enseñó a su amigo y preguntó:

—¿Funcionará?

—Sí —respondió, y continuó con la conversación—: El título del curso es «Estrategia política y militar moderna para el desarrollo de las fuerzas armadas».

—Extraño, ¿política y militar?

—Más adelante estos oficiales participarán en la definición de la estrategia de seguridad nacional de Ucrania.

—De acuerdo... —respondió Georges, y continuó—: ¿Vamos? ¿Empezamos el partido?

En lugar de responder, Bob se fue directo al punto de salida. Georges dejó de hacer más preguntas porque con lo que había oído era más que suficiente para extraer ciertas conclusiones. En otra conversación que habían mantenido anteriormente, Bob había mencionado un documento similar de Estados Unidos que se estaba preparando en algunos departamentos del Gobierno estadounidense. Se trataba de dar respuesta a los desafíos de la época y partía de la doctrina formulada por George W. Bush: «La guerra contra el terror no se puede vencer a la defensiva. Debemos ir a la guerra contra el enemigo, destruir sus planes y enfrentarnos con las peores amenazas, antes de que emerjan».

El partido de golf se prolongó durante algo más de tres horas y se reveló de nuevo como una actividad idónea para la reflexión. Cuando volvieron al edificio principal del club, Georges y Bob coincidieron de nuevo con los militares ucranianos en la piscina. Mientras se encontraban en la ducha, a partir de las conversaciones fragmentadas que escuchó, llegó a la conclusión de que estaban preparando los documentos para la entrada de Ucrania en la OTAN. Los oficiales opinaban en voz alta, pensando que nadie de alrededor podría entender ruso o ucraniano.

Bob y Georges no se quedaron mucho rato en la piscina y, tras ducharse, Bob le invitó a la sala de fumadores, que se encontraba en el mismo edificio. Georges nunca había fumado un cigarrillo, ni mucho menos cigarros, pero no se negó. Mientras Bob le hablaba sobre las normas y los miembros del club de fumadores, él contemplaba el lugar y a los hombres con gran interés. Rápidamente llegó a la conclusión de que, si se hacía miembro de ese club, podría entablar amistad con gente interesante. Todo lo que tenía que hacer era aprender a fumar.

Los meses siguientes, Georges estudió con mucho interés la cultura del cigarro y sin darse cuenta se convirtió en un adicto; empezó a frecuentar el prestigioso club, donde hizo contactos de interés.

A última hora de la tarde, cuando los niños ya dormían, Catherine preparó un mensaje cifrado para el Centro:

«Hemos descubierto que un grupo de oficiales de alto rango ucranianos se está formando en la Universidad de Georgetown. De acuerdo con la información de que disponemos, reciben formación de los norteamericanos para la elaboración de documentos relacionados con la seguridad nacional de Ucrania y con su estrategia de acercamiento a la OTAN. El curso de especialización tiene una duración de tres meses».

Unos meses más tarde, en una reunión del Consejo de Seguridad y Defensa Nacional de Ucrania, se adoptó la nueva estrategia en las relaciones de Ucrania con la OTAN, cuyo objetivo final era su entrada en la organización militar. Y al cabo de un año, el 19 de junio de 2003, la Verjovna Rada* fijó este objetivo en la Ley sobre los fundamentos de la seguridad nacional de Ucrania.

A menudo, la información de inteligencia obtenida por los agentes no representa un avance significativo en un cierto momento, pero, en cambio, puede representar una fuente de información adicional inestimable para confirmar que las decisiones tomadas hayan sido las idóneas. Por otro lado, esa información también puede aportar nuevos elementos a los dirigentes del país para hacer los ajustes necesarios y más convenientes en su línea de actuación.

Catherine estuvo hasta casi primera hora de la mañana trabajando con el ordenador para procesar la información

* Verjovna Rada, en ucraniano, significa 'Consejo Supremo'. Es el Parlamento de Ucrania. *(N. del T.)*

que le había dejado el agente Normand en el buzón muerto. El ordenador nunca estaba conectado a Internet y contenía un programa de diseño que permitía esconder los mensajes secretos en el seno de una imagen para luego ser enviada al Centro.

36

> Para ganar por medio del chantaje, lo más importante es ser el primero en empezar.
>
> LAURA SANDI, escritora italiana

Moscú, Rusia, 2002

La desintegración de la Unión Soviética dio pie a un largo período de penurias en el país y Moscú se convirtió, por un lado, en el centro de peregrinación para nuevos empresarios y ambiciosos políticos de provincias y, por otro, en un refugio seguro para delincuentes y estafadores. Los empresarios confiaban en obtener la corona de oligarca; los políticos soñaban con ascender a las alturas del Kremlin; y los criminales no tenían aspiraciones tan elevadas, pero usaban unos medios para mejorar su vida que no encajaban en el marco de una sociedad normal.

Sin embargo, todos ellos en alguna ocasión se aprovecharon de una de las dudosas ventajas que les ofrecía la metrópolis: la oportunidad de perderse entre la muchedumbre.

Serguéi Ivánovich Potuguin, miembro de los servicios secretos, no podía ni imaginar pocos años atrás que él también se encontraría en semejante situación. En su interior, el único culpable de lo sucedido en Washington era él. Lentamente, desapareció el temor a que sus colegas lo descubrieran y, de vez en cuando, recordaba las brillantes perspectivas que el agente James Glover le había ofrecido si colaboraba con los servicios de inteligencia de Estados Unidos. Las dudas sobre si hizo lo que debía no le abandonaron nunca.

Serguéi Ivánovich pensaba cada vez más en cuál habría sido su destino si no hubiera vuelto a Moscú a toda prisa. Esa posibilidad le parecía mucho más atractiva que la vida de ahora. Aquellos desagradables incidentes que sufrió en Washington con el paso del tiempo ya no le parecieron tan graves, de modo que su huida a Moscú le resultaba ahora precipitada, puesto que quizás sobrevaloró la amenaza de una posible delación.

Inmediatamente después de su regreso a Moscú, Serguéi Ivánovich fue trasladado a otro departamento gracias a la ayuda de alguno de sus mejores amigos. Ahora trabajaba en una unidad técnica que desarrollaba y comprobaba dispositivos de seguimiento, de manera que se relacionaba con otros agentes solo para instruirlos en su uso. Para poder realizar este trabajo, recibió un entrenamiento especial en una de las divisiones del SVR. Potuguin pensó que, en este puesto, el servicio sería más tranquilo y tendría menos responsabilidades. María, su mujer, terminó un curso de gestión administrativa en Moscú y envió su currículum a la sede rusa de una de las empresas más grandes de Estados Unidos. Su inglés era muy bueno ya que lo estudió como lengua extranjera antes de su traslado a Washington, y después vivió ahí una larga temporada. No obstante, tenía pocas posibilidades de conseguirlo, ya que la competencia entre los distintos candidatos era muy grande. Oficialmente, este tipo de trabajos estaba vetado a los familiares de los miembros de los servicios secretos, si no disponían de una autorización especial de la dirección, por cuyo motivo Potuguin mantuvo en secreto las intenciones de su mujer, amparándose en el desorden y la falta de disciplina que imperaban en los servicios de inteligencia entonces.

Tras dar por terminada una reunión en uno de los «objetos», Serguéi Ivánovich volvió a casa un poco antes que de costumbre. Su mujer no había vuelto todavía y su hijo mayor estaba en su habitación sentado frente al ordenador. Se cambió de ropa para estar más cómodo y entró en la cocina. Sin esperar a su mujer, decidió preparar un par de bocadillos. Después de cortar el pan, puso una *turka** con café en los fogones. Mientras vigilaba el fuego, abrió la nevera. Justo en ese momento llamaron a la puerta suavemente. Pensó que era su mujer, que no quería utilizar las llaves. Se asomó al pasillo y llamó a su hijo:

—Liosha, abre la puerta. ¡Tu madre ha vuelto a casa!

—Papá, estoy preparando los exámenes —bromeó el adolescente.

—¡Venga, rápido! Tengo el café en el fuego... —dijo, apremiando a su hijo.

De repente, se oyó la puerta que se cerraba.

—¿Quién es? —preguntó Serguéi Ivánovich, pero como respuesta solo oyó un murmullo inaudible—. ¿Qué es esto? ¿Quién hay ahí? —Miró por el pasillo y vio cómo un hombre de aspecto fuerte, con la cara cubierta por un pasamontañas negro, se dirigía hacia él, mientras empujaba a su hijo y le ponía el cañón de una pistola en la cabeza—. ¿Quién eres? —murmuró con la voz encogida por el miedo.

—¡El cartero Pechkin!** —gruñó el extraño, y lanzó al chico al suelo.

Solo entonces vio a un segundo hombre que también llevaba un pasamontañas. El primero de ellos presionó la pistola contra la mandíbula de Serguéi Ivánovich y dijo:

—¿Dónde está el dinero? ¿Dónde tienes los dólares?

* Una *turka* es una cafetera de cobre o aluminio utilizada en Rusia para preparar el café turco. *(N. del T.)*

** El cartero Pechkin es un personaje infantil de ficción muy popular, creado por el escritor ruso Eduard Uspenski. *(N. del T.)*

—No toques a mi hijo —dijo Serguéi Ivánovich.

—¡No te lo diré dos veces! —masculló el desconocido.

Potuguin señaló con la cabeza la caja fuerte, que estaba abierta. El hijo se tumbó en el suelo encogido de miedo, se cubrió la cabeza con las manos y rompió a llorar. El segundo atracador pasó por encima de él y se dirigió hacia la caja fuerte.

—¡A tierra! —ordenó uno de ellos.

Serguéi Ivánovich giró la cara y sintió el metal frío de la pistola en la nuca.

—Ahora te mataré —susurró el asaltante.

Potuguin no tuvo tiempo ni de asustarse, y oyó inmediatamente:

—Es broma. Vivirás.

Mientras tanto, el segundo atracador vació la caja fuerte. Cogió, de entre los billetes de rublos, un paquete de dólares. Y gritó:

—Eso es todo. ¡Vámonos!

—Antes de irnos… —dijo el otro, y se volvió hacia Potuguin—: Tengo una carta para ti. —Le puso un sobre cerrado delante de la cara y dijo riendo—: Ya te he dicho que era el cartero.

Un aterrorizado Potuguin mantuvo los ojos cerrados y solo cuando oyó que la puerta se cerraba detrás de los dos asaltantes, se levantó y se agachó enseguida ante su hijo para ayudarle a incorporarse con las manos aún temblorosas. De la cocina salía humo y olía a café quemado.

El chico se quedó llorando, acurrucado en un rincón del sofá, mientras su padre fue a la cocina y echó el café turco en el fregadero. Después de llenar un vaso de agua, volvió a la habitación donde estaba sentado su hijo y le dio el vaso. De pronto, se dio cuenta de que tenía que llamar a la policía y empezó a buscar el móvil con la mirada. Fue entonces cuando vio el sobre tirado en el suelo.

Lo abrió y sacó un mensaje. Era muy breve:

«Dentro de tres días, el 14 de julio a las cuatro de la tarde, te espero cerca de la iglesia del Icono de la Virgen de Kazán en el parque Kolómenskoye».

La carta estaba firmada por James Glover.

Potuguin montó en cólera. Entendió que el asalto a su casa había sido organizado por el norteamericano. La puerta principal se volvió a abrir y apareció María. Se quedó de piedra cuando vio a su hijo llorando y corrió hacia él.

—¿Qué es esto? ¿Qué ha pasado? —preguntó asustada.

—Nos han robado —respondió Potuguin con calma.

—¿Ya has llamado a la policía?

—No.

—Entonces hay que llamar enseguida —dijo mientras cogía el móvil.

—No es necesario.

—¿Por qué? —dijo sorprendida.

—¿No tienes miedo por tus hijos?

—Pero ¿qué tiene que ver esto con los niños? —preguntó ella, abrazándose a su hijo.

—La han dejado los asaltantes —respondió brevemente y enseñó la carta a su mujer.

Ella la cogió, la leyó y, tras una pausa, dijo enfadada:

—Nos ha encontrado... ¿Irás?

—Claro que sí. Pero les va a costar muy caro —respondió enfadado.

—¿Qué piensas hacer? —preguntó la mujer consternada.

—Te lo diré más tarde.

Por la noche, después de beberse una botella entera de whisky antes de irse a la cama, Potuguin se quedó dormido. Últimamente se había aficionado al alcohol y en casa siempre había un par de botellas de licores caros.

El día señalado llegó con tiempo suficiente al lugar de la cita. Paseó un rato de un lugar a otro. Es difícil afirmar que Kolómenskoye sea el corazón de Rusia. Seguramente haya lugares más significativos, pero aquí, sin duda, todo el mundo, también los extranjeros, pueden sentir con una gran fuerza la pulsión mágica del alma rusa, el peso de siglos de historia, así como el poder de la fe ortodoxa. Parecía como si la inviolabilidad de la tierra rusa quedara reflejada aquí, por medio de sus antiguas iglesias y antiguas construcciones reales.

De todos modos, fueron otros los sentimientos y pensamientos que se apoderaron de Potuguin mientras paseaba por el parque. Subió a un acantilado y miró a lo lejos. Ante él se abrió un paisaje pintoresco, pero no parecía emocionarse con la belleza de las tierras rusas. Lo único que deseaba en esos momentos era que hiciera acto de presencia su amigo estadounidense. Miró a su alrededor y vio a los turistas y visitantes paseando por la parte histórica del complejo. En uno de ellos, aunque no de forma inmediata, reconoció a James Glover, que ya venía directo hacia él. Cada vez se acercaba más. Llevaba una cámara colgando, un sombrero de vaquero en la cabeza y unas gafas oscuras que no dejaban verle la mitad de la cara. No difería mucho del resto de turistas que paseaban por los alrededores de la iglesia de la Ascensión.

Potuguin fue al encuentro de James que, adivinando lo que le quería decir, agitó las manos de forma conciliadora.

—Lo siento, lo siento. Los chicos se excedieron. La mentalidad rusa nos pasó factura.

—¿¡Qué tiene que ver la mentalidad, aquí!? —estalló Serguéi Ivánovich.

—Calma, calma. No es necesario que llamemos la atención de desconocidos. —James miró a su alrededor y continuó con un tono de cierto reproche—. He venido hasta Moscú solo para reunirme con usted y me recibe de esta forma... Tampoco recuerdo que me tratase muy bien en Washington. Contaba con usted y le ayudé, pero, al final, huyó. Tuve problemas en mi trabajo por su culpa.

Serguéi Ivánovich ignoró esos reproches y le soltó todo lo

que llevaba en su interior desde hacía tres días, cuando había tenido lugar el desgraciado asalto a su casa.

—Tal como demuestra todo lo que ha pasado recientemente, hice lo que debía cuando me fui. Pero le diré algo más...

—No puedo estar de acuerdo con usted —le interrumpió James para tratar de desconcertarlo—. Usted mismo lo provocó. Pero ahora...

—Exijo total seguridad para mí y para mi familia —afirmó Potuguin con firmeza interrumpiendo a James.

Tras la irrupción de los atacantes en su casa, realmente necesitaba sentirse muy protegido. Además, quería imponerles esta condición a los estadounidenses por haber orquestado el asalto.

—De acuerdo. Nosotros podemos proporcionarle esa seguridad, a diferencia de sus propios servicios secretos —replicó con ironía James—. Le diré aún más, su esposa ya ha sido contratada, y en un puesto mucho mejor remunerado del que ella esperaba.

Tras oír esto, la indignación del teniente coronel Potuguin bajó de nivel ligeramente, pero sus exigencias no habían concluido. Sin embargo, estaba muy equivocado si creía que era él quien estaba dictando las condiciones. Muy al contrario, era su interlocutor, el agente del FBI, quien le empujaba sutilmente hacia donde él quería.

—¿Estas son todas sus exigencias? —preguntó James.

Había un ligero tono de mofa en la voz de James que no pasó inadvertido a su interlocutor.

—No —dijo inseguro.

—Lo entiendo ... —respondió James, y se sacó del bolsillo un fajo grueso de dólares envuelto en papel que puso en el interior de una bolsa de plástico para dárselo a Potuguin, que lo aceptó sin dudar—. Aquí tiene el doble de la compensación que le correspondería por todas las pérdidas materiales y morales que ha sufrido.

Serguéi Ivánovich se sintió satisfecho. Le pareció que los problemas provocados por James a su familia habían dado sus frutos, finalmente.

En realidad, fue en esta fuerte pendiente hacia el río Moscova, donde Potuguin se metió definitivamente en la ratonera. Aunque todavía no fuera consciente de ello, se había convertido en un agente muy bien remunerado, cuyo nombre en código era Racer.* Tampoco se dio cuenta de que todo ese dinero que recibía ahora y el que recibiría en un futuro debería ganárselo a pulso.

En el campanario de la iglesia repicaron las campanas para llamar a los feligreses al servicio religioso, y emergieron las ondas tristes del buen mensajero de bronce para inundar el lugar de una ligera melancolía.

* 'Corredor', en inglés. *(N. del T.)*

37

Veo demasiados liberadores, pero ningún liberado.

Aleksander Herzen, filósofo y publicista ruso

Washington D.C., Estados Unidos, 2003

Gracias al prolongado período de servicio como agentes de inteligencia en el extranjero, los Gauthier desarrollaron su propio método especial de trabajo, algo que podríamos llamar su algoritmo. No era exclusivo de ellos disponer de un método propio, pero la pareja supo idear un método basado en sus experiencias personales y en su actividad en múltiples misiones. Los Gauthier supieron muy pronto que la mera observación y la espera pasiva para recopilar información no era un método eficaz, por lo que decidieron actuar de manera muy distinta. Ambos leían con atención los artículos escritos por politólogos, tanto en la prensa como en Internet o en círculos más especializados. Ello fue posible gracias a la autoridad que George se había labrado en el trabajo con sus dos grados universitarios, uno en Europa y otro en América, que le permitían gozar de una gran reputación entre sus compañeros, quienes se le acercaban para pedirle consejo y ayuda en la preparación de sus materiales analíticos. De esta manera fue capaz de conocer gran parte de las líneas de trabajo de sus colegas. A menudo, viajaba a Europa para participar en foros y conferencias internacionales donde se trataban asuntos que contribuían a mejorar sus análisis. Los viajes constantes y los cambios de huso horario afectaron a su salud, pero eso no le impidió mantener una actividad frenética.

Catherine, de vez en cuando, conseguía información útil de las conversaciones telefónicas del asistente de Obama con sus círculos de confianza. Desde que el jefe de Morrison se había convertido en senador federal, la relevancia de la información obtenida a través de los dispositivos instalados en su *loft* aumentó de grado. La recuperación de la información almacenada en esos dispositivos suponía siempre un riesgo, especialmente cuando era necesario cambiar las baterías. Para hacerlo posible, tuvo que mantener el contacto con Morrison para, de vez en cuando, elegir algún momento en que se ausentase de la ciudad y así poder descargar la información.

Sin duda alguna, el progreso tecnológico había contribuido a facilitar el trabajo de los agentes para descifrar, almacenar y transmitir información al Centro. Pero esa misma tecnología también limitaba más las posibilidades de discutir sobre ciertos aspectos del trabajo de manera segura. Ahora era imposible mantener conversaciones en casa o en la calle si llevaban los móviles encima, por lo que los Gauthier se reunían cada sábado, cuando ninguno de los dos había salido de viaje, para intercambiar noticias y analizar los resultados de la semana. Era como una reunión de trabajo para ellos. Si el tiempo lo permitía, se reunían en torno a la mesa del jardín o en otros espacios abiertos, si salían con sus hijos.

Un domingo de principios de primavera, cálido y soleado, los Gauthier decidieron pasar el día en el parque de Rock Creek. Terminado el invierno, los parques infantiles y las áreas recreativas se llenaban de gente, así que la pareja tuvo que dedicar un poco más de tiempo para encontrar un lugar discreto que estuviese cerca del parque infantil que habían escogido Peter y Paul. En esta ocasión los agentes tenían cosas importantes que discutir.

El fin de semana anterior, prácticamente todos los empleados de Virginia Analytics habían ido a pasar el día en familia a un parque para celebrar el aniversario de la compañía. La dirección había organizado una barbacoa, con actividades de recreo que incluían la presencia de payasos y magos para mayor diversión de los niños.

Georges y Catherine también se prepararon para la celebración a su manera. Se habían marcado como objetivo entablar contacto con Jack Sajjadi, un analista de origen iraní que trabajaba para Virginia Analytics en conflictos de Oriente Medio. Cuando estaba en la empresa, Georges nunca encontraba la oportunidad para acercarse a él. Pensaron que el momento idóneo para hacerlo sería la celebración de la empresa, por lo que hizo todo lo posible para que fueran presentados y empezar algún tipo de contacto. Los últimos acontecimientos en Irán, Irak y Libia le hacían creer que era en estos países donde los intereses de Estados Unidos y Rusia acabarían enfrentándose, razón por la cual era de gran importancia conocer toda la información sobre posibles objetivos y planes de Estados Unidos en esa región.

La pareja había estado comentando desde hacía unos días su estrategia de aproximación, pero sus planes se echaron a perder inesperadamente. Habían planeado establecer el primer contacto a través de los hijos de Sajjadi, con la ayuda de Peter y Paul, pero el analista se presentó a la barbacoa sin su familia. Fue necesario improvisar. No era la primera vez que les tocaba hacerlo, por supuesto. Los hijos de los empleados se lo pasaban en grande subiendo a las atracciones y riéndose con los trucos de los payasos y los magos. El olor de la carne a la parrilla se hacía muy presente. Peter y Paul corrieron a contemplar al artista que pintaba las caras de los niños con maquillajes de colores. Mientras tanto, Jack Sajjadi, con un vaso de vino en la mano, conversaba animadamente con dos matrimonios que tenían a sus hijos jugando a su alrededor.

Los Gauthier intentaban encontrar una forma para acercarse, cuando apareció Paul muy contento con la cara pintada como un cachorro de tigre. Sus padres se cruzaron las miradas y, sin necesidad de decirse nada, supieron lo que había que hacer. Georges se fue hasta el grupo de Sajjadi, mientras que Catherine se quedó esperando para unirse a ellos más tarde. Cogió de la mano a su hijo y se fue a las atracciones, justo delante de un grupo de niños donde estaban los hijos de los conocidos de Sajjadi. Cuando estuvieron justo a su lado, Catherine les enseñó la cara de Paul a los niños.

—¡Mirad qué tigre ha venido a veros! ¿Queréis ser como él?

La reacción de los niños era previsible, tal y como ella había calculado.

—¡Sí, sí! —gritaron, y corrieron hacia sus padres para pedirles que los acompañasen a maquillarse.

De esa manera, Georges se quedó a solas con Jack Sajjadi. Después de un breve intercambio de palabras acompañado por una sonrisa, Georges elogió sutilmente los artículos de análisis publicados por Sajjadi, que había estudiado detenidamente el día anterior. Y le hizo la siguiente reflexión:

—Oye, Jack, estoy preparando un informe muy completo que he titulado «Los contornos de un futuro problemático». Intento predecir tendencias y oportunidades de desarrollo económico en regiones relevantes de la economía mundial, y por supuesto, aquí incluyo Oriente Medio. En mi opinión, esta región se convertirá en el principal factor de desestabilización. En esa región existen conflictos interconfesionales e intertribales muy complejos y me parece que si…

Esta manera de pedir ayuda no era nueva, pero siempre le funcionaba impecablemente. Y en esta ocasión también lo hizo.

—Tienes toda la razón —contestó Sajjadi, que no podía disimular su satisfacción por los halagos de Georges.

—¿Y cuánto tiempo crees que van a durar estos enfrentamientos?

—Exactamente tanto como le convenga a Estados Unidos. Nuestro Gobierno tiene en gran estima la vida de sus conciudadanos, por lo que dejará que sean otros los que hagan el trabajo, ¿verdad, Georges?

Georges pensó en el brutal asesinato de Gadafi y en las muertes de miles de civiles, por lo que el comentario de Jack le resultó de un gran cinismo y le generó rechazo, pero evitó discutir con su interlocutor.

—Sin duda. Por lo tanto, ¿estamos reforzando a nuestros partidarios en Oriente Medio confiando en una rápida victoria?

—No necesariamente. ¿Para qué necesitamos la victoria? —Jack hizo una pausa y luego dijo—: No necesitamos victorias. Necesitamos petróleo. Necesitamos reforzar a la oposición política para que tenga suficiente capacidad para resistir al actual Gobierno.

Para Georges, esto no era otra cosa que la tradicional política estadounidense de derribar gobiernos en los Estados desleales. Todo esto Georges ya lo sabía, pero ahora su interlocutor lo había reconocido directamente, y le permitía comprender cómo se pasaba de la teoría a las intenciones reales de las autoridades.

Desgraciadamente, los padres de los niños volvieron al cabo de pocos minutos y no pudieron continuar con la conversación, pero este fue el primer paso para solucionar algunas tareas y para establecer contacto con Sajjadi. La pareja continuó observándolo para intentar hablar con él de nuevo, pero Sajjadi había bebido demasiado y, como estaba solo en la barbacoa sin familia, se puso a charlar animadamente con una compañera de trabajo que estaba soltera, y no hubo opción alguna para acercársele de nuevo. Los Gauthier se quedaron un poco más en la fiesta, hasta que los niños se cansaron de jugar.

A lo largo de la semana siguiente, Catherine y Georges no encontraron ningún momento para intercambiar una sola palabra sobre la conversación que él había mantenido con Sajjadi. Por fin, el domingo Georges fue al parque con los chicos a alquilar sus patinetes favoritos, mientras Catherine se quedaba sentada en un banco esperando a su marido. Diez minutos más tarde volvió y se pusieron a hablar en voz baja.

—Durante los pocos minutos que conseguí hablar con él —evitó mencionar el nombre de Sajjadi a propósito—, entendí pocas cosas, pero pude extraer alguna conclusión. En primer lugar hay un Estado, que no mencionó, cuya sociedad presenta puntos muy débiles. De todos modos, eso no es nada nuevo. Ya sabemos que la situación es muy inestable en muchos países de la región, pero lo que él quería decir es que Estados Unidos mantendría las condiciones necesarias para que surja la llama, solo en el momento crítico que consideren más adecuado. En segundo lugar, ya están financiando a los grupos opositores de ese país para que se unan en su revuelta. Todo ello encaja con la teoría del cambio de poder, en la que deben darse dos condiciones imprescindibles, que ya se estarían gestando actualmente: la búsqueda de puntos críticos para presionar al Estado y la consolidación de una oposición al Gobierno para actuar sobre ellos. Todavía existen dos elementos más a tener en cuenta: subyugar a los medios de comunicación locales y colaborar con los radicales para que inicien ataques indiscriminados. El objetivo final contempla el derribo del gobierno legítimo y la toma de poder por parte de grupos títeres. Eso es todo. Punto.

Se calló y observó de lejos como Peter y Paul patinaban. Catherine reflexionó unos instantes e hizo chasquear los dedos con energía para decir con discreción:

—Si esto es así, creo que ya lo he entendido todo.

—¿Qué? ¿Qué? Dime.

—La cuestión es que en la oficina de la CNN de Nueva

York actualmente hay un grupo de reporteros sirios que están haciendo prácticas. Así que... —Catherine hizo una pausa y continuó lentamente—. La semana pasada, Obama se reunió con representantes de la oposición «democrática» siria. Su asistente lo discutió con él personalmente en su apartamento. Ayer mismo lo supe después de recuperar las grabaciones de nuestros dispositivos de escucha... y por cierto... el asistente Morrison ahora está de viaje en Oriente Medio.

—El círculo se cierra. Está todo claro —resumió Georges—. Ahora hay que preparar el mensaje cifrado para el Centro. Aunque solo sea aproximadamente, me gustaría saber el «cuándo».

38

No existe la pequeña traición.

ANDRÉ MAUROIS, escritor francés

Moscú, Rusia, 2004

Los ilegales tenían pocas ocasiones para volver de vacaciones a su país. Ahora que Peter y Paul habían crecido, ya no podían viajar con ellos y era necesario hacerlo por turnos. Catherine, que se transformó en Vera cuando llegó a Rusia, acababa de volver a Moscú, después de una corta estancia en Tomsk, donde estuvo en casa de sus padres. Mientras tanto Georges se quedó en Estados Unidos con sus hijos.

Catherine amaba su ciudad natal, pero sabía que ya tan solo representaba su infancia y juventud, un pasado feliz que había dejado atrás, porque su presente y su futuro estaban ahora atados a lugares muy diferentes. Así fue su vida..., y todos estos pensamientos le suscitaron una ligera tristeza.

Tomsk había cambiado mucho desde la última vez que Vera estuvo allí. Los misérrimos quioscos habían desaparecido, y habían cortado las ramas de los viejos álamos de la avenida Lenin para hacer que la calle principal de la ciudad pareciera más ancha y luminosa. El monumento al revolucionario Kúibyshev que se levantaba frente a la universidad había dejado paso a una hermosa explanada de césped. Por el pasaje principal aún podían distinguirse jóvenes preocupados por sus clases, aunque formaban parte de una generación completamente diferente, más brillante y relajada. Solo el edificio de la residencia universitaria no había modificado su aspecto exterior, y continuaba luciendo un aspecto descuidado, por cuyo motivo resultaba más familiar y cercano.

Las imágenes del pasado habían sido reemplazadas por las de su familia, las de sus hijos. Aquella joven de antaño se había convertido en una persona tan diferente que ahora no podía regresar a su estado de ánimo anterior, a un alma anterior que perteneció a Vera Svíblova.

Después de tantos años de ausencia, Moscú solo representaba para Vera un lugar de reposo, mientras preparaba otro largo período de tiempo en su complicado trabajo de inteligencia en el extranjero. Los próximos días iba a mantener varias conversaciones con el Centro y participaría en algunos cursos de formación sobre tecnología moderna. En cualquier momento iba a tener la oportunidad de asistir a una de las reuniones más esperadas. El general Morózov, que ya llevaba algunos años retirado, quería reunirse con Molly, a quien tanta fuerza y apoyo había ofrecido.

Vera sabía que todos sus éxitos como agente de inteligencia se debían a este hombre. Un agente ilegal depende, en gran medida, de su estación residente, que comprende a todas las personas que esconden, transmiten y reciben la información, así como a las que suministran comunicaciones y documentos. Todo este trabajo vital se desarrolló a lo largo de muchos años de forma intachable bajo la dirección del general Morózov. En más de una ocasión, cuando se encontraba lejos de casa, había pensado en el general y soñaba con tener la oportunidad de agradecerle en persona todo lo que había hecho por ella.

Morózov llegó al apartamento justo a la hora acordada. Llevaba en sus manos un ramo de rosas deslumbrante y una caja transparente con pasteles. A pesar de la edad, se le veía en forma y alegre. Las mejillas se le habían vaciado un poco, y en sus ojos se percibía una cierta fatiga. Es posible que solo se lo pareciera a ella. Yuri Ivánovich la obsequió con las flores, la abrazó y la besó en la mejilla. Esta expresión de sentimientos solo era posible porque él había dejado de ser su comandante. Vera se emocionó con esta inesperada manifestación de afecto. Lo invitó a entrar en casa y luego lo dejó unos minutos solo, mientras ella ponía las flores en un jarrón y preparaba un café.

—¿Cómo está? —preguntó Vera cuando volvió.

—Estoy bien —dijo su interlocutor, pero renunció a repetir la pregunta sabiendo que recibiría un monosílabo positivo por respuesta, y prefirió ir al grano—. La jubilación no supuso ningún descanso para mí, más bien al contrario; al quedarme sin nada que hacer me deprimí y, por ello… decidí abrir mi propia agencia de análisis. No lo hice por dinero ni mucho menos, sino para mantenerme ocupado y quizás también para sentirme útil.

—Me ha parecido ver que hay más orden en Rusia, ¿verdad? La gente se ha vuelto más amable y no es tan arisca como la última vez que estuve aquí. ¿O me equivoco?

—Es posible que la gente viva mejor, pero aún estamos lejos del orden que existió en los tiempos de la Unión Soviética. Me sigue resultando inconcebible que aquel país tan poderoso, con sus inmensas posibilidades, se viese abocado a la destrucción —dijo el general amargamente sobre un tema que todavía le producía dolor, y continuó hablando—. En el referéndum la mayoría de la gente votó por conservar la Unión, pero primaron los intereses de un puñado de miserables.

—Me cuesta decir algo al respecto… pero nosotros también sufrimos el colapso de la Unión Soviética y todos los acontecimientos que sucedieron con posterioridad. Nos vimos obligados a sobrevivir y trabajar, al mismo tiempo. Lo más molesto de todo fue lo difícil que resultó entender el tipo de información que querían nuestras autoridades.

—Claro que sí. ¿Crees que yo no estaba preocupado? Sin embargo, todo lo que hicisteis se transmitió a quien debía recibirlo —dijo Yuri Ivánovich, y continuó de nuevo con el tema que más le preocupaba—. Nuestro país ya no podía regresar a lo que había sido en el pasado, pero al menos intentamos minimizar los daños.

—¿Cómo pudo suceder? —preguntó Vera.

—En pocas palabras, la élite del Partido nos traicionó y, por otro lado, existió una absoluta falta de profesionalidad por parte del KGB. Por el contrario, los chinos, esos sí que lo hicieron bien —dijo el general con ironía.

La agente se sorprendió un poco. Antes de jubilarse, Morózov nunca hacía comentarios sobre política y, ante todo, nunca criticaba a los servicios secretos.

—Tampoco es que sea un nostálgico del pasado. Pero objetivamente la Unión Soviética era una potencia y si los dirigentes del país hubieran impulsado las reformas necesarias, ahora habríamos llegado mucho más lejos en términos económicos, geopolíticos y militares.

En ese preciso momento, alguien llamó a la puerta.

—Iré a abrir —dijo Yuri Ivánovich, y se levantó de la silla.

Al cabo de un minuto volvió, seguido por un hombre con el rostro hinchado y aspecto cansado. Traía consigo una bolsa de grandes dimensiones.

—Serguéi Ivánovich Potuguin —se presentó el desconocido—. Soy especialista en equipos técnicos y estoy aquí para enseñarle algunas cosas.

Vera le extendió la mano y él se la encajó con firmeza, pero permaneció dubitativo y en silencio a la entrada de la sala.

—Serguéi, espérenos en la cocina, por favor. Nosotros no hemos terminado todavía. Encontrará café hecho, y pasteles también —dijo Yuri Ivánovich, y le dio la caja con lo que quedaba.

Serguéi Ivánovich sonrió satisfecho y dijo:

—¿Pasteles? Me encantan.

Los cogió y se los llevó a la cocina. Mientras tanto, ellos dos volvieron a sentarse. Yuri Ivánovich se sacó del bolsillo una revista y se la dio. Ella la cogió y leyó el título. La revista estaba publicada en una de las antiguas repúblicas soviéticas.

—¿Qué es esto?

—¿Recuerdas a Alekséi Ivánovich? Fue él quien te ayudó a convertirte en la canadiense Annabelle, si no recuerdo mal…

—Sí.

—… y en la estadounidense Catherine Gauthier —continuó Morózov—. Se retiró. Su identidad real se hizo pública y le autorizaron a conceder entrevistas a periodistas. Han aparecido también algunos artículos sobre él. A mí personalmente no me gusta que esas cosas se hagan públicas, pero nuestros superiores sabrán mejor lo que hay que hacer.

—¿Lo puedo leer ahora mismo?

—Sí, claro. Serguéi puede esperar un poco.

Hojeó la revista hasta que encontró la entrevista y comenzó a leer. El artículo la afectó mucho, porque conocer el destino de otra familia de agentes ilegales no la podía dejar indiferente. Las vicisitudes a las que se enfrentan los ilegales a menudo se parecen entre sí, de manera que la historia de la fuga de aquellos agentes le causó un gran impacto. Leyó el fragmento de nuevo:

> … el matrimonio Martiánov, durante mucho tiempo, no fue capaz de entender cuál había sido su error, pero por fin llegó a la conclusión de que no podían excluir la traición. Cuando se dio cuenta de que en México existía una amenaza real contra su integridad física, Alekséi Ivánovich decidió jugar una partida peligrosa contra un difícil adversario para poder escapar.
>
> En primer lugar, necesitaban ser transferidos a la custodia de los servicios secretos de Estados Unidos. Al menos allí podrían contar con un juicio justo. En el interrogatorio con los mexicanos, Martiá-

nov confesó que era un agente soviético de inteligencia encargado de recopilar información en América del Norte, lo que fue comunicado inmediatamente al FBI. A partir de ese momento, agentes de contraespionaje norteamericano llevaron a cabo los interrogatorios. En apariencia, Alekséi Martiánov acabó cediendo a la presión para trabajar con los americanos. A continuación, toda la familia fue trasladada en avión a una base militar estadounidense. Había logrado su primer objetivo.

Los Martiánov habían sido reclutados por la CIA, que los instaló a las afueras de una pequeña ciudad situada a poca distancia de Washington. El duelo entre los agentes secretos soviéticos y los norteamericanos prosiguió. A pesar de los interrogatorios, los Martiánov no revelaron ninguna información relevante a la CIA. Solo dieron los nombres de algunos diplomáticos sospechosos de espionaje, pero que ya habían sido expulsados de Argentina.

Una tarde, mientras sus guardias veían un partido de fútbol que daban en televisión, Martiánov consiguió abrir una ventana sin hacer ruido, salió sigilosamente de la casa y se adentró en el bosque que había al lado. Estuvo cuatro horas fuera sin que nadie se diera cuenta de su ausencia. Esta fue la última prueba que hizo antes de escaparse, y que le permitió conocer la capacidad de control que tenían sus guardianes.

Alekséi Ivánovich tenía la sensación de que los agentes de la CIA habían perdido interés, por lo que le dijo a su mujer que era necesario huir enseguida. Había llegado el momento de iniciar la segunda parte de su plan. Al cabo de unos días, la pareja salió como de costumbre a pasear con sus hijos. Emplearon media hora para llegar al pueblo más cercano, que estaba a cuatro kilómetros de distancia, y ahí se separaron. Su mujer, Raísa Vasílievna, y los niños se acercaron a las primeras casas del pueblo y pidieron a una mujer si los podía llevar hasta el primer supermercado. Allí llamó a un taxi. Subieron al coche y la agente pidió al conductor que se dirigiera a la embajada de la Unión Soviética en Washington.

El taxi se detuvo ante la entrada principal que estaba abierta.

Raísa Vasílievna saltó del coche a toda prisa con los niños y, aprovechando el desconcierto de la policía, corrieron en dirección al patio interior de la embajada. Un agente de seguridad le preguntó qué le pasaba y ella pidió que llamaran a alguien de los servicios secretos soviéticos. Solo cuando este llegó, Raísa Vasílievna notó que la tensión empezó a disminuir. Mientras tanto, Martiánov, tras separarse de su familia, cambió su aspecto tanto como pudo. Temía que los agentes del FBI le estuvieran esperando en los alrededores de la embajada soviética. Primero tomó un taxi hasta la embajada de Bulgaria, pero el guardia no le dejó entrar y le amenazó con llamar a la policía si no se iba.

Entonces, Alekséi Ivánovich, sin perder un segundo, se fue a la oficina comercial soviética, que se encontraba muy cerca. Tenía los nervios al límite y temblaba mientras entraba en ella. El oficial de servicio, al reconocer a un compatriota y ver el estado en que se encontraba, le dejó pasar y, sin mediar palabra, le ofreció un vaso de vodka y un pedazo de queso. Al poco rato, llegaron los representantes de los servicios secretos soviéticos y le identificaron. Solo en ese momento se sintió seguro y la insoportable tensión desapareció.

En la cocina, Potuguin decidió no poner a hervir el agua y, en cambio, prefirió acercarse a la puerta sigilosamente. La entreabrió para poder escuchar lo que decían al otro lado sin que le vieran. Esperaba oír algún detalle concreto que luego pudiera comunicar a los norteamericanos. Y la suerte le sonrió. El corazón le dio un salto cuando se enteró por fin del nombre americano de la agente ilegal.

Vera suspiró y devolvió la revista a Yuri Ivánovich, mientras decía emocionada:

—¡Una historia increíble! Me puedo imaginar la gran angustia que sintieron por sus hijos. En nuestro caso, tras el nacimiento de los gemelos nos dimos cuenta de que nuestra responsabilidad se había duplicado, por nosotros y por ellos.

—¿Y crecerán como auténticos estadounidenses? ¿No os molesta? —sonrió Morózov.

—Viajan con nosotros a Europa; intentamos inculcarles tanto como podemos la cultura europea frente a la americana... Exposiciones, museos, la lengua francesa... Al fin y al cabo, Washington es la capital y tiene de todo —explicó Vera.

—Estupendo, lo hacéis muy bien —la animó—. Ahora debo marcharme y tú debes continuar con tu formación.

—Gracias, Yuri Ivánovich, por todo lo que ha hecho por nosotros...

—Os deseo mucho éxito. Hasta pronto. —Morózov se despidió y, mirando hacia la cocina, se dirigió a Potuguin—: Comience con su trabajo, Serguéi Ivánovich, que yo ya me voy.

La animada voz de Potuguin a lo largo de la sesión de formación delataba su satisfacción, ya que finalmente había conseguido hacerse con las piezas fundamentales del rompecabezas: el apellido norteamericano de la agente, su trabajo, la existencia de hijos gemelos y su lugar de residencia aproximado. A todo ello añadiría su descripción física y la edad. Del resto, ya se ocuparía el FBI.

39

Los niños son nuestros jueces del mañana.

MAKSIM GORKI, escritor soviético

Alexandria, Virginia, Estados Unidos, 2005

Catherine se había acostumbrado a medir el tiempo en función de los cursos escolares de sus hijos… y los años pasaban muy deprisa. Peter y Paul se hacían mayores y la perspectiva de que algún día llegasen a sentir la lengua y la cultura rusas como suyas se desvanecía cada vez más ante los ojos de sus padres. Los niños crecían como americanos. Catherine se seguía sorprendiendo cada día de que esta vida de excepción en misión especial junto a Georges en tierras extranjeras se hubiera transformado en su vida cotidiana. Aunque el período de permanencia de los ilegales en el extranjero no estaba predeterminado por ninguna regla, la dirección siempre estaba muy atenta a la situación personal de sus agentes y tenía en consideración la situación de sus familias, su salud y su estado psicológico.

En un mensaje encriptado que llegó la víspera del cumpleaños de los gemelos, el Centro hizo llegar sus felicitaciones a la familia entera y pidió que confirmaran si querían continuar con su misión secreta como agentes ilegales. Esta cuestión reaparecía a menudo en las mentes de los Gauthier, pero siempre preferían posponer la discusión en profundidad por miedo a enfrentarse a un dilema tan difícil.

Se acercaba el fin de semana de Acción de Gracias, cuando se reúnen las familias estadounidenses en casa. Estos días festivos obligaban a Catherine a encontrar fórmulas de entretenimiento para los gemelos, de tal modo que no se pusiese en evidencia la falta de parientes, cercanos o lejanos, a su alrededor. Esta vez propuso un viaje al circuito de karts Star Racing de Richmond, que también le serviría para mantener con su marido una conversación sobre los planes de futuro. Peter y Paul hacía tiempo que soñaban con conducir karts infantiles y, como es natural, rebosaban de alegría. El tiempo de noviembre, sin embargo, no acompañó. Caía aguanieve, los zapatos se empapaban y el viento arrancaba sin piedad las hojas amarillentas que todavía no habían tenido tiempo de caer de los árboles.

Todos los miembros de la familia subieron al coche bien abrigados. Los padres parecían preocupados y serios, y el motivo no era otro que la importante conversación que debían mantener. Por el contrario, los niños, totalmente ajenos a la situación, solo preguntaban a los padres acerca del funcionamiento de los karts. La poca visibilidad hizo imposible conducir demasiado rápido y, en lugar de las dos horas que se tardaba en hacer el viaje normalmente, necesitaron casi tres para llegar. Los niños se calmaron, a medida que pasaba el tiempo y, después de comer un par de bocadillos, se quedaron dormidos. Catherine y Georges continuaron en silencio mientras pensaban en el futuro, aunque de momento se inclinaban por opciones distintas. Por fin, Georges frenó y entró en el amplio aparcamiento que había junto al circuito.

Al llegar, el tiempo mejoró mucho y los rayos de sol atravesaban las nubes grises. Un joven empleado uniformado del circuito de karts recibió a la familia en la entrada y los acompañó hasta el mostrador de recepción. Georges y los niños continuaron hacia el vestíbulo, mientras ella pagaba las entradas.

—¿Es la primera vez que nos visitan? —preguntó el encargado.

—Sí —respondió ella.

—En ese caso, les recomendamos que sus hijos empiecen con una clase introductoria de cincuenta minutos con un instructor en una pista especial, y que para toda la familia compren un abono de diez carreras en la pista principal. Así tendrán un descuento de un quince por ciento.

—De acuerdo. ¿Dónde harán la clase con el instructor?

—En la pista especial. Los padres no hace falta que estén presentes. Ahora vendrá el instructor a buscarlos y ustedes pueden descansar en nuestra cafetería. Me temo, sin embargo, que el zumbido de los motores de los karts es bastante ruidoso. Les pido disculpas.

—No se preocupe, no nos hará ningún daño —respondió ella sonriendo.

Se sentaron finalmente a tomar una taza de café y ella dio inicio a la conversación con una pregunta aparentemente trivial:

—¿Qué es lo que vamos a hacer?

—¿Quieres decir con nuestra vida en el futuro? ¿Sobre un posible regreso y el destino de nuestros hijos? —especificó él, por si acaso.

—Pienso en cómo la manera de vivir y la mentalidad americana influyen cada vez más sobre ellos. ¿Lo podremos contrarrestar de alguna manera? No quiero que crezcan pensando que América liberó a Europa del nazismo o que América tiene derecho a dictar sus normas a las demás naciones del mundo. Aquí no aprenderán nada de los éxitos de la Unión Soviética y estarán rodeados solo por la cultura del consumismo, donde el dinero lo representa todo en la vida. ¿Y qué les pasará si de repente...?

—No nos pasará nada «de repente» —interrumpió Georges—. Nosotros ya vivimos así desde hace muchos años y no somos diferentes a cualquier otra familia americana. La educación de nuestros hijos está en nuestras manos, como lo está nuestra seguridad, Kate, querida...

Ella se sorprendió porque Georges nunca la llamaba así.

—Sí, lo sé, pero echo en falta a mis padres. Apenas los vemos y nuestros hijos crecen sin abuelos ni más parientes —dijo mientras se bebía el café ya frío.

—No creo que nuestros hijos se sientan privados de nada. De hecho, es muy habitual aquí que las familias prescindan de la presencia constante de los abuelos en casa. Peter y Paul pueden llegar a ser auténticos estadounidenses y este país tiene muchas cosas buenas. Lo más importante para mí es que nada ponga en peligro su vida y su salud, pero por lo que se refiere a la mentalidad..., la mentalidad se puede modelar todavía —aseveró Georges.

Catherine entendía hacia dónde la quería llevar. Su corazón de agente le decía que tenía razón, pero su corazón de madre angustiada se resistía.

—Dudo que se pueda cambiar la forma de pensar —continuó ella.

—¡Estoy seguro de que se puede! Lo más importante es trabajar con constancia y tú eso lo sabes muy bien. Además, los niños muestran también rasgos americanos que son muy positivos, como el optimismo, la autoconfianza, la independencia y el carácter emprendedor. Eso me gusta.

—Me temo que nuestros hijos tendrán un concepto diferente de la patria, muy alejado del nuestro. Pero lo que es aún más grave: ¿nos entenderán a nosotros, sus padres? ¿No nos condenarán? —dijo Catherine.

—A menudo también pienso en ello..., pero quizás nunca sabrán nada de nuestro trabajo, ¿verdad? Nosotros tampoco queremos de ninguna manera que se dediquen a lo mismo que nosotros. Fue nuestra decisión, y ellos deben poder disfrutar de una vida normal. Tienes que entender que la encrucijada a la que nos enfrentamos es tan solo una tentación. Una más y hemos tenido muchas... —Georges, normalmente reservado, demostraba ahora una elocuencia que no le era propia—. Entiéndeme, querida, por muy dura que sea la vida, si las circunstancias cambian de repente, incluso para ir a mejor, siempre existirá la duda sobre si se tomó la mejor elección. Te invade la tristeza y una cierta nostalgia del pasado. Si ahora decidimos marcharnos, el tiempo pasará y quizás no nos lo perdonaremos en un futuro.

Los ojos pensativos de Catherine se inundaron de lágrimas. Subió el camarero y Georges cambió repentinamente de tema de conversación y fingió que hablaba de temas intrascendentes. Señaló la taza de café y dijo:

—Chico, ¿nos podrías traer un par de madalenas con pasas y otro café muy caliente, por favor?

El camarero se fue y Georges retomó sus argumentos:

—Además, me he acercado tanto a las altas esferas de Washington... que sería imperdonable abandonar ahora. ¿Para qué hemos trabajado tantos años, para qué nos hemos arriesgado tanto, para qué hemos hecho tantos sacrificios, incluida la separación con nuestros padres? Por supuesto, siempre nos queda una alternativa. Me quedo yo aquí y vosotros regresáis. Encontraríamos una explicación convincente para nuestro entorno aquí y yo podría trabajar aún varios años más.

—¿Cómo? ¿Cómo puedes pensar en prescindir de mí? Y tus hijos todavía necesitan la presencia de su padre. De ninguna manera. Parecería una deserción por mi parte. Si te pasara algo sin mí, no me lo perdonaría nunca —argumentó Catherine con mucha pasión.

El camarero regresó y al acercarse la conversación se interrumpió de nuevo. El joven dejó la taza de café y las madalenas sobre la mesa y pidió si querían alguna otra cosa. Como no necesitaban nada más, se marchó.

—Probablemente tengas razón —aceptó Catherine después de un largo silencio—. Quedarse es la decisión más acertada. Pero pediré un permiso al Centro para pasar unos días «en casa» el próximo verano —pensó un instante y corrigió—: En Rusia. Confío que en verano tú también podrás tomarte unos días de vacaciones para viajar a algún lugar con los niños.

Había llegado la hora de la carrera de karts con la participación de toda la familia y dieron la conversación por terminada. Para ser la primera vez que venían al circuito, los niños lo hicieron francamente bien. La emoción de la velocidad hizo que Catherine se distrajera y dejara de preocuparse por sus hijos y, poco a poco, se fue resignando a la difícil decisión que acababan de tomar. Era como si ese día su alma se hubiera quitado un peso de encima.

40

Es mejor estar intranquilo en la duda, que calmado en la ilusión.

ALESSANDRO MANZONI, escritor italiano

Una de las cualidades más valiosas de un agente es su capacidad para utilizar cualquier circunstancia de la vida en beneficio de sus actividades. Con el paso del tiempo, esa fue la norma habitual para los Gauthier. Catherine disfrutaba de esas horas del anochecer cuando había terminado de cenar y el día se acercaba a su fin. Los hijos ya estaban en sus dormitorios y reinaba la calma en la sala de estar, tal y como ella recordaba las tardes en casa de sus padres. Georges se sentó en un sillón frente a la chimenea y se puso a leer el periódico. Pero ese día Catherine estaba nerviosa. Volvió a la cocina, abrió la nevera y sacó dos latas de cerveza. Entró en la sala y se sentó sobre el brazo del sillón donde estaba sentado su marido y le preguntó:

—¿Nos tomamos una cerveza afuera?

Enseguida entendió que su mujer quería decirle algo importante y respondió:

—¡Una idea magnífica! Vamos.

Se sentaron junto a la mesa del patio y Georges abrió las latas. Le dio una Catherine, mientras la miraba atentamente. Ella dio un sorbo y dijo:

—No encuentro uno de los frascos de tinta…

—¿Cómo? Lo teníamos en el botiquín, ¿verdad?

—Sí, así es, pero ya no está.

—A lo mejor la metiste en otro sitio —sugirió.

—Es poco probable…, ya he mirado en todas partes.

—¿No lo podrías haber tirado a la basura con las medicinas caducadas?

—Imposible —dijo ella muy segura.

—Pero debe estar en algún lugar. ¿Cuándo fue la última vez que utilizamos esta tinta?

—Pues ya hace mucho tiempo. Ahora utilizamos otro método, pero guardamos la tinta por si acaso…

—De acuerdo, mañana lo volveremos a mirar juntos —zanjó el tema Georges, tomó otro trago de cerveza y continuó—. Hoy me ha llamado al despacho una desconocida. Me ha dicho que se llamaba Jessica y que trabajaba en la misma línea de investigación económica que yo. Me ha pedido que nos veamos.

—¿Cómo sabe a qué te dedicas? —preguntó con cierta incredulidad.

—Pensé lo mismo… En teoría se lo podría haber dicho alguno de mis compañeros de trabajo —respondió él, y se levantó para ir a buscar otra cerveza—. ¿Quieres otra?

—Sí. Tráeme otra.

Georges entró en casa y salió un minuto después con las cervezas. Las puso sobre la mesa y se sacó del bolsillo el móvil de su mujer que acababa de coger. Se lo dio y le dijo:

—Tienes dos llamadas perdidas. Mira si es importante.

Catherine miró la pantalla y dijo:

—Es Steven, el asistente de Obama. Debería devolverle la llamada.

—Me parece que le gustas.

—Yo también lo creo —dijo Catherine con una sonrisa—. El contrato se firmó hace tiempo y el apartamento ya se renovó y decoró.

Marcó el número y se puso a hablar:

—Hola, Steven, tengo una llamada perdida tuya. Sí, estoy libre. ¿Dónde? De acuerdo. Te volveré a llamar antes de salir de casa.

—¿Qué? —preguntó Georges impaciente.

—¿No te lo imaginas? Este señor me invita mañana a comer.

Entró en casa para dejar el móvil y volvió a salir. Se sentó y continuó hablando:

—Será un buen momento para recuperar la información de los dispositivos. ¡Una oportunidad magnífica!

—De acuerdo. Mañana los dos tenemos citas —dijo Georges sonriendo—. Tú con Steven y yo con Jessica.

Al día siguiente, dejaron a sus hijos con los vecinos, Amanda y Greg. Una hora antes de la cita, Catherine salió de casa. Por su parte, Georges se había marchado un poco antes.

Aunque pareciera una operación sencilla, Catherine no se saltó las normas y vigiló con mucha atención que no la siguiera nadie. Minutos antes de la cita se acercó al *loft* de Morrison. Llevaba en su bolso el aparato que servía para descargar el contenido de los dispositivos de escucha instalados dentro de la casa. Pero para poder hacerlo, necesitaba trabajar a una distancia inferior a diez metros, por lo que tenía que acercarse como mínimo hasta la puerta de entrada del *loft*. Antes de iniciar la descarga, sacó el móvil del bolsillo y marcó el número de Morrison. Al oír su voz dijo:

—Steven, ¿has llegado al restaurante?

—Sí.

—Lo siento, pero llegaré con veinte minutos de retraso. No te vayas. Llego enseguida, ¿de acuerdo?

—Sí, no te preocupes.

Ahora podía empezar su misión sin arriesgarse a un encuentro inesperado. Entró en el vestíbulo del edificio, fue hasta el panel de timbres del interfono, encontró el nombre de

Morrison y pulsó el botón. Como era de esperar, no contestó nadie. Abrió la puerta del apartamento con las llaves que tenía y tres minutos le bastaron para terminar el trabajo y salir en dirección a la estación de metro.

Steven la esperaba pacientemente en una mesa alejada al fondo del modesto restaurante italiano. Para pasar el tiempo, había pedido un vino tinto servido en una elegante copa. Al ver a Catherine, se levantó enseguida para darle la bienvenida. Morrison iba mejor vestido que la primera vez que se habían visto; quería impresionarla, sin lugar a dudas.

La ayudó a sentarse frente a él y abrió la carta.

—Elige —dijo él.

—Gracias, Steven, pero ya te aviso ahora de que pagaré mi parte.

—Pero soy yo quien te ha invitado, así que me gustaría... —dijo un poco avergonzado.

—De acuerdo. Pues la próxima vez pagaré yo.

—Perfecto. —Steven estuvo de acuerdo, y se mostró encantado con la perspectiva de un nuevo encuentro.

Pasaron el rato hablando de los puntos fuertes y los puntos débiles de la cocina italiana, los vinos europeos o de las preferencias gastronómicas de cada uno de ellos. Finalmente, Steven, tratando de atraer su atención, dijo:

—Seguramente conseguiré una promoción muy pronto.

—¿De qué se trata? ¿Te presentarás a la elección de senador del estado?

—No, pero mi jefe se prepara para una campaña electoral muy importante. ¿Sabes qué?, los dirigentes del Partido Demócrata están seguros de que Barack ganará las elecciones.

—Eso son muy buenas noticias. Entonces me aseguraré de que tenga el mejor apartamento de Washington.

—No creo que sea necesario —dijo Steven riendo.

—¿Por qué? ¿No crees en mi capacidad para hacer negocios?

—No dudo de tus habilidades. Lo he podido comprobar yo mismo, solo que…

—Solo que… ¿qué? —preguntó ella, haciéndose la ofendida para provocar que Steven ofreciese más detalles.

—Pues que los presidentes viven en la Casa Blanca —terminó la frase.

—¿Eso significa que se presenta para la presidencia de Estados Unidos?

Morrison habló con entusiasmo sobre las posibilidades del candidato, y le dio argumentos muy sólidos, que se basaban en las opiniones de dirigentes del Partido Demócrata y de destacados políticos estadounidenses.

Un par de horas más tarde, Catherine se marchó a casa, después de prometerle que se volverían a ver.

Cuando volvió a casa, se encontró a Georges jugando al fútbol con los gemelos en el césped y le sugirió que fuesen a dar un paseo juntos al parque vecino. Hizo falta un gran esfuerzo para convencer a Peter y a Paul, llenos de entusiasmo, para que pararan el juego, pero la tentación de un helado los convenció.

Mientras iban hacia el parque, con los niños andando un poco por delante de ellos, Georges fue el primero en explicar los resultados de su cita:

—Jessica me ha parecido una mujer un poco extraña. Plantea mal las cuestiones, aunque dice que es una experta en la materia en la que yo trabajo.

—¿Qué es lo que sabe?

—Conoce un par de cosas, pero me parece que solo ha memorizado los puntos principales. Pero eso no es lo más extraño. Estuvo todo el tiempo preguntándome por mis parientes y antepasados. De repente, se ha puesto a hablar sobre algunas tradiciones nacionales rusas…

—¿Y a qué conclusión has llegado? —preguntó Catherine nerviosa.

—No lo sé.

—¿Algo más que te haya sorprendido sobre su comportamiento?

—Diría que no, solo que… —dijo Georges dudando.

—Solo, ¿qué?

—¿Sabes? Hubo un momento en que noté un desagradable olor a sudor. Era ella. Me ha parecido que se había puesto demasiado nerviosa.

—Es decir, sin ningún motivo aparente, olía a sudor, ¿es así? —dijo muy sorprendida Catherine.

—Exactamente. Ni siquiera el desodorante la ha salvado. Ha pasado justo cuando hablamos sobre la política presupuestaria del Gobierno ruso. En lugar de responderme, la mujer se ha puesto a describir las costumbres de sus amigos de origen eslavo y me ha hecho preguntas extrañas.

—¿Cómo reaccionaste?

—Le he dicho que yo solo era politólogo y economista, no un experto en costumbres y tradiciones nacionales.

Mientras tanto, la familia entró en una cafetería y los niños fueron a sentarse a una mesa libre. El camarero les trajo la carta y esperó.

—Un momento, por favor —le dijo Catherine, mientras abría la carta y pedía a los niños que decidieran qué helado querían tomar.

Unos minutos más tarde hicieron el pedido, pero solo pudieron volver a la conversación después de que los niños terminaran sus helados y se fueran a jugar al parque.

—Todo esto es bastante extraño… —dijo Georges que permaneció en silencio un minuto, miró a su mujer y añadió—: Y tú, ¿has notado algo especial últimamente?

—La batería de mi móvil se agota muy rápidamente —respondió ella.

—¿Sospechas que está pinchado y te escuchan?

—No podemos excluir nada. En todo caso, tenemos que

empezar a revisarlo todo muy atentamente e informar inmediatamente al Centro.

Al día siguiente enviaron un mensaje al Centro en el que describían los inusuales sucesos recientes y daban a conocer sus sospechas. Era la primera vez en muchos años de servicio que los Gauthier habían tenido que enviar un mensaje cifrado tan alarmante a Moscú.

41

Cuántas cosas se ven como imposibles, hasta que terminan sucediendo.

Plinio el Viejo, historiador y filósofo romano

Después de recoger a sus hijos en la parada del autobús, Catherine volvió a casa y encontró a su marido sentado frente al televisor mientras daban las noticias. A su lado había un montón de periódicos del día. Tenía uno abierto en las manos y estaba leyendo el artículo editorial. Los niños corrieron hacia él gritando:

—¡Papá, papá! Nos han dado unos deberes en la escuela muy interesantes hoy…

Su madre no los dejó terminar y los envió a sus habitaciones a cambiarse de ropa. Entonces, le dijo a su marido:

—Tenemos que hablar de un tema complicado.

—¿Es urgente? —preguntó sin levantar la vista del diario.

—No.

—Pues hablemos un poco más tarde —dijo Georges mientras dejaba el periódico y cogía otro—. Hay noticias interesantes.

—¿De qué tipo?

—Han detenido a Jovanski.

—Caramba. Pero ¿quién es? —pidió Catherine.

Por supuesto que sabía perfectamente de quién se trataba, pero no podía hacer otro tipo de preguntas porque estaban dentro de la casa.

—Después te lo cuento —respondió él. Y señalando hacia el televisor dijo—: ¡Mira, mira!

En el canal de noticias emitían un fragmento de un reportaje de un canal de televisión ruso, en el que el locutor algo emocionado decía:

> La Fiscalía General de Rusia ha presentado cargos contra Mijaíl Jovanski, propietario de la compañía de petróleo Yugos, por fraude y evasión de impuestos. El jefe de la compañía, que contribuye con el cinco por ciento del presupuesto federal ruso, está acusado de haber malversado mil millones de dólares.

Catherine miró a su marido y él, sonriente, le dijo:

—Sucedió ayer y hoy lo publican todos los periódicos. ¿Quieres leerlo? Después nos tomamos una Coca-Cola.

Primero le dio el británico *Financial Times:*

> Las negociaciones para la fusión de la compañía Yugos con Exxon Mobil y Chevron Texaco han sido suspendidas temporalmente hasta que no se aclare la suerte de Jovanski. Las dos compañías estadounidenses mantienen su interés por llegar a un acuerdo y continúan analizando las posibilidades. Sin embargo, es poco probable que se cierre un acuerdo, mientras Jovanski siga entre rejas.

—Esta es la versión del *Financial* y aquí tienes la de los periódicos americanos —dijo Georges mientras le ofrecía *The Wall Street Journal* a su mujer.

> Sea cual sea el propósito que se esconde tras el «asalto» al director general de Yugos y sus asociados, el éxito de esta operación dependerá de si las víctimas quedan aisladas y de si sus posibles aliados, otros oligarcas, se convencen de que nadie amenazará sus imperios si cumplen las normas que se acordaron, a puerta cerrada, en el inicio de la presidencia de Vladímir Putin.

—Necesito un poco de aire fresco —dijo Georges, para dejar claro que necesitaba hablar sobre más cosas en la calle.

—Coge las Coca-Colas del refrigerador; ahora dejo la cena lista en la mesa para los niños y salgo —respondió Catherine.

Cuando volvió, su marido ya se acababa el refresco. Su mujer le dio otra lata, y bebió un poco más.

—¡Esto hay que celebrarlo! —dijo Georges.

—Veo que tenías razón, entonces.

—Sí —respondió Georges, que se quedó pensando un poco y continuó—. Jovanski no es un hombre de negocios honesto, como nos quieren hacer creer los periódicos. Lo que hace este señor no es un simple negocio. Conocía perfectamente las consecuencias de sus acciones, pero aun así no pensó en el interés nacional. Creo que sus motivaciones ideológicas acabaron superando los intereses estrictamente mercantiles. Si este acuerdo hubiera salido adelante, más de la mitad del presupuesto ruso habría quedado en manos de Estados Unidos y tú sabes perfectamente lo que significa eso, cuando un Estado cae en una dependencia como esta. —Georges arrugó la lata y la dejó con delicadeza sobre la mesa—. ¿Tenías novedades? Habías empezado a decir algo... —le recordó.

—Ahora te lo cuento. Déjame ver cómo están los niños primero.

Al cabo de un momento, volvió y continuó:

—En la escuela les han pedido a Peter y Paul que representen el árbol genealógico de su familia y que traigan a clase algún objeto que forme parte de la herencia familiar.

Al día siguiente, Catherine y Georges tuvieron que emplearse a fondo para hacer la tarea escolar de sus hijos. Sin pensarlo dos veces, otorgaron a sus antepasados más cercanos, como abuelos y abuelas, sus profesiones reales, pero cambiándoles los nombres, los lugares de nacimiento y los de residencia. Para conseguir la reliquia familiar se fueron deprisa y corriendo a un negocio de antigüedades para comprar una taza de porcelana checa. En la leyenda familiar, una bisabuela de sus hijos era de Bohemia.

Una semana más tarde, llegó un mensaje encriptado del Centro para agradecer a Molly y Mike el trabajo realizado. La información sobre Jovanski había resultado muy oportuna y útil para la máxima autoridad del país. Los agentes quedaron muy satisfechos al saber que la cúpula dirigente rusa hubiera tenido en consideración la información que ellos proporcionaron acerca de la operación especial de Estados Unidos.

42

Si quieres sobrevivir, prepárate para lo inesperado.

Gerald Durrell, naturalista y escritor británico

Era un domingo de julio muy caluroso. La semana había resultado provechosa y fructífera. Hacía un par de meses que los propietarios de la casa donde vivían los Gauthier les habían ofrecido adquirirla por un precio razonable. Georges negoció un préstamo con el banco para asegurar su compra. Se firmaron todos los documentos necesarios y el contrato de propiedad; se transfirió el dinero; y por fin la familia se hizo con la propiedad de la casa. Catherine se sintió especialmente feliz.

Peter y Paul aquella mañana estaban en casa de sus vecinos, ya que la hija de los Verne celebraba su cumpleaños y los niños habían ido a felicitarla. Georges paseaba arriba y abajo por la casa, planeando posibles reformas, mientras Catherine intentaba crear, con su ordenador portátil, un modelo tridimensional de la sala de estar para imaginar nuevos diseños interiores. Los Gauthier habían conseguido un poco más de crédito con el fin de llevar a cabo reformas en la casa.

—Seguramente tendremos que instalar un aparato de aire acondicionado más moderno, ¿verdad? —dijo Catherine, levantándose de su sitio.

—¡Sí, claro! Este ya está viejo —dijo él, mientras bajaba la escalera—. ¿Me enseñas qué has pensado para la sala de estar?

—¿Y tú qué estás planeando?

—Mejor que antes me enseñes el nuevo diseño —dijo sonriendo Georges.

—Míralo. —Le dio el portátil—. Mientras tanto, voy a darme una ducha de agua caliente.

Cuando Catherine regresó ligera de ropa y descalza, Georges estaba tumbado en el sofá contemplando el techo con la mirada perdida. De repente, oyeron el ruido de un helicóptero que se acercaba y que se mantenía suspendido sobre la casa. Georges se levantó, fue hacia la ventana y asomó la cabeza para tratar de ver algo. Se oyó un golpe muy fuerte en la puerta de la calle.

—Será que los niños han vuelto de casa de los vecinos. Voy a abrir la puerta —dijo Catherine.

—Si se trata de niños, no son los nuestros —solo tuvo tiempo de decir.

Justo en ese instante varias personas con chaquetas azules con las letras FBI irrumpieron en la casa. Fueron rápidos y muy coordinados. Dos de ellos sujetaron las manos de Catherine y se las pusieron en la espalda, la esposaron y la colocaron de cara contra la pared. El resto se abalanzó sobre Georges, a quien también esposaron y pusieron junto a su esposa contra la pared.

—Tiene que haber un error —dijo ella.

Los últimos en entrar en la casa fueron un hombre y una mujer vestidos de paisano.

—Dígannos sus nombres —ordenó el hombre.

—Catherine Gauthier.

—Georges Gauthier.

—¿Dónde están sus documentos? —la mujer se dirigió a Catherine.

—En el bolso que hay sobre la mesa —le respondió.

Mientras el hombre revisaba los documentos del bolso, la mujer les dijo en voz alta:

—Soy la agente del FBI Catherine Addington, y mi compañero es el agente John Manzer.

Manzer sacó del bolso el permiso de conducción de Catherine, lo examinó con detenimiento y lo volvió a poner dentro. Entonces metió el bolso en una caja de cartón que había traído uno de los agentes del FBI.

—Están detenidos —dijo John Manzer.

—Deben acompañarnos —añadió Catherine Addington.

—¿Me dejan poner los zapatos? —preguntó Catherine a su homónima del FBI.

—Naturalmente, ¿dónde tiene sus zapatos? ¿Arriba? —dijo la agente Addington.

Catherine asintió con la cabeza. Uno de los agentes le quitó las esposas y la agente Addington la acompañó al piso de arriba, donde ya había comenzado el registro. Pocos minutos más tarde, bajaron juntas. Los agentes del FBI cogieron a Catherine por detrás, la esposaron de nuevo y la condujeron al porche. La calle estaba cerrada. El helicóptero se mantenía estático sobre la casa provocando un gran revuelo en todo el vecindario. En el exterior de la casa había un gran número de jeeps de color negro estacionados. Detrás de la cinta policial, entre la gente que contemplaba el espectáculo, Catherine logró ver a Amanda Verne, que estaba de pie en el jardín abrazando a Peter y Paul, muy asustados. A su lado distinguió a su marido Greg con su hija. Dos agentes de inteligencia llevaron a los Gauthier a los vehículos más cercanos. En el último momento Catherine oyó a lo lejos la voz de Amanda que gritaba:

—¡Kate, no te preocupes! ¡Pase lo que pase, los niños se quedan con nosotros en casa!

Las lágrimas resbalaban por los ojos de Catherine, pero se repuso rápidamente. La agente Addington, que se sentó en el asiento delantero, le preguntó amablemente:

—Catherine, ¿prefiere que sus hijos se queden bajo custodia del Estado o con Amanda y Greg Verne, de momento?

—En casa de los Verne —contestó brevemente.

Ni siquiera le sorprendía que la agente del FBI conociera los nombres de sus vecinos.

Georges subió a otro vehículo y se añadieron otros coches escolta con las luces de las sirenas encendidas. Salieron a toda velocidad en dirección a Washington. Treinta minutos más tarde, la caravana de automóviles entraba en el edificio central del FBI y se detenía ante una de las puertas.

Como era domingo, los pasillos interiores estaban vacíos. Condujeron a los Gauthier a una sala, donde había una mesa muy larga y les hicieron tomar asiento alejados el uno del otro. Tenían ante ellos a los dos agentes del FBI. Addington se sentó delante de Catherine y Manze, de Georges. Durante el trayecto, Catherine se había ido recuperando de la conmoción del primer momento y estaba lista para cualquier eventualidad. Si tenía que juzgar por el aspecto de Georges, él también lo estaba.

—Están acusados de trabajar para el gobierno de un país extranjero, recoger información clasificada, estar en posesión de documentación falsa, entrar en el país de manera ilegal y blanquear dinero —les anunció John Manzer.

La pareja permaneció en silencio.

—¿Entienden los cargos que se les imputan? —preguntó la agente Addington.

—Los entiendo —respondió Georges.

—¿Están de acuerdo?

—No —respondió Catherine con firmeza.

—No estamos de acuerdo con los cargos —respondió su marido.

—Miren, tenemos una caja llena de pruebas y lo sabemos absolutamente todo sobre sus actividades ilegales —insistió Manzer, pero como respuesta solo recibió silencio.

—Les informo de que, de acuerdo con las leyes del estado de Virginia, pueden ser condenados a la pena de muerte —dijo Addington.

La pareja no dijo nada.

—Díganos sus nombres reales y tendremos en cuenta que han colaborado con la investigación. Eso les ayudará a conseguir circunstancias atenuantes. De lo contrario, nadie puede garantizarles una sentencia suave.

Los agentes del FBI continuaron con su presión psicológica sobre los detenidos, pero siempre se comportaron con corrección, educación y respeto con los Gauthier. Los trataron como rivales, de igual a igual, pero que, por circunstancias de la vida, les había tocado caer del lado de los perdedores.

—Sus pasaportes son falsos. Lo podemos demostrar muy fácilmente —dijo Manzer para poner más argumentos encima de la mesa.

—Redacten una confesión y les garantizamos una pena mínima —dijo Addington. Y mirando directamente a los ojos de Catherine continuó—. Piense en sus hijos. Aquellos niños tan simpáticos y…

—No tenemos nada más que añadir a lo que ya hemos dicho —la interrumpió Catherine.

—¡Qué lástima que esta conversación no haya funcionado! —Manzer suspiró y se levantó de la silla para ir a la puerta y llamar a los guardias.

Mientras ayudaban a la pareja a levantarse, Addington añadió:

—Deberán pasar la noche en una comisaría de policía y mañana continuaremos la conversación en el juzgado.

Los agentes del FBI sacaron a los Gauthier al pasillo, cogidos con fuerza por los brazos. Seguían esposados porque era un requisito indispensable en los traslados. Volvieron a ponerlos en vehículos diferentes y, pocos minutos después, se dirigieron rápidamente a la comisaría de policía más cercana.

43

La venganza persigue a todo el mundo, pero solo atrapa a algunos.

MARIE VON EBNER-ESCHENBACH, escritora austríaca

Moscú, Rusia, 2010

Con los primeros acordes del segundo concierto de piano de Rajmáninov, el rumor en la sala desapareció y las notas de la introducción, a ritmo lento y con potencia, reverberaron con solemnidad bajo los antiguos arcos de la sala de conciertos del conservatorio. Al mismo tiempo, había algo inquietante, irresuelto y cambiante en esta pieza. Rajmáninov parecía haber previsto su próxima separación de Rusia y en la melodía se adivinaba el triunfo del renacer, la amplitud del canto y la nostalgia por la patria. Potuguin, sentado en una de las últimas filas del patio de butacas, miraba de reojo hacia la butaca de la derecha. No era un gran admirador de la música clásica, pero de vez en cuando asistía a estos conciertos, puesto que aquí recibía el dinero y las instrucciones de sus curadores norteamericanos, y también aquí les pasaba información, puesto que ahora trabajaba para la CIA.

Tras aquel memorable encuentro con Vera, que fingía ser la americana Gauthier, Serguéi Ivánovich sufrió una decepción. Había transmitido la información a su curador americano con la esperanza de ser trasladado a Estados Unidos de inmediato, pero no sucedió nada. Llegó a poner su coche en venta con el falso pretexto de comprar uno nuevo, pero la CIA siguió jugando con él durante una temporada. Ante todo, querían que identificara a la familia de agentes ilegales que residían en el área de Washington para poder someterlos a una estricta vigilancia. A lo largo de todo este tiempo, Serguéi Ivánovich esperó su traslado con ansia, pero su curador solo hizo que exigirle cada vez más información. Tuvo que correr muchos riesgos para continuar con su trabajo, y la verdad es que la paciencia del agente Racer estaba llegando a su fin.

Para sorpresa del propio Serguéi Ivánovich Potuguin, su nombre surgió como uno de los candidatos a un ascenso dentro de los servicios secretos. Al principio, estaba convencido de que debía rechazar la propuesta, pero si lo hacía causaría un gran desconcierto entre sus superiores. Sin embargo, la promoción comportaba un riesgo seguro: la prueba del polígrafo. Enseguida dio aviso a su curador americano sobre la posibilidad del ascenso. Aparte de aconsejarle que se adaptara a las circunstancias y que evitara en todo lo posible pasar por el detector de mentiras, no le prestó mucha más ayuda.

Los peores temores se hicieron realidad y una mañana, sin previo aviso, lo llamaron para pasar la prueba del polígrafo. En las pruebas, usó todos los conocimientos que había aprendido a lo largo de sus muchos años de servicio en el SVR para reconocer respuestas falsas. La hora que duró la prueba se le hizo eterna; la vivió con tensión y miedo, pero le pareció que las preguntas no habían sido tan complicadas. Unos días más tarde, le comunicaron que había pasado la prueba del polígrafo, pero que, muy a su pesar, la dirección había designado a otro candidato para el puesto vacante. Potuguin tuvo que hacer muchos esfuerzos para ocultar su alegría cuando supo la noticia de que su candidatura había sido rechazada. De forma gradual, retornó a sus funciones habituales, pero ese día quedó marcado durante mucho tiempo con una sensación de miedo y escalofrío.

Las notas de la famosa composición musical resonaban en la sala, mientras el público se quedaba fascinado con el scherzo que parecía no tener fin. Pero Serguéi Ivánovich estaba absorto en otra cosa. A su derecha, estaba sentado alguien que no había visto nunca; tenía los ojos cerrados mientras escuchaba la música. Aquel desconocido sostenía en sus manos el programa de conciertos con el nombre de Rajmáninov marcado en un círculo dos veces con un rotulador rojo. Gracias a la señal, reconoció a su mensajero y se sacó un pañuelo azul del bolsillo del pantalón, se secó la frente y volvió a guardarlo en el mismo lugar. El hombre, sin abrir los ojos y sin que nadie se diera cuenta, empujó hacia él una bolsa de plástico que tenía en el suelo entre las piernas. La operación para evacuar a Racer de Rusia a Estados Unidos había comenzado. Dejó pasar unos segundos, recogió la bolsa, se levantó del sillón y se dirigió a la salida. Afortunadamente, estaba sentado cerca del pasillo y pudo salir sin llamar la atención.

Los pasillos del conservatorio estaban desiertos, con lo que no lo vio nadie. Fue al lavabo. El cálculo resultó correcto y estaba vacío. Lo primero que hizo fue asegurarse de que la cartera y el pasaporte con nombre falso estuvieran dentro de la bolsa. De dentro sacó una peluca que le transformó en un hombre de cabello moreno brillante. Se puso unas gafas de montura gruesa que traía consigo y se vistió con una chaqueta cortavientos. Salió del lavabo y, cuando llegó al vestíbulo, se sacó el móvil del bolsillo y con sigilo lo escondió bajo un banco.

Con su nueva apariencia, imposible de reconocer, dejó el edificio del conservatorio y caminó con rapidez por las calles de Moscú. Ya era de noche. La primera fase de la operación había sido un éxito.

El disfraz era una condición indispensable para Potuguin, ya que tenía mucho miedo de la contrainteligencia rusa. Bajó al metro, siempre vigilando que nadie lo siguiera, y llegó hasta la estación de Leningradski. El nerviosismo del teniente coronel crecía a cada minuto. Sin quitarse ni la peluca ni las gafas, compró un billete en la taquilla con dinero en efectivo y subió al tren Flecha Roja que estaba a punto de salir hacia San Petersburgo.

Dentro del compartimento del vagón, se calmó un poco, pero no pudo dormir. Por la ventana veía pasar estaciones medio iluminadas y algún paso a nivel con coches que esperaban que cruzase el tren. Estos paisajes tan familiares de su infancia ya no le provocaban la menor nostalgia.

De repente, le vino a la memoria una ocasión en que se encontró con un agente de inteligencia que no conocía para entregarle un pasaporte de «tránsito». Ahora se daba cuenta de la gran envidia que sintió por su vida como ilegal. Serguéi Ivánovich estaba celoso, porque aquel agente podía trabajar en un importante país extranjero, con apoyo económico del mismo Estado, lejos de directores molestos que le hacían la vida imposible y de despachos aburridos. Este sentimiento de frustración ante el éxito y el bienestar de los demás le perseguía a menudo.

Esos eran los escasos recuerdos del pasado que reaparecieron en su memoria. Enseguida se alejaron, como los paisajes del interior de Rusia que contemplaba desde la ventana del vagón del tren de lujo que le trasladaba a otra vida con más belleza y tranquilidad, a otro mundo, a otra realidad.

Se sentía incómodo con la peluca y las gafas, pero le hacían sentir seguro, porque temía las cámaras de la estación y las miradas curiosas de los pasajeros del tren, por si alguien podía recordar su aspecto. Debería soportarlo hasta llegar a San Petersburgo.

El tren redujo la velocidad antes de detenerse en la siguiente estación y volvió a sentir miedo, porque era en esas paradas cuando los agentes de contrainteligencia podían aprovechar para irrumpir en el tren. Se levantó y se puso de pie junto a la puerta del compartimento, listo para cualquier imprevisto que pudiera surgir. Esos minutos se tradujeron en una eternidad de angustiosa espera. Por fin, el vagón sufrió una sacudida y el tren se puso en marcha de nuevo. Pasados unos minutos, suspiró aliviado y se sentó en la cama.

Una mañana gris y sombría le dio la bienvenida, de una manera un tanto desagradable y deprimente, en la estación de San Petersburgo, pero aquí se sentía más relajado; como si la distancia de setecientos kilómetros que lo separaba de Moscú le pudiese ahorrar ser detenido.

Tras recorrer algunas manzanas, se deshizo de la peluca y las gafas en el vestíbulo de un edificio y, después, volvió a salir a la calle para llamar un taxi. Un taxista del Cáucaso se detuvo enseguida y le ofreció sus servicios. Potuguin subió al asiento trasero y el taxista pisó a fondo el acelerador. Frenó de golpe para volver a coger velocidad, mientras cortaba el trayecto a los otros coches que circulaban por su lado y volaba por los cruces. Al parecer, la manera de conducir del taxista debía ser un reflejo de su talante meridional, sin embargo, su conducción arriesgada tuvo un efecto balsámico en Serguéi Ivánovich. Podía estar seguro de que ningún agente de contrainteligencia sería capaz de seguir el ritmo trepidante de su conductor.

El coche se detuvo bruscamente ante la terminal del aeropuerto. Quedaban menos de dos horas para la salida del vuelo que debía llevarle a una capital europea occidental. Se bajó del coche, pero no tuvo tiempo de dar ni un par de pasos cuando, de repente, sintió que sus pies se levantaban del suelo. Para no perder el equilibrio y caer hacia delante, Potuguin agitó los brazos, pero una fuerza descomunal acompañada de un crujido se los inmovilizó en la espalda. Apenas tuvo un instante para ver cómo el taxista le presionaba los ojos con los dedos de una mano y con la otra lo cogía por la barbilla, para echarle la cabeza hacia atrás. Intentó gritar, pero de su garganta solo pudo emitir un gemido de dolor. Cuatro hombres, al grito de «Queda detenido», le empujaron hacia el interior de una furgoneta y cerraron la puerta de golpe. Solo en ese momento entendió lo que estaba sucediendo a su alrededor. Estaba esposado. Uno de los hombres habló por una radio:

—Todo bajo control.

Entonces ordenó al conductor:

—Llévanos a Liteini.

En Liteini Prospekt se encontraba la sede de los servicios secretos en San Petersburgo. Solo entonces fue consciente de que todo había terminado para él. Serguéi Ivánovich comprendió que no era él quien había engañado al polígrafo y que, desde aquel día, los agentes de contrainteligencia le habían mantenido bajo estrecha vigilancia.

44

Debemos ser capaces de soportar todo aquello que no podemos evitar.

MICHEL DE MONTAIGNE, filósofo francés

Alexandria, Virginia, Estados Unidos, 2011

Catherine estaba sentada en un banco de metal, agarrada a sus rodillas con las manos, mientras temblaba de frío. Los aparatos de aire acondicionado que funcionaban en la comisaría de policía eran muy potentes, así que resultaba difícil imaginarse que más allá de las paredes de su celda de aislamiento hiciese un calor insoportable. Aunque quizás el estrés también tenía algo que ver.

A través del cristal blindado, Catherine solo veía la espalda del oficial de guardia, que estaba observando los monitores del circuito cerrado de televisión mientras sostenía una taza térmica de café. A veces, hacía girar su butaca para comprobar lo que sucedía en cada una de las cuatro celdas. Solo las dos celdas en las que se encontraban encerrados Catherine y Georges requerían su atención, puesto que las otras estaban vacías.

Le dolía mucho la zona lumbar, por lo que intentó apoyar la espalda contra la pared con la esperanza de amortiguar un poco el dolor; sin embargo, era tal el frío insoportable que irradiaban las baldosas que no pudo resistirlo. Se apartó de la pared y volvió a abrazarse las rodillas con las manos. La vieja manta que el guardia de seguridad le había arrojado dentro de la celda apenas le daba calor, y constantemente le resbalaba de los hombros.

A lo largo de toda la noche, Catherine trató de entender dónde habían cometido ella y su marido ese error fatal que había conducido al imprevisto fracaso, pero fue incapaz de encontrar una respuesta. Por otro lado, una pregunta no le daba descanso: ¿qué sucedería con sus hijos?

Era consciente de que los dos, probablemente, serían acusados de espionaje. Este crimen estaba penado en el estado de Virginia con una larga sentencia de cárcel o, en el peor de los casos, con una inyección letal. Sin embargo, estos terribles pensamientos no permanecían por mucho tiempo, en contraste con una aparentemente interminable y desesperadamente fría incógnita: ¿qué sucedería con sus hijos?

Era consciente de que los dos, probablemente, serían acusados de espionaje. Este crimen estaba penado en el estado de Virginia con una larga sentencia de cárcel o, en el peor de los casos, con una inyección letal. Sin embargo, estos terribles pensamientos no permanecían por mucho tiempo, en contraste con la aparentemente interminable y desesperadamente abrumadora incógnita: ¿qué sucedería con sus hijos?

Sabía que había desaparecido un frasco de tinta, que había una mujer propensa a sudar y muy nerviosa, que probablemente se trataba de una agente del FBI en misión secreta, y que un teléfono móvil se descargaba demasiado a menudo. Todos ellos eran eslabones de una misma cadena. Ya los seguían. Ahora era importante saber qué fue lo que llamó la atención de los servicios secretos americanos. ¿Fue su comportamiento, su estilo de vida o alguna otra cosa? ¿Qué pruebas tenían de su pertenencia a los servicios de inteligencia rusos?

Lo que más miedo le daba era que los agentes del FBI hicieran uso de psicofármacos. En ese caso, sería inútil resistirse, aunque pruebas obtenidas con este método no serían válidas ante un tribunal. Sin embargo, podrían tener un valor operativo, y pondrían en peligro a todos sus contactos, empezando por Normand. Catherine, de hecho, estaba contenta de no saber casi nada de ese hombre.

Por fin se hizo de día. El policía se levantó, hizo algunos ejercicios físicos y se puso las manos en la región lumbar. Después apagó la luz del escritorio y se preparó para dar por terminado su turno. Minutos más tarde, apareció su relevo: un chico rubio. Pasó por delante de las celdas. Primero miró a Georges y luego fue hasta la celda de Catherine y la observó un buen rato a través del cristal de seguridad. A continuación se dirigió al mostrador de control, movió un interruptor y Catherine notó cómo el aire acondicionado reducía su potencia inmediatamente. Se marchó y volvió al cabo de diez minutos con dos bolsas de dónuts en la mano. Dejó una bolsa en la celda de Georges y otra en la de Catherine. En silencio, puso un vaso de café caliente sobre la mesa y los dónuts en un plato de papel. Catherine dio las gracias al chico mientras la puerta se cerraba tras él.

Apenas habían terminado el desayuno cuando aparecieron un par de agentes del FBI. Entraron en la celda, le pusieron en los tobillos unos grilletes que pesaban mucho y la obligaron a salir al pasillo. Caminó hacia el exterior con mucha dificultad arrastrando las cadenas. Era difícil y doloroso moverse con unos grilletes que le rasgaban la piel de los tobillos.

Las esposas y los grilletes, apenas le permitieron llegar al minibús que la esperaba para llevarla a su primer destino: el juzgado del distrito de Alexandria, famoso por algunos juicios que habían tenido mucho eco. El lugar les resultaba muy familiar a los Gauthier puesto que a menudo habían paseado por el parque justo delante de la entrada principal, para hablar de cuestiones que ahora sería mejor mantener en silencio. Para los participantes en esta primera vista judicial todo era pura rutina, excepto para Catherine, que estaba muy angustiada. Solo se calmó cuando vio llegar a Georges. Él, al verla, le sonrió para darle ánimos. Antes de comenzar la vista, no se les permitió intercambiar ni una palabra. A su lado, sentados en el banquillo, había dos abogados de oficio designados para su defensa. Solo se presentaron y les prometieron reunirse con ellos en los próximos días.

La decisión del tribunal era previsible: dos meses de prisión preventiva hasta que finalizara el procedimiento y fianza denegada.

La prisión privada de Virginia, que acogía a los reclusos en espera de juicio, era un enorme edificio moderno rodeado por un aparcamiento. Los nuevos prisioneros accedían a la prisión por una entrada equipada con un estricto sistema de vigilancia.

Alrededor del mediodía, los agentes del juzgado entregaron a Catherine Gauthier a los guardias de la prisión. La inspección médica se llevó a cabo en varias estancias dedicadas a esos exámenes específicos. Reinaba un silencio que solo se interrumpía cuando los guardias daban órdenes a los nuevos reclusos.

En la primera estancia le retiraron las esposas y los grilletes, y le ordenaron que entregara todas las joyas que todavía tuviese en su posesión. Con mucha tristeza, se quitó la sortija que le había dado la anciana judía de Praga.

En la sala contigua, una guardia afroamericana enorme la obligó a desnudarse para someterla a una humillante inspección por todo el cuerpo. Con guantes de silicona y una linterna en la mano, le examinó primero la boca y luego le ordenó repetidas veces:

—Agáchese. Siéntese.

Con la linterna le examinó sus partes íntimas. Resultó repugnante, pero no tuvo más remedio que soportar la humillación. Tampoco quiso juzgar a aquella mujer, porque estaba haciendo su trabajo y cumplía escrupulosamente con el procedimiento establecido.

Acto seguido, la misma mujer puso encima de una gran mesa una camiseta naranja, una bata del mismo color, un pantalón gris, ropa interior, calcetines blancos y zapatillas deportivas sin cordones. Mientras se vestía, también trajeron sábanas, un cepillo de dientes, jabón y un rollo de papel higiénico.

—El rollo es para una semana —le dijo la mujer.

Cuando le volvieron a poner los grilletes, entendió que por fin había concluido el desagradable proceso de admisión en la cárcel, pero al mismo tiempo era muy consciente de que su vida había dado un giro dramático. Debía adaptarse a las nuevas circunstancias y condiciones, donde la obediencia y la resistencia pasaban a ocupar un primer plano.

Todo lo que le sucedía era una desgracia y solo le distraía pensar en sus hijos. ¿Qué sería de ella y de Georges? ¿Cómo terminaría esta terrible historia? La inquietud sobre el destino de sus hijos no dejaba de darle vueltas dentro de la cabeza, pero era muy difícil prever una respuesta. Le rompía el corazón y le provocaba pesadillas. Un molesto sentimiento de melancolía de su infancia, relacionado con un episodio ya olvidado, vino a su memoria. Rememoró ese período de tiempo que pasó en un campo de pioneros de verano, sola y sin sus padres.

En la planta baja del bloque de internamiento, recibió un colchón delgado, una manta gastada y una almohada dura. Subió por las escaleras hasta su celda acompañada de un guardia. La celda, para dos internas, se encontraba en la segunda planta. Mientras le abrían la puerta, Catherine echó un vistazo hacia abajo y, de repente, le vino a la cabeza la chica pelirroja del centro comercial y la entrega que le hizo. ¿Quizás cometió el error en ese momento?

Su joven compañera de celda, que estaba a la espera de juicio por tráfico de drogas, como sabría posteriormente, la saludó con indiferencia. Sin levantarse del taburete señaló con la cabeza la litera de arriba, que estaba vacía. A Catherine, el gesto le pareció inútil, porque no había otro sitio libre en la celda. Hizo la cama, se sentó y se echó la manta sobre los hombros. En la celda hacía mucho frío a causa del sistema de aire acondicionado que funcionaba permanentemente. Vio que habían cubierto la salida del aire con una hoja de papel blanco, pero apenas soportaba la fuerza del aire frío. «Es extraño que los americanos derrochen la electricidad de esta manera, tan ahorradores como son», pensó. Pero de repente se le ocurrió que probablemente esta temperatura tan baja en la celda era una manera de influir en el estado de ánimo de las reclusas; y el malestar que provocaba formaba parte del castigo.

Habían terminado de comer y todavía quedaba mucho tiempo para la cena. Para pasar el rato, cogió un libro viejo que había sobre la mesa y empezó a leer. Pero enseguida lo dejó. Le vino a la cabeza la imagen de sus padres en su ciudad natal. Aquella Tomsk que siempre imaginaba cubierta de nieve, dura e invernal… antes la soñaba y ahora la rememoraba.

Le vinieron a la cabeza las palabras de la anciana judía: «Presten atención a las palabras de esta anciana judía. Si tienen hijos, cuídenles mucho, cuídenles. Si no lo hacen, solo les quedará un deseo permanente de morirse por el resto de sus vidas. Cuiden de sus hijos, a toda costa, excepto al precio de la traición…». ¿Cómo era posible que ahora ella no pudiera salvarse…? Ante todo, debía hacerlo por sus hijos.

También le resultaba deprimente que su marido no pudiera estar junto a ella: su amor, su amigo y su compañero de misión. A lo largo de todos estos años de trabajo, había sido su apoyo más fiable, con quien había compartido alegrías, dificultades y derrotas. Catherine de repente lo había perdido todo.

Aunque no pudo pegar ojo en la comisaría de policía, la primera noche en prisión tampoco fue fácil. Solo al amanecer consiguió quedarse medio adormilada y se dejó llevar por un sueño:

«Oscuridad, hedor y frío. Los vitrales ahumados casi no

dejaban pasar la luz. La tenue luz de las lámparas apenas iluminaba los iconos que, en lugar de los rostros de los Santos Padres, representaban retratos de presidentes, políticos famosos, empresarios, banqueros y otros personajes públicos.

»En una sala oscura que recordaba un templo pagano, Catherine estaba arrodillada y contemplaba aterrorizada los frescos del iconostasio. Junto a algunas imágenes apocalípticas del mundo, aparecían otras no menos horribles de una guillotina con una víctima decapitada, una mazmorra con presos moribundos a causa de enfermedades y heridas, así como una horca con cadáveres en descomposición a su alrededor.

»Una fuerza desconocida la empujó contra el frío suelo, pero la mujer se resistió con todas sus fuerzas para no darse de bruces. Una voz grave y masculina le dijo:

»—¡Levántate! Tú puedes.

»En ese momento una ola de fuerza inesperada la ayudó a incorporarse. La mano de un anciano le tendió un paño de color naranja, tras lo cual desapareció en medio de la oscuridad, pero Catherine ya sabía lo que debía hacer. Se fue hasta el muro donde se encontraban las imágenes de los muertos y las empezó a borrar con el paño. Al principio le costó, pero poco a poco, detrás de las aterradoras imágenes, apareció un cielo azul y sin nubes. Aquella voz masculina, ahora familiar, sonaba en algún lugar de su interior, repitiendo incesantemente: "Debes resistir, debes resistir..."».

45

Y la vida sigue. Te podrá parecer horrible o preciosa,
todo depende de cómo la mires.

Erich Maria Remarque, escritor alemán

Un gran revuelo insoportable despertó a Catherine. Una de las vigilantes golpeaba la puerta de su celda.

—¡Levantaos! —gritó, y después de asegurarse de que las dos reclusas salían de la cama, se marchó.

Una vez acabó de desayunar, la llamaron para someterse a otro interrogatorio del FBI. Siguió por un pasillo para bajar a la planta baja. De camino, se fijó en una mujer china que estaba sentada junto a la entrada de la sala de recreo y que parecía contemplar una pared con la mirada perdida. Al parecer, había infringido la ley de inmigración y, al no saber una palabra de inglés, había quedado condenada a una vida de ermitaña. El vigilante se detuvo ante una puerta, llamó y abrieron desde dentro. Alrededor de una mesa, se encontraban los agentes Addington y Manzer. El guardia le quitó las esposas, señaló una silla y se fue.

—Ha tenido tiempo para reflexionar, por lo que confío que nuestra conversación dé resultados, hoy —dijo Addington mientras fijaba la mirada en la imponente caja de cartón que llevaba escrito «Pruebas».

Catherine no dijo nada. La caja que le vino a la cabeza fue

otra muy diferente; se trataba de la que ella y Antón llenaron juntos con los recuerdos de una vida pasada, antes de partir hacia su primera misión. La agente aguardó a que se produjera alguna reacción por parte de Catherine, pero no hubo ninguna. Permaneció en silencio.

—Solo le pido su auténtico nombre. Después podrá ver a sus hijos y mejoraremos las condiciones de detención —añadió Addington.

—No sé de qué me habla —le contestó Catherine con mucha calma.

—Sé que ustedes nacieron en Siberia —continuó la agente del FBI como si no la hubiera oído—. Debe de ser terrible. ¿De verdad hace tanto frío en invierno?

Addington cometió un error al intentar confundirla con preguntas tan simples. Sin embargo, Catherine se dio cuenta enseguida de que el FBI solo podía tener conocimiento de informaciones específicas si las había hecho llegar alguien de Moscú, lo que significaba que había habido una traición.

—Nunca he estado ahí y, de hecho, ni siquiera me interesan estos lugares; llevaba muy mal la geografía en la escuela —dijo con indiferencia.

—¡Qué lástima que una vez más nuestra conversación no haya funcionado! —se lamentó sinceramente Manzer—. Pero no nos precipitemos.

Llegados a este punto, dieron por terminada la reunión y el guardia escoltó a la prisionera hasta su celda. La china continuaba sentada en el mismo lugar, inmóvil, sin prestar atención a su alrededor... A la hora de comer, tras recibir su bandeja, eligió mesa y se sentó frente a una mujer rubia de mediana edad. Comenzó a comer mientras la rubia la miraba, hasta que esta se presentó:

—Susan.

—Catherine.

—¡Exacto! ¡Eres ella, o sea, tú!

—¿Quién?

—Te vi en las noticias de la televisión. ¡Eres rusa!

A Susan le agradó que las otras internas estuvieran en silencio, pendientes de lo que decían ellas, esperando a ver lo que iba a suceder.

—Soy americana —dijo con firmeza.

—¡Tienes suerte! ¡Eres una celebridad! Sales en televisión —dijo con envidia—. Hoy después de cenar hay sesión de cine, ¿quieres venir? —preguntó inesperadamente.

—De acuerdo, vayamos al cine.

Cerca de la sala donde se reunían las presas, Catherine vio un teléfono colgado de la pared. Susan le comentó que podía llamar gratuitamente desde aquí, pero solo a cobro revertido. Aún faltaba una hora para que empezara la película y Catherine estuvo dudando un buen rato si sería acertado llamar a sus vecinos, los Verne. Le daba vergüenza que ellos tuvieran que pagar la llamada, pero la imperiosa necesidad de saber cómo se encontraban sus hijos acabó por imponerse. Amanda contestó enseguida y se mostró muy amable con ella. La tranquilizó y le aseguró que los gemelos estaban bien. Le ofreció hablar con ellos, pero Catherine se negó por temor a que la conversación no aportase nada, ni a ella ni a sus hijos, aparte de más frustración.

Las reflexiones de Catherine sobre sus hijos le provocaban una zozobra constante. Si Peter y Paul se quedaran a vivir en Estados Unidos, su madre tendría la oportunidad de verlos de vez en cuando, pero no se quedaría tranquila por lo que respecta a su seguridad y su futuro. Si, por el contrario, eran trasladados a Rusia, estaría tranquila por su futuro, pero pagarían un alto precio por vivir en un país desconocido para ellos y sin ninguna posibilidad de mantener el más mínimo contacto con sus progenitores. Agotada e incapaz de encontrar la respuesta adecuada, se propuso mentalmente olvidarse de este dilema hasta que se dictara sentencia.

Mientras esperaban que comenzara la película, algunas mujeres ya comían palomitas y golosinas. Pero por alguna razón, Susan no estaba, y no apareció hasta justo un par de minutos antes del inicio de la película. Trajo dos bolsas de palomitas en las manos y le dio una a Catherine.

—Toma, son para ti.

—Gracias.

—También me gustaría darte las gracias.

—¿Por qué? —dijo sorprendida Catherine.

—¿No te has dado cuenta de que no me habla nadie?

—No me he fijado, disculpa.

Por supuesto, Catherine ya lo había notado, pero no prestó mucha atención.

—Sabía que todos los rusos erais amables... —continuó Susan.

—Soy americana —insistió con rotundidad.

—Me juzgarán por acoso de menores —confesó la mujer.

—Eso sí que es algo diferente... —suspiró Catherine—. Estoy segura de que ahora estás sufriendo por lo que hiciste.

Los ojos de Susan se llenaron de lágrimas y se volvió.

Cuando la película se estaba acabando, se abrió la puerta de la sala ruidosamente y se oyó un murmullo general de disgusto.

—¡Gauthier, fuera! —ordenó una vigilante.

Catherine obedeció y la condujeron hasta su celda, donde la obligaron a recoger toda la ropa de cama y sus objetos personales. Se la llevaron a la primera planta, donde mantenían a los reclusos en aislamiento.

Las condiciones de reclusión se endurecieron de forma draconiana. Solo podía moverse esposada, y la comida se le servía por la ventanilla de la celda. La comunicación con las otras presas estaba prohibida y debía soportar darse la ducha bajo la atenta mirada de una vigilante. Relacionó estos cambios con su negativa a cooperar con el FBI, aunque la administración de la prisión siempre la trató con corrección. Quizás por este motivo, la pusieron en una celda con una ventana desde donde podía ver la calle. Para ella solo existiría esta «libertad» a partir de ahora en su nueva realidad. El aparcamiento y la entrada a la tienda eran todo lo que podía ver del exterior.

Tras su llegada a la prisión, parecía que el tiempo se hubiera detenido. No sabía nada de sus hijos, y toda su capacidad de planificación, aquí dentro, no servía para nada. Se sentía deprimida, pero no se rindió.

De las memorias de la coronel Vera Svíblova:

En la celda de aislamiento, me quedé sola conmigo misma. Me acostumbré a la idea de que la prisión se podría alargar durante muchos años, quizás incluso dos décadas, porque este era el riesgo que corríamos con nuestra profesión. Mi ira y mi resentimiento con el traidor, fuera quien fuese, acabaron reemplazados por la tristeza y la pena a causa del impacto directo que tuvo la detención sobre nuestra familia. De repente, dispuse de mucho tiempo libre, y para no caer en el desánimo y al mismo tiempo mantenerme en forma, me impuse una cierta rutina diaria. Me pasaba toda la mañana leyendo. Los guardias me proporcionaban novelas de autores famosos. Se me hizo extraño leer ahora con nostalgia y envidia historias sobre la vida cotidiana y el amor. El primer día, una de las internas me trajo una Biblia y me aconsejó que me la leyera para paliar la angustia espiritual y para alcanzar la fe. Con el fin de mantener el cuerpo en forma, decidí practicar ejercicio físico un par de horas al día: andaba alrededor de la celda, hacía flexiones en la cama y sentadillas, así como otros ejercicios sencillos. Cualquier movimiento me daba fuerza y me aportaba un poco de paz interior.

Me pasaba las tardes pensando y recordando, y de nuevo me sumergía en la lectura. Disfrutaba de un sistema nervioso fortalecido por años de trabajos difíciles, que me permitía dormir con normalidad, hasta en la misma prisión. Sin embargo, también aparecieron sueños muy reales que se intercalaron con pesadillas, aunque en la mayoría de casos había un final feliz. El optimismo y la esperanza brillaban en algún lugar profundo de mi subconsciente.

Una mañana, al terminar de desayunar, me llamaron:

—Catherine Gauthier, ¡fuera!

Se acercó a la puerta de la celda, metió las manos a través de una apertura especial y esperó que la esposaran, tras lo cual se alejó de la puerta. Salió de la celda y en el pasillo un guardia le puso los grilletes, como de costumbre. Las rozaduras de los tobillos aún no habían cicatrizado y andar resultaba un calvario. El corredor y las escaleras empinadas se le hicieron eternos.

Cuando llegó ante la sala de interrogatorios, le retiraron los grilletes, lo que la sorprendió mucho. El guardia abrió la puerta. Alrededor de la mesa, en lugar de los dos agentes del FBI que ya conocía, encontró a su abogado acompañado de un desconocido. Cuando la vieron entrar, ambos se levantaron. El abogado la saludó, y el otro hombre sonrió e hizo un gesto con la cabeza. A ella no le pareció normal este comportamiento.

—Quiero notificarle una novedad... —empezó a hablar el otro hombre y se detuvo.

—¿Es que me ha tocado la lotería? —bromeó ella con un aire de tristeza.

El hombre se rio y continuó hablando.

—Mucho mejor. Creo que mis noticias todavía le gustarán más. Trabajo en la embajada rusa. Me llamo Mijaíl. Estoy aquí para comunicarle que Rusia y Estados Unidos han llegado a un acuerdo al máximo nivel para devolverla a su país de origen.

La sorpresa inicial de Catherine se transformó en una inmensa alegría, pero enseguida se recompuso. Miró incrédula a su abogado, temerosa de que le hubiesen preparado una trampa, pero él asintió con la cabeza para indicarle que se trataba de un funcionario de la embajada y que decía la verdad.

—¿Y los niños? ¿Cómo están mis hijos?

—Están bien, ya están en la embajada —dijo Mijaíl—. Pasará un breve espacio de tiempo en el bloque de administración antes de ser trasladada al juzgado. Pero no regresará a su celda. La vista se celebrará dentro de pocas horas. Por la noche descansará en la embajada y mañana aterrizará en Moscú. Ahora voy a ver a su marido para comunicarle la noticia. ¿Quiere que le diga algo?

—Dígale a Georges que le quiero.

Prisión federal, cerca de Petersburg, Virginia, Estados Unidos

La prisión para hombres parecía una colmena de abejas con su ininterrumpida actividad frenética, de día y de noche. El ruido aumentaba de noche: los gritos y gemidos de los drogadictos, las risas y los aullidos salvajes de los enfermos mentales, los porrazos de los guardias contra las barras de las celdas para estorbar a los internos y, por último, el aviso a las cinco de la mañana para levantarse, ya que a esa hora se dispensaban las píldoras a los adictos para hacerles más llevadero el síndrome de abstinencia. Después del desayuno, la prisión se calmaba por unas horas y solo entonces reinaba el silencio y se podía dormir un rato.

Georges pasó la primera noche en una celda de traslado en medio de decenas de prisioneros, sin saber lo que le iba a suceder después. Del techo colgaba un televisor donde se podían ver las series de televisión americanas más populares del momento. De vez en cuando, aparecían mensajes de noticias en la parte inferior de la televisión. Después del desayuno, dio un vistazo a la pantalla y, de repente, se quedó de piedra, cuando vio que su nombre aparecía en las noticias. Continuó atento a la pantalla y pudo leer que un matrimonio de espías rusos había sido detenido. Se sintió aliviado ya que eso quería decir que en el Centro ya conocerían su detención.

Ese mismo día, Georges vio su régimen de detención endurecido cuando se lo llevaron a una celda de aislamiento. En todo caso, pensó que sería mejor así, porque el comportamiento de los presos, sobre todo de los drogodependientes, era absolutamente impredecible. Todas las celdas de esta área de aislamiento, naturalmente, eran individuales. Disponían de rejas en lugar de puertas y se accedía a ellas desde una sala central. Instalados en el centro de esta sala, los guardias podían observar todo lo que sucedía a su alrededor, en el interior de las celdas individuales. En este bloque solo había presos con antecedentes criminales graves, con desequilibrios mentales o con un historial de conflictos con los otros internos. Todos llevaban un uniforme de color naranja. Se les permitía salir de la celda para pasear solo una hora al día, excepto a Georges, que no estaba autorizado a salir. La lámpara de la celda estaba encendida permanentemente y el aire acondicionado hacía un ruido de mil demonios, mientras lanzaba su chorro de aire frío. En la celda había únicamente una cama de hierro con un colchón y una almohada muy delgados, un fregadero de acero inoxidable y un aseo. Sobre el fregadero, había un trozo de acero pulido fijado en la pared que hacía las funciones de espejo.

La comida en la cárcel siempre era la misma. Para el desayuno servían cereales con leche descremada y un pedazo de pan blanco insípido. No estaba permitido nada caliente. El café y el té habían sido sustituidos por sobres de polvo instantáneo que, disuelto en agua, se convertía en una especie de jarabe azucarado. Georges se quedó sorprendido con lo bien que toleraba la comida de la prisión, a pesar de su fama de *gourmet*. Se contentaba con poco. Lo peor de todo para él era la falta forzada de sueño.

Georges dormía cuando alguien le despertó hablando en voz alta y preguntándole:

—¡Eh tú, ruso! ¿Cómo te va? —Era un preso alto, que le hablaba desde la celda de al lado, con el cabello claro y de unos treinta y cinco años.

—¿De qué hablas? —dijo Georges, tratando de no ponerse nervioso.

—Vamos, hombre, que lo sé todo. Está escrito en los periódicos —sonrió mientras levantaba uno de ellos—. ¿Cuánto tiempo los vas a engañar? Yo también odio a estos policías, ¿sabes? Tú y yo somos de la misma sangre. Soy originario de Ucrania, pero vine aquí de pequeño con mi madre.

Miró a Georges de arriba abajo y le preguntó:

—Eh ruso, ¿por qué vas tan mal vestido?

—Me puse lo que me dieron.

—De acuerdo, amigo, ya me encargo yo de eso.

Después desapareció. Un par de horas más tarde, alguien le deslizó por debajo de las rejas unas zapatillas deportivas nuevas sin cordones y un uniforme también nuevo y bien planchado.

La conversación con el ucraniano, que aparentemente era la máxima «autoridad» entre los presos, facilitó que también le llegara un ejemplar de un libro de Harry Potter a su celda. Otro día le dejaron un periódico, gesto que le produjo una gran felicidad. Lo leyó con gran interés, ya que se trataba de la única conexión con el mundo exterior. Sus ojos de agente de inteligencia enseguida se fijaron en un titular importante: «Revueltas populares en Damasco». Georges pensó: «Ya ha comenzado. ¿Realmente les funcionará?».

Los días en prisión se parecían tanto unos a otros que no había más remedio que hacer marcas en la pared para saber cuánto tiempo había transcurrido. Cualquier traslado al juzgado, una reunión con los abogados o los mismos interrogatorios del FBI eran percibidos como acontecimientos especiales, que al menos servían para romper la monotonía de aquella aburrida existencia.

—¡Gauthier, fuera! —ordenó el guardia, que apareció de repente ante las rejas de la celda.

Georges se alegró de salir de la celda, al menos por un rato. Al acercarse a las puertas grises del sector de la administración de la prisión, se imaginó que los agentes del FBI le aguardaban para otro interrogatorio. El guardia abrió la puerta y le quitaron las esposas y los grilletes. Para su sorpresa, su abogado de oficio estaba sentado junto a un desconocido en torno a la mesa. El abogado se levantó de la silla, le saludó y dijo:

—Este hombre es un funcionario de la embajada rusa en Washington.

Georges no se sorprendió por la presencia de un diplomático, pero no entendió de qué tema tenían que hablar. Sin embargo, la sonrisa disimulada del representante de la embajada le convenció de que no habría problemas.

—*Mister* Gauthier, sin más preámbulos, tengo el placer de informarle de que se ha acordado su retorno a Rusia. Se ha llegado a un acuerdo de intercambio entre usted y alguien que la parte rusa está dispuesta a entregar a la parte norteamericana próximamente —dijo el diplomático de la embajada.

—¿Y Catherine? —preguntó enseguida Gauthier sin darse cuenta de las implicaciones que la noticia tenía.

—No se preocupe. Justo vengo de encontrarme con ella. Lo sabe todo y me ha pedido que le saludara de su parte. Existe una condición para el traslado de la que ya se le informará oportunamente.

46

Los problemas no llegan solos, pero la suerte tampoco.

ROMAIN ROLLAND, escritor francés

Catherine miraba pensativa hacia el exterior a través de los cristales tintados del minibús, mientras avanzaban por las calles de Alexandria, que tan familiares le resultaban. La alegría inmensa que sintió en un primer momento al conocer la noticia del intercambio de prisioneros dejó paso más tarde a una sensación de incertidumbre. Las promesas del embajador ruso dependían de la decisión del juez, y todavía no la había tomado. Sin embargo, este recorrido por la ciudad podía considerarse como una despedida, porque ya no podría vivir más aquí. ¿Era consciente de que su vida se hacía añicos con la detención? Tampoco era exactamente de esta forma, porque se abría una nueva vida, cuya duración nadie podía prever.

El coche se detuvo en el patio interior del juzgado, ante una de sus entradas. Catherine salió con muchas dificultades del vehículo arrastrando las cadenas de los grilletes, que hacían mucho ruido. Entró en el juzgado acompañada de dos oficiales judiciales. Cada paso que daba resultaba muy doloroso, por lo que tardó mucho en llegar a su destino. La condujeron a una sala, donde tomó asiento y le quitaron las esposas. Antes de entrar, reconoció las caras conocidas de algunos agentes del

FBI que esperaban en el corredor. Uno de ellos le susurró algo al oído del oficial y este asintió con la cabeza. Acto seguido, el guardia entró con una venda y una botella de antiséptico. Mientras el guardia curaba las heridas de los tobillos a Catherine, su abogado apareció en la sala. Cogió una silla para sentarse ante ella y le dijo amablemente:

—Su marido ya viene hacia aquí. Llegará en una hora, pero mientras tanto le explicaré lo que va a pasar en esta sala. En la vista, usted y su marido deberán reconocer que trabajaban como agentes extranjeros no registrados en Estados Unidos. El juez dictará sentencia de prisión por un período de tiempo igual al que ya han pasado entre rejas. Acto seguido, agentes del FBI los trasladarán directamente a la embajada rusa. No sé exactamente qué es lo que pasará allí, pero básicamente ustedes serán intercambiados por un agente que los servicios secretos rusos tienen detenido en Moscú y que será trasladado al mismo tiempo al recinto de la embajada norteamericana en Moscú. Ustedes volarán a Rusia de inmediato y el otro agente hacia aquí. Confío en que no haya sorpresas.

Catherine escuchó con calma y en silencio al abogado. Las emociones que surgían del corazón con estas buenas noticias se manifestaron iluminando su rostro, pero pronto se apagaron.

Durante los meses que estuvo en prisión, se había acostumbrado a que las cosas siempre podían cambiar de curso inesperadamente. En la cárcel no tenía ningún sentido hacer predicciones de futuro, ya que eran otros los que lo planificaban. Tenía muy claro que para ella la guerra había llegado a su fin, pero, si en pocas horas acabaría en victoria o en derrota tampoco dependía de ella, así que no tenía ningún sentido ni alegrarse ni entristecerse.

El abogado, sorprendido por la moderada reacción de Catherine, se levantó y dijo:

—Vuelvo enseguida. Voy a averiguar si ha llegado ya su marido.

—¿Quiere un café? —preguntó uno de los agentes del FBI educadamente.

Ella negó con la cabeza. Al mismo tiempo, se abrió la puerta de par en par y el abogado entró rápidamente con cara de satisfacción. Tras él vio a su marido, que como de costumbre le sonrió con discreción. Por alguna razón, Georges llevaba la misma ropa que el día de su detención. Su marido la abrazó, se echó un poco atrás y en voz baja le preguntó:

—¿Recuerdas el reloj de vapor? —Catherine asintió con la cabeza y lo abrazó de nuevo.

El guardia entró en la sala y mirando a Georges dijo:

—Veo que ya les han traído. Pues vamos allá. Todo está a punto.

La rica decoración de la sala del tribunal les dejó impresionados. Las paredes cubiertas de paneles de madera de roble, las magníficas lámparas de araña, las mesas de madera maciza, la enorme silla del juez y el escudo dorado de Estados Unidos, todo estaba diseñado para despertar el respeto a las personas que participaban en los actos de justicia que tenían lugar en aquella sala.

Unos minutos más tarde hizo su entrada la juez, una mujer gruesa afroamericana vestida con una toga negra, y se sentó en la silla. La audiencia judicial le recordó a Catherine una pequeña representación bien escenificada y ensayada, donde cada uno de los participantes conocía perfectamente su papel con las palabras, las frases y los gestos que debía realizar. Los abogados de la defensa reconocieron la culpabilidad de sus clientes, cuando llegó el momento oportuno para declararlo. A continuación, la juez leyó la larga sentencia y, finalmente, procedió a dictar el veredicto:

—... Los acusados se han declarado culpables de trabajar como agentes no registrados en Estados Unidos. Este tribunal condena a Catherine Gauthier y a Georges Gauthier a dos meses de prisión. —Hizo una pausa y continuó—: Por lo tanto, dictamina que Catherine Gauthier y Georges Gauthier sean puestos en libertad en esta sala.

El mazo de madera de la juez anunció la entrada en vigor de la sentencia. No quedaron libres automáticamente, puesto que continuaron bajo la custodia del FBI, pero en unas condiciones de detención que cambiaron significativamente. Un coche Lincoln con los cristales tintados esperaba ante la entrada del patio interior. La pareja de agentes rusos se acomodó en la parte trasera del vehículo. Fueron escoltados por vehículos negros con las sirenas sonando, que partieron a toda velocidad en dirección a Washington.

La caravana de coches redujo la velocidad abruptamente antes de llegar al complejo de la embajada, para continuar lentamente por Tunlaw Road hasta la entrada de la sede diplomática rusa que estaba equipada con puertas de acceso dobles, que resultaban especialmente idóneas para los complicados procedimientos relacionados con un intercambio de prisioneros. Había mucha gente al otro lado de la cinta policial, sobre todo peatones curiosos y periodistas con sus voluminosas cámaras de televisión. Al otro lado de la puerta de acceso, dentro del territorio de la embajada, Catherine inmediatamente pudo distinguir las siluetas de Peter y de Paul.

El Lincoln se detuvo ante la puerta exterior. A partir de ese momento, todo el operativo especial quedó bajo el mando de un único agente, que, como si fuera un director de cine, estaba sentado en una silla plegable junto al acceso de la embajada. En la pantalla de su ordenador portátil, que tenía sobre el regazo, podía contemplar las imágenes de lo que estaba sucediendo en la embajada de Estados Unidos en Moscú.

El agente del FBI se ajustó los auriculares, comprobó el micrófono y levantó el brazo izquierdo.

—¡Abrid! —gritó.

La puerta se empezó a mover lentamente hacia un lado para dejar paso al vehículo donde se encontraban los Gauthier. Todo el mundo se quedó inmóvil a la espera de recibir la siguiente orden. Se hizo el silencio y los periodistas conectaron sus equipos a toda prisa. Solo se oían los clics de las cámaras mientras los flashes parpadeaban.

—¡Adelante! —ordenó el agente.

El Lincoln cruzó lentamente la primera puerta, que se cerró inmediatamente tras el paso del coche, para detenerse ante la segunda. Se volvió a producir una pausa que aprovechó el conductor del vehículo para ceder su sitio a un empleado de la embajada, mientras que el agente del FBI que iba dentro del coche también se apeó en este preciso instante.

Pasaron solo unos segundos de agónica espera que a los dos agentes les parecieron una eternidad.

—¡Pueden continuar! —volvió a gritar el agente mientras agitaba la mano. La segunda puerta se abrió, pero el Lincoln no se movió hasta que se oyó una nueva orden:

—¡Adelante!

Solo en ese instante el Lincoln avanzó para entrar definitivamente en el recinto de la embajada.

La pareja por fin pudo bajar del vehículo, al mismo tiempo que el personal de la embajada corría hacia ellos. Al frente, se encontraban sus queridos Peter y Paul.

47

Un hombre necesita poco. Siempre que alguien le espere en casa.

ROBERT ROZHDÉSTVENSKI, poeta soviético

Aeropuerto de Sheremétievo, Moscú, Rusia

La aeronave pintada con los colores azul y naranja del emblema del Ministerio de Situaciones de Emergencia (MChS) avanzaba lentamente por la pista en dirección a un extremo del aeropuerto. Vera miró por la ventana y pensó en el futuro, su nueva vida y lo que les aguardaba a sus hijos Piotr y Pável. Hasta ahora, los gemelos habían percibido todo lo sucedido como una emocionante aventura, pero ella sabía que tarde o temprano surgiría la pregunta: ¿cuándo volveremos a casa, en Estados Unidos? Vera continuó mirando por la ventana del avión. A lo largo de los últimos veinte años había visitado su tierra rusa en varias ocasiones, pero esta no era una visita más, esta era la visita del regreso, por lo que sus sentimientos, emociones y pensamientos eran totalmente distintos…

Vera y Antón conocieron el motivo de su fracaso y el nombre del traidor cuando llegaron a la embajada rusa en Washington. Solo en ese momento supieron que los iban a intercambiar por el traidor Potuguin.

Al pie de la escalerilla del avión se congregaron algunos coches y una ambulancia. Vera sonrió. La escalerilla se desplegó hasta la puerta del avión y llegó la hora de desembarcar. No tardó en estar lista para salir; iba vestida todavía con el uniforme naranja de la prisión y no traía consigo ninguna pertenencia, al igual que Georges. Solo sus hijos llevaban una bolsa pequeña con ropa y caramelos, con la que muy amablemente les había obsequiado el personal de la embajada rusa en Washington.

Abajo, les aguardaba un pequeño grupo de hombres. Cuando se acercaron, reconocieron a su curador y algunos de sus superiores, entre los que destacaba el general Morózov, que había sido invitado especialmente para recibir a los agentes ilegales.

Vera se fijó en que atrás había quedado un hombre de edad avanzada. Su cara le resultaba familiar, y se esforzó para recordar de qué le conocía. Pensó que se trataba del conductor que estuvo sentado tranquilamente en un rincón del apartamento de Tomsk, cuando ella mantuvo aquella conversación memorable en la que le propusieron «trabajar en el extranjero» y que marcó su destino. Su presencia le causó una cierta sorpresa.

Tras unas palabras de bienvenida, recibieron un ramo de flores, así como apretones de manos y abrazos por parte de todos los presentes. Vera volvió a fijarse en el «conductor» de cabellos grises y preguntó al general Morózov:

—Yuri Ivánovich, ¿quién es ese hombre?

El general miró a su alrededor y dijo:

—¿No le conoces? Es tu «padrino». Fue él quien supervisó tu selección y luego os envió a ti y a Antón a formaros a Moscú. Tú quizás no lo sabías, pero él siempre ha estado a vuestro lado mentalmente... Se llama Anatoli Vasílievich.

Vera reflexionó por unos instantes y se dirigió hacia el «conductor». Él la miró atentamente con una sonrisa y le dijo:

—Vera Viacheslávovna, ¿te arrepientes?

—Le estoy muy agradecida por todo... —dijo ella, en lugar de responder a la pregunta.

Tras su llegada a Moscú, los primeros días pasaron como si

estuvieran envueltos por la niebla. El regreso a casa fue alegre, pero tampoco podría calificarse de feliz. No estaba exento de algunas contradicciones, puesto que se desencadenó en ella una tormenta de emociones: decepción por la misión interrumpida, pena por el cambio abrupto en su vida cotidiana, angustia por los hijos que debían adaptarse a un nuevo mundo y amargura por la traición.

A este cúmulo de sentimientos tan vivos se añadió una sensación más. Resultó que había mucha más gente de la que podían haber imaginado que los quería, simpatizaba con ellos y deseaba conocerles, lo cual dejó a los dos antiguos agentes de inteligencia especialmente emocionados.

Una semana más tarde surgió una reunión inesperada, pero muy emotiva. Un hombre de baja estatura con pómulos pronunciados y ojos asiáticos vino a visitarlos a su apartamento, donde la familia se había instalado provisionalmente, asistida por uno de los curadores. Vera casi no lo reconoció, pero era Maksim, un compañero de estudios de la universidad que había trabajado con mucha dedicación en el Komsomol local. Pero ¿por qué estaba aquí? Al adivinar su desconcierto, su curador le explicó el motivo de su llegada.

—Se trata de Maksim Yurévich. Tenía muchas ganas de conocerte. Fue él quien os propuso como candidatos a recibir vuestra instrucción por primera vez... Por lo tanto, puedes considerarlo como otro «padrino». Maksim Yurévich ha recorrido miles de kilómetros desde las profundidades de Siberia solo para verte.

Vera quiso abrazarlo en ese mismo instante, pero había pasado demasiado tiempo como para poder saludarlo con tanta afectuosidad. Por el contrario, él no pudo frenar sus emociones y la abrazó.

Aquella noche, Vera y Maksim estuvieron recordando su vida de estudiantes; de cómo organizaban juntos los voluntariados de los fines de semana y preparaban el ejemplar del periódico que colgaban del muro de los estudiantes. Antón les escuchaba en silencio con una sonrisa en los labios.

Vera tuvo la sensación a lo largo de la velada que su amigo quería contarle algo importante, pero no se atrevía a hacerlo. Cuando la conversación llegó a su fin, después de una breve pausa, Maksim Yurévich dijo:

—¿Sabes, Vera? A lo largo de todos estos años me ha perseguido la misma pregunta: ¿qué derecho tenía yo, aunque fuera indirectamente, a influir sobre tu destino? Cuando vi tu fotografía entre nuestros agentes detenidos en Estados Unidos, algo estalló en mi interior. A partir de ese momento, no he podido perdonarme haberte propuesto como candidata...

—No debes sentirte culpable Maksim... En primer lugar, porque siempre tuve la última palabra y, en segundo lugar, porque considero que he sido feliz con mi destino. Y si algo me molesta, es que me hayan obligado a interrumpir mi misión como agente de inteligencia de esta manera tan abrupta.

—Gracias, Vera, gracias por tus palabras y por tu apoyo. Me has quitado un gran peso de encima. ¡No te lo puedes ni imaginar! Me pregunto cómo ha podido tu familia superar todas estas dificultades y sobrevivir —dijo Maksim Yurévich.

Naturalmente, se trataba de una pregunta retórica para la que no esperaba ninguna respuesta, pero, tras un breve silencio, Vera pronunció una frase en latín:

—*Fidem habeo*. Tuve fe en nuestra misión.

Antón le sonrió, asintió con la cabeza y añadió:

—¡Y yo tuve a Vera!*

* Vera significa 'fe' en ruso. *(N. del T.)*

EPÍLOGO

Tomsk, Rusia

El ruido monótono de los motores apenas había tenido ningún efecto sobre el estado de somnolencia de Vera. De repente, el sonido se modificó cuando el avión inició su rápido descenso, mientras se dejaba oír por los altavoces la agradable voz de la azafata.

—Señores pasajeros, abróchense los cinturones de seguridad, por favor. Nuestro avión está a punto de tomar tierra. En pocos minutos aterrizaremos en el aeropuerto de Tomsk. La ciudad de Tomsk es el centro administrativo e industrial más importante de Siberia...

El corazón de Vera tembló. Volvía a su tierra natal, a casa de sus padres, donde transcurrieron su infancia y su juventud. Regresaba al lugar al que nunca había soñado que podría volver. A juzgar por la mirada de Antón, que estaba sentado a su lado, comprendió que él también lo vivía con cierta desazón, ni más ni menos que ella. Había sido extraordinariamente difícil superar esas decenas de miles de kilómetros para poder volver a estar aquí. Hubo tantos obstáculos por el camino, que ahora, revertir el curso del tiempo y retroceder dos décadas resultaba insoportablemente doloroso y alegre a un tiempo. Su alma temblaba.

El avión se sumergió en las impenetrables nubes grises,

pero Vera siguió mirando por la ventana. Aguardó y, por fin, a través de las grietas de la espesa niebla apareció la taiga cubierta de nieve. Inmediatamente después, esta tierra severa apareció con toda su belleza lúgubre y poderosa. Esta era la imagen que la coronel Svíblova del SVR esperaba contemplar; esta era la imagen que siempre había imaginado, a lo largo de todos estos años que permaneció en tierras extranjeras, convertidas en su segundo hogar. Siempre supo que, si volvía a casa, sería en invierno, y así fue.

Tiempo atrás, esta misma taiga cubierta de nieve fue sustituida por una agitada vida de veintitrés años de duración. En ese torbellino de acontecimientos sucedió de todo: comodidad y bienestar; estanques calmados y corrientes peligrosas, trampas y rápidos arriesgados, así como libertad y aire fresco. Probablemente, para mucha gente, esa era una vida de ensueño, pero ella sentía que no había recibido el apoyo ni conseguido el equilibrio emocional, que como rusa viviendo en el extranjero tanta falta le habrían hecho.

En ese mundo solo se pudo sentir bien Catherine Gauthier, en quien Vera nunca se pudo transformar por completo. Esta envoltura invisible estaba ahora a punto de caer a los pies de una estudiante rusa en el umbral de su casa. Solo quedaba pasar por encima y despedirse de ella para siempre…

Pero ¿qué hacer con tu memoria? ¿Qué hacer con tus recuerdos? ¿Cómo hacerlo? ¿Cómo compartir con una mujer desconocida, ciudadana norteamericana, los episodios más vibrantes de dos décadas de tu vida? ¿El nacimiento de los hijos, la boda y tantos momentos felices de la vida familiar que también tuvo Catherine Gauthier? Demasiadas cosas…

Para la coronel Svíblova, Peter y Paul, convertidos súbitamente en Piotr y en Pável, eran sus hijos, pero para ellos su madre más cercana era Catherine Gauthier. ¿Quién necesitaba un sacrificio como este? ¿Para qué había servido todo esto, todo este sufrimiento? Vera no tenía respuestas para todas estas preguntas, excepto para la última. Precisamente para esta, la coronel Svíblova no albergaba duda alguna: si le diesen la oportunidad de empezar de cero, volvería a hacer lo mismo.

Vera suspiró. El tren de aterrizaje del avión tocó con seguridad el hormigón de la pista y el aparato se dirigió hacia la terminal. Catherine, el segundo «yo» de la coronel Svíblova, había triunfado. Nadie se desharía de ella como de un envoltorio ante la puerta de casa en la desconocida ciudad de Tomsk.

Aquella tranquilidad de espíritu que tanto echó en falta Vera a lo largo de los años, regresó, y Catherine continuaría siendo su doble para el resto de su vida. Vera no la abandonaría nunca, porque… porque los rusos nunca abandonan a los suyos. Pero, a partir de ahora, sería Catherine quien viviría en una tierra extranjera.

Este libro utiliza el tipo Aldus, que toma su nombre
del vanguardista impresor del Renacimiento
italiano, Aldus Manutius. Hermann Zapf
diseñó el tipo Aldus para la imprenta
Stempel en 1954, como una réplica
más ligera y elegante del
popular tipo
Palatino

La mujer que sabe guardar secretos
se acabó de imprimir
un día de primavera de 2021,
en los talleres gráficos de Liberdúplex, s. l. u.
Crta. BV-2249, km 7,4. Pol. Ind. Torrentfondo
Sant Llorenç d'Hortons (Barcelona)